新川之路

李家贵　张保国　著

人民日报出版社

北　京

图书在版编目（ＣＩＰ）数据

新川之路 / 李家贵，张保国 著. -- 北京 ： 人民日报
出版社，2022.10
ISBN 978-7-5115-7545-6

Ⅰ．①新… Ⅱ．①李… ②张… Ⅲ．①纪实文学－中国－当代
Ⅳ．①I25

中国版本图书馆 CIP 数据核字（2022）第 195462 号

书　　名：**新川之路**
　　　　　XINCHUANZHILU
著　　者：李家贵 张保国
出 版 人：刘华新
责任编辑：万方正
装帧设计：刘小刚
出版发行：人民日报出版社
社　　址：北京金台西路 2 号
邮政编码：100733
发行热线：（010）65369527 65369509 65369512 65369846
邮购热线：（010）65369530 65363527
编辑热线：（010）65369521
网　　址：www.peopledailypresp.com
经　　销：新华书店
印　　刷：浙江方正印务有限公司
法律顾问：北京科宇律师事务所　010-83622312
开　　本：710mm×1000mm　　1/16
字　　数：250 千字
印　　张：19.5
印　　次：2022 年 11 月第 1 版　　2022 年 11 月第 1 次印刷
书　　号：ISBN 978-7-5115-7545-6
定　　价：68.00 元

序一

党的十九大提出实施乡村振兴战略，是以习近平同志为核心的党中央着眼党和国家事业全局，深刻把握现代化建设规律和城乡关系变化特征，顺应亿万农民对美好生活的向往，对"三农"工作作出的重大决策部署，是全面建成社会主义现代化强国的重大历史任务，是新时代做好"三农"工作的总抓手，也是走向共同富裕的必由之路。

2019年10月26日，受长兴县邀请，我参加了长兴国际投资贸易洽谈会暨长三角智能制造产业链论坛。期间，在新川村党委书记、天能集团董事长张天任的陪同下参观了新川村。

虽是深秋，仍然能感受到新川的山清水秀和一派生机勃勃的景象。这里村容村貌给人安逸恬适的感觉，绿水绕村、环境优美。1991年11月至1994年4月，组织安排我担任过长兴县委书记，我对新川这一带还是比较了解的。看到如今焕然一新的小山村，让我不由得感到吃惊。

走进新川村"乡村振兴案例馆"，那些展出的老资料、老物件，更是令人感慨不已。这些老资料、老物件，真实地记录了在党和政府的领导下，新川村从贫穷落后到全面小康的发展历程。在这里，我还发现了我在长兴工作期间的历史记录，不禁勾起当年的回忆。

1992年2月28日，中央将邓小平南方谈话的要点作为中央2号文件下发,要求尽快传达到全体党员干部。特别巧合的是,在此前一天,长兴县委紧紧围绕经济建设,正在组织开展解放思想、更新观念大讨论。当年长兴在"比不足找差距"后,面对滞后的经济现状坐不住了,全县上下更新观念、解放思想,树立竞争和发展观念,硬是闯出了一条长兴发展模式。为此,《浙江日报》当年先后刊发《长兴人坐不住了》《长兴人动起来了》《长兴人赶上来了》三篇文章。

改革开放以来,特别是"八八战略"实施以来,长兴县推动各项事业高质量赶超发展,加快建设"环太湖发展高地、长三角经济强县",要打造高水平全面建成小康社会县域典范,实施乡村振兴战略,发生了惊天动地、翻天覆地的巨变。

位于长兴北部山区的新川村,当年是一个默默无闻的小山村。在我的印象中,新川是一个鸡鸣三省的地方,在苏浙皖交界,地处偏僻,交通不便,人多地少。新川村自力更生,依托当地的黏土和山林资源,敢为人先,有着大办企业的传统。当年的长兴县蓄电池厂,刚开始叫作煤山第一蓄电池厂,也就是现在天能集团的前身,曾经就是长兴县明星企业。

天能集团聚焦电动车动力电池的研发与生产,是我国新能源绿色电池行业的领军企业。天能集团日益壮大,带领全村村民走上了工业致富的高速发展之路,也带动了全村企业共同发展。在新川村,与天能配套的企业多达十几家,这些企业在增进就业、推动村经济发展等方面发挥了积极作用。

2008年,新川村与天能集团正式"结对",在既是村党委书记也是企业家的张天任的带领下,新川村贯彻落实"八八战略"和"绿水青山就是金山银山"理念,坚持党建引领,大力推进村企共建、产村共融。特别是党的十八大以来,新川村勇于解放思想,坚持生态立村,加快推进工业转型升级,围绕天能集团绿色能源产业的发展,引领配套企业和服务业的发展,发展休闲农业、乡村旅游、精品民宿等美丽经济产业,加速催化新川村的"美丽资源"向"美丽经济"转化,从而打造新川村的业态新格局。

从新川村的发展历程来看,其经验就是把握住每一个重要的发展节点,积极响应党和国家的号召,投身于时代的洪流。新川的发展史也是长兴发展史的缩影,新川人的精神就是长兴精神的最好诠释:大气开放、实干争先。

2021年下半年,张天任书记带给我一份书稿,说即将出版一本纪实文学作品《新川之路》,希望我能写个序。我一直对长兴的发展非常关心,新川村的事也就是家里的事,我没有推却的理由。

花了一个多星期的时间,我浏览了这部书稿,对新川的巨大变化又有了新的了解。从书中可以发现,新川村发展的基本脉络就是将产业发展与村民致富紧密相连,无论是村民的生活幸福指数,还是本地绿色能源产业发展水平,都是因为紧跟新时代乡村振兴战略而得到不断提升的。

《新川之路》以深情而严谨的笔调,记述了新时代新川村推动乡村振兴、共同富裕的路径和措施,贯穿了产业振兴、人才振兴、文化振兴、生态振兴、组织振兴等方方面面,让人们看到了一个全新视角下真实的新川。当年急于"吃饱肚子"的新川人,把目光从大山转向了工业,在张天任书记的带领下,用绿色能源点亮山村产业振兴的梦想,奔着共同富裕的目标,不断净化体制机制改革,进一步打造新的创富平台。

如今的新川村是浙江省全面小康建设示范村、浙江省美丽乡村特色精品村、浙江省"一村万树"示范村、浙江省AAA级旅游景区村庄，等等。在首届中国乡村文化产业创新发展大会上，新川村申报的《两山理念引领乡村蝶变，村企共建抒写振兴样本》被列入中国乡村文化产业创新·影响力典型案例。

新川村的探索、实践，是一条比较独特的乡村振兴的发展道路。实现乡村振兴、共同富裕，是时代赋予的光荣使命。站在"两个一百年"奋斗目标的历史交汇点上，全面建成社会主义现代化强国的新征程已经开启。这本书是新川人对过去发展历史的总结，也是推进乡村振兴、促进共同富裕的样本。正在迈向高质量发展的新川村，一定会绘就浙江省高质量发展建设共同富裕示范区更加美丽的时代画卷！

是为序。

浙江省人大常委会原党组书记、副主任　茅临生

2021 年 11 月 10 日

序二

如果说时间是发展的纪录者，那么岁月就是变化的见证者。

从新中国成立初期的一穷二白、贫困交加，到改革开放的解放思想、创业创新，再到今天新发展阶段的乡村振兴、全面小康，岁月的长河，留存新川发展的记忆；时间的典籍，记录下新川嬗变的每一个精彩瞬间！

位于苏浙皖三省交界处的新川，青山叠翠，竹海连天；溪涧飞瀑，诗画如仙。谁曾想到，位于大山深处的新川数十年前还是交通闭塞、条件落后，人们靠开荒种地养家糊口、靠贩卖毛竹度日保命的穷村子。

从过去吃粮靠救济，到今天文明富庶、全面小康，并牢记共同富裕的使命，带动周边村民迈向富裕的好光景，这种变化可以用震古烁今来形容。人们不禁发问：它靠的究竟是什么？

《新川之路》对这一疑问作了最好的回答。

新中国成立以来，新川人在党的领导下，自力更生、艰苦奋斗，努力从贫困中突围。但由于地理位置偏僻，交通不便，能够耕种的田地多在5公里之外，甚至还有一大部分在10公里外的江苏省宜兴市境内。种田要翻山越岭，所有的收种运输只能靠人工肩挑背驮。庄稼人年复一年、辛苦劳作，到头来还是没有解决温饱的问题。

穷则思变！在严峻的现实面前，新川人硬是不相信重重山峦为自己圈定的命运。他们改变旧的思维，积极寻求发展，从 20 世纪 50 年代末开始兴办队办企业，充分利用黏土、石矿等丰富的资源优势，建起了砖瓦窑和石矿，大办耐火材料厂等，为能过上温饱的日子而奋力探索。

20 世纪 80 年代初，改革开放的春风吹进了这个小山村。渴望早一天致富的新川人抢抓机遇，敢为人先，一个个村办企业如雨后春笋般涌现。1986 年，新川村创办了煤山第一蓄电池厂，也就是后来发展成为我国绿色能源领军企业的天能集团的前身。1988 年，张天任承包了濒临倒闭的煤山第一蓄电池厂，带领村民艰苦创业，终于找到了新川致富的密码。

1998 年对于新川楼下村来说，是一个颇具转折意义的年份。这一年，在上级党组织和众乡亲信任的目光中，张天任当选为村党支部书记。上任后，他牢记使命，不负众望，通过自主创新、成功开发出新型电动车动力电池，带领"天能"迅速扩张布局全国，掀起新川人的创业高潮。新川工业呈现出一片红红火火、方兴未艾的喜人局面。

新川村在发展中总结出一个成功的经验：把握住每一个重要的发展节点，积极响应党和国家的号召，投身于时代的洪流。此所谓抓住每一个稍纵即逝的瞬间！

2003 年，时任浙江省委书记习近平在全面深入调研的基础上，提出并实施了作为浙江省域治理总方略的"八八战略"。2005 年 8 月 15 日，习近平在安吉县余村调研时又提出了"绿水青山就是金山银山"的科学论断。

也就是在这期间，新川村遇到了当时国内很多"小康村"都面临的发展难题。2004 年，长兴县出台相关政策，高耗能、高污染的民营企业被勒令关闭。新川村积极响应长兴县号召，坚持生态立村，关停污染较为严重的石矿、家庭作坊式小企业，加快推进工业转型升级。天能集团完成在沭阳、芜湖等地的布局和投资，迎来了新川发展史上又一个重要的转折点。

2007年，天能集团在港交所主板上市，成为"中国动力电池第一股"。2021年，天能股份又在上交所科创板上市。天能集团名列中国民营企业500强第32名，位列中国企业诸多权威榜单前列，是行业唯一"双上市"集团公司。当年的一个村办小厂，如今旗下已有100多家子公司，在浙、苏、皖、豫、黔、鲁等6省建设了16个生产基地，并已迈向国际舞台。

2008年春天，楼下、张坞、邱坞、涧下4个自然村合并为新川村，张天任当选为村书记。他带领全村干群贯彻落实"八八战略"和"绿水青山就是金山银山"的发展理念，通过坚持党建引领，经济生态齐抓共管，大力推进村企共建、产村共融。特别是党的十八大以来，新川村在乡村振兴道路上，聚焦绿色新能源产业，依托天能集团的发展，与之相关的配套企业和服务业应运而生。

今天的新川村拥有各类工商企业30多家，其中规上工业企业10家，千余村民在天能集团实现高质量就业，或从事以电池销售服务为主的第三产业。新川产业的兴旺，也使附近村民乃至更多人在这个产业链条上广泛受益。新川走出了一条"创业致富、乡贤带富、赋能助富"的共同富裕之路。

《新川之路》一书回顾了新川村70多年的发展历程，揭示了一个原本普通的小山村的发展经验：始终保持着与国家前进方向一致的步伐，从落后走向繁荣，从贫穷走向小康，从传统农业村转型为绿色工业村和生态旅游村。在全国人大代表、天能集团董事长、新川村党委书记张天任的带领下，新川用绿色能源点亮山村产业振兴的梦想，大力开发休闲农业、旅游经济、精品民宿、农村电商等第三产业，打造新的创富平台，倡导合作共享，向周边村和外来创业者敞开大门。如今的新川村是浙江省全面小康建设示范村、浙江省美丽乡村特色精品村、浙江省"一村万树"示范村、浙江省 AAA 级旅游景区村庄。

《新川之路》是一部发人深思、给人启迪、催人奋进的纪实作品，其积极意义，远远超出了一个村庄发展的纪录和总结，是一本能让万千读者共同分享的读物。本人应邀为此书作序，有幸先睹为快，深感荣幸和感激！

新川的发展之路漫长而又宽阔，新川的发展内涵丰富而又深邃。应邀之作却之不恭，不妥之处在所难免，就当作引"玉"之"砖"吧。

是为序。

中国村社发展促进会副会长兼秘书长、理学博士　杨秋生

2021 年 11 月 18 日

目　录

印象新川

谁是我们最可爱的人？

这个问题，每个中国人心中都有一个共同答案。2021年，战争题材电影《长津湖》让人们深深感受到和平来之不易，并发出尊崇"最可爱的人"的心声。

不过，这部电影对于浙江省长兴县西北的一个小山村——新川村来说，却有着不同寻常的意义。原来在新川村门口的煤山站，就是影片开头七连战士登上火车奔赴朝鲜战场一幕的拍摄地。当年，包括新川村在内的煤山一带就有100多名优秀儿女参加新四军，如同电影中七连战士一样，跟随部队转战南北，参加抗美援朝，血洒战场，保家卫国。这是留给当地人民最为宝贵的一笔精神财富。

几十年过去了，光阴荏苒，岁月如歌。

曾经人多地少、交通闭塞的新川村的党员干部，像《长津湖》中的将士一样，经受住了一次又一次的严峻考验，跨过了一个又一个的艰难险阻，自力更生、艰苦创业，硬是将一个贫穷落后的小山村变为"宜居宜业宜游"的美丽家园，实现了产业振兴、人才振兴、文化振兴、生态振兴、组织振兴齐头并进，使新川村成为浙江省全面小康示范村和浙江省美丽乡村特色精品村。

走进大美新川

新川全景

走进新川村，让人耳目一新。

眼前山连着山，此起彼伏，翠竹扶摇，绿海连天。远远看去，连绵的群山就像盘旋的巨龙，将新川村的楼宇环绕在绿色的怀抱之中。

这些山峦是天目山绵延的余脉，形成起起伏伏的岗岭峰壑，当地人将这一带叫作"岕里"(岕方言念 kǎ)。老百姓在岕里平坦处择地建房，形成了一个个大小不同的村落。其境内山川蜿蜒，一山一景，各具风姿。

"遥闻境会茶山夜，珠翠歌钟俱绕身。盘下中分两州界，灯前合作一家春。青娥递舞应争妙，紫笋齐尝各斗新。自叹花时北窗下，蒲黄酒对病眠人。"(唐·白居易《夜闻贾常州崔湖州茶山境会亭欢宴》)

这是唐朝大诗人白居易留下的诗篇，诗中的茶山就位于新川一带。唐朝时期，太湖周围的湖州、常州等州郡多产名茶，长兴的紫笋茶最负盛名，深受唐朝皇帝和权贵官戚的喜爱，被朝廷列为贡茶。每逢早春时节，湖州刺史和常州刺史在江浙交界处的新川村附近的境会亭举办盛大茶宴。时任苏州刺史的白居易，受湖州和常州两地刺史邀请，却因病未能成行，寄诗助兴。

岕里一带不仅有唐代举办茶宴的境会亭，还有三国时期孙权射虎的废亭、浙苏交界的商贸古道、山间古刹圆觉禅寺等古遗迹。茶圣陆羽和诗僧皎然的足迹曾遍及这一带山岭的沟沟壑壑，唐代颜真卿、皮日休、白居易等文人墨客都曾在这片山岭间流连忘返。特别是宋朝的苏东坡对江浙交界之地，曾经有过"买田阳羡吾将老之地"的念头。明代小说家吴承恩、现代文学家郭沫若、著名作家巴金等人，也曾在这里留下许多人文典故。

一到新川，映入眼帘的是宽阔沥青公路两旁的别墅楼群。别致的庭院，绿树掩映，鲜花绽放，花果飘香。来到新川旅游中心广场，发现初心馆、乡村振兴新川案例馆、诚信馆门前都是游客，一批又一批。这些馆里展现了新川人的奋斗史，收藏有很多有意义的历史物品。在这些馆里，有一种浓得化不开的文化氛围，令人折服。

新川周边高山上的溪流汇聚一起，形成了一条河涧，穿村而过。来到溪涧河岸，只见树影婆娑，游人带着小孩徜徉其间，欢声笑语，热闹非凡。焕然一新的溪涧公园，与东山红色公园、狮子山、山上古道和竹良庵高山稻田等连成一片，形成了独具特色的景观。绿道越野赛、古道骑行等相关活动，在新川也开始蓬勃兴起，来自全国各地的徒步爱好者慕名而来。在这时光之岸，云水之涯，好似置身古典江南的乐曲里。这乐曲在山涧里颤动着，余音缭绕，回味悠长。

紧接着，新川人优美的舞姿伴着欢快悠扬的乐曲动起来了，那是村里的舞蹈队和腰鼓队，把宁静的山村变得更加灵动起来。人们尽情地跳跃着，这是新川村悠闲的人们用心灵奏响的抒情乐章。在这里，满山苍翠，竹海莺啼，清风雅韵，涧水涛声，古树静穆，庭院如春，无不赏心悦目，令人流连忘返。

沿石头铺就的山路，登上新川村委会背后的狮子山，山林间隐约可见的彩色狮子栩栩如生。往山顶上攀去，只见形如狮子的巨石，高昂着头，横卧在路旁。传说这头狮子曾因跟随孙悟空大闹天宫被镇压在山脚下，后来人们将这座山叫作狮子山。登上山顶，只见两座炮台，威风凛凛。据说这是还原军阀混战时期的战场场景。1924 年，新川这一带的山岭是江浙军阀相争的战略要地，江苏军阀齐燮元与浙江军阀卢永祥，曾在这一带相峙作战。

当年郭沫若刚从日本回国到上海，看到中国军阀混战、民不聊生的惨象，便从上海来到新川附近一带开展战事调查。后来，

新川农家别墅

郭沫若专门写了《尚儒村》一文,被收录在《郭沫若全集》。"一望都是竹林,但那几万株的竹林,几乎每根都中了枪弹,有的拦腰折断,有的断了头,有的穿了孔。路旁间或是些乔木,身上的弹眼无数在一百以上。"这是《尚儒村》文中对战后景象的描写,可见当年军阀混战十分惨烈。

在军事调查期间,郭沫若有感于芥里人的淳朴涵养和信奉儒学,曾经为一个叫"上达"的村庄改名"尚儒",也就是现在圩里的"尚儒村"。文豪郭沫若为小山村题名,成为当地人的美谈。

狮子山迎面是金鸡山、龙池山、凤凰山、老虎山,各具形态,美景一览无余。老虎山的北边有一处著名的景点,叫作乌石浪,从接近山岗到接近谷底百余亩范围内,乱石遍布。大概是历史久远之故,多数石头表面发黑,当地人称为乌石。大部分区域已长出灌木或毛竹,但其核心区域,大概有 20 亩的地块,却寸草不长,遍布乱石,许多巨石从数吨到数十吨重,都呈灰白色。当地传说这是孙悟空横空出世的地方,在长兴曾任县丞的明代小说家吴承恩多次到过这里,可能受到这个传说的启发,就创作了孙悟空这个生动形象吧。

新川案例馆

狮子山

　　到过老虎山的游人,都会生发疑问:整个老虎山的土壤是紫砂土,而乌石浪中邹出的石头是石英石,这些石头到底从何而来?据说多年前有考古专家到过乌石浪,在这里发现一种石鳖,而这种石鳖只有四川峨眉山才有!乌石浪的来历真是让人难以想象。

　　走进新川,可以开启一次神秘之旅,饱览今古奇观。如果天气晴朗,还可以在顶峰上看到碧波荡漾的太湖风光。

俯瞰山下，穿村而过的公路和溪涧小河如同两条不同颜色的锦带，环绕着整个山村。连绵的竹海，恢宏壮阔。那山下别墅傍水而筑，也有的临山而居。那一幢幢别墅，红瓦翘檐，连在一起形成非常漂亮的别墅群落。屋前有美丽的花，屋后有葱茏的树，和周围的山光水色融为一体，显得那么淳朴、优美、温馨。好一幅新川乐居图！再仔细看去，大美的新川恰如一只凤凰，伴随着乡村振兴，展翅翱翔。

在这里，细细打量每一座山、每一片水，每一条路、每一间房，每一处景点、每一张笑脸……没有喧闹，没有疲惫，没有烦躁，仿佛置身于一个如诗如画的所在，全身充盈愉悦、舒展和活力。

在这里，到处让人感受到美丽乡村的魅力，看到乡村振兴的景象。新川围绕新时代的命题，让村民望得见山、看得见水、记得住乡愁，创建了宜居、宜业、宜游的大美新川。

新川之大，不仅是志向大、情怀大、产业大，更是这一代又一代心怀锦绣的人，为这里的锦山秀水开拓出更大的天地；新川之美，也绝非仅限于山美、水美、生态美，更是新川村里的人，生活越来越富裕，日子越过越幸福，心里头透出的那份美！

媒体眼中的新川

"走向我们的小康生活"主题采访报道团走进新川村

2020 年 7 月 19 日，新川村迎来一批特别的客人。由中宣部
组织的中央媒体"走向我们的小康生活"主题采访报道团走进新
川村。人民日报社、新华社、中央广播电视总台、光明日报社、经
济日报社、科技日报社、农民日报社、浙江日报社、浙江卫视等中
央、省级媒体单位的 30 余名记者，围绕新川老百姓小康生活进

行集中采访。

媒体采访团抵达之前，芥里刚好下过一场雨。雨后的新川变得青翠欲滴，格外耀眼温馨。清新的自然空气流淌着，显得无比滋润、鲜活，沁人心脾。那山上的竹林，连成一片，形如起伏的绿色大海，蔚为壮观，一时间愈发呈现出非凡的气势，不禁令人心潮澎湃。

采访团的车辆驶进新川村，记者一下车，就兴冲冲地穿过别墅群，沿着参观路线，走进乡村振兴新川案例馆、幸福之家养老中心、文化礼堂和村里首家精品民宿。记者一边细心观学，一边随机采访村民。他们用手中的笔、手机、摄像机，有条不紊地记录着各自的所见所闻。

当天，天能集团董事长、新川村党委书记张天任接受了媒体的采访，为记者们详细讲解新川村这些年的巨变，通过"工业立村""村企共建"找出路、出重招，解决了村民的就业问题，带动村民致富。

在接受记者采访时，张天任说："新川发展的出发点和落脚点，就是体现在富民、安民、惠民、为民上。我是从新川村走出来的企业家，对这片土地充满了感情。我们不忘初心，坚持发展工业，走绿色发展道路，通过高质量持续发展，高举新时代乡村振兴大旗，带动老百姓走向共同富裕，过上更加幸福的小康生活！"

新川村的富裕远近闻名，千万富翁有 100 多个，亿万富豪也为数不少。2020 年，新川村级集体经济收入达 719 万元，村人均年收入已经超过 15 万元，富裕程度在全国居于领先位置。

当听到这一连串数字的时候，记者们都感到惊讶。有位曾来新川采访过的记者说："新川村其实早就是小康水平，而且是全面小康水平。"

此次主题报道视角就是"走向我们的小康生活"，媒体围绕新川村民切身感受的获得感、幸福感、安全感,进行了深入采访,多方位、多角度、多形式记录报道了新川村在乡村振兴道路上带领百姓朝着更美好的小康生活奔跑的精彩画面。

在《人民日报》记者窦瀚洋看来,新川村的全面小康值得思考。他说:"新川村以龙头企业为抓手,带动整个村子发展,天能集团具有明显带动作用,在实现经济发展的同时不忘绿水青山。"

《经济日报》记者柳文对此印象深刻。十年前,他曾经来过新川采访。在他的记忆中,那时的新川村虽然生活富裕,但是环境建设方面还不尽如人意。这些年来,新川村通过建设精品村、改善基础设施、建造文化礼堂和幸福之家养老中心,让村容村貌更加整洁、生态环境更加优良、乡村特色更加鲜明、公共服务更加配套,让村民生活更加富足,共同走向了全面小康生活,实践诠释了"找回绿水青山,抱得金山银山"这一理念。他深有感触地说:"如今的新川村民精神面貌更好了,环境也越来越好。以前是富口袋,现在是富脑袋。"

不久之后,《经济日报》刊发了关于新川村的报道《找回绿水青山,抱得金山银山》。文章以图文并茂的形式,全方位深度报道了中国新能源动力电池行业领军企业——天能控股集团的发祥地新川村,通过村企共建,发展绿色产业和现代服务业,向绿色生态要经济效益,实现了振兴蝶变,走上了一条生态优先、绿色发展的道路。

值得一提的是,为了挖掘第一手鲜活的资料,中央电视台新闻中心张萍等三位记者,在新川村整整蹲点采访了三天。

2020年8月12日,中央电视台新闻频道《朝闻天下》栏目推出"走向我们的小康生活"系列报道,播出了5分20秒时长的《新川村找回绿水青山,才得金山银山》。8月17日,中央电视台再次在新闻联播"走向我们的小康生活"系列报道中,以 4 分 12 秒的黄金时间,播出了题为《新川村的巨变》的新闻。电视画面中,新川村的自然风光、基础设施、绿色产业和红火的民宿经济等现代服务业……一幅幅美好的乡村振兴图景,生动呈现在观众面前。

新川"最耀眼"的是什么？

新川村是中国新能源动力电池发祥地，始终吸引着太多人好奇而惊羡的目光。2019年新川村乡村振兴案例馆建成之后，前来新川村参观、考察的各级领导、专家学者、农村基层干部络绎不绝。

来新川看什么？究竟什么才是新川"最耀眼"的？龙头企业天能集团带来的大产业、大平台，村企共建，或者说是乡村美丽经济的兴起与新业态的发展，都是新川"耀眼"的亮点，但它们仅仅是发展的载体和手段。新川"最耀眼"的，应该是坚定不移践行"绿水青山就是金山银山"理念，把农民组织起来，走乡村振兴共同富裕的道路，要打造产业高质高端、生活富裕富足、精神自信自强、环境宜居宜业、社会和谐和睦、公共服务普及普惠的共富图景！

曾经人多地少、地理位置偏僻的新川村，与江苏宜兴紧紧相连，最早感受到了我国乡镇企业的发展浪潮。山里人传统的品格造就了敢为人先、自强不息的奋斗精神。在市场经济的大江大河里，新川人勇于解放思想，敢想敢干，争先恐后，最终占据发展先机，形成了以新能源高端制造为龙头，配套服务产业协调发展的格局。全村目前拥有各类工商企业34家，其中规模以上工业企业10家，有效带动了乡里老百姓创业致富，闯出了一条靠产业

新川村新时代文明实践站

强村的发展道路。

　　浙江省在全国各项经济数据的排行榜上总是名列前茅,特别是老百姓的收入,可以说是一直领先全国的。新川村不大,区域面积 10.2 平方公里,下辖楼下、张坞、邱坞、涧下 4 个自然村,农户 985 户,总人口 3020 人。在这个小山村里,100 万元以上的农户群体比较普遍,其中千万富翁有 100 多个,亿万富豪 10 多个,形成了以中等收入为主体的橄榄型群体结构。

　　这一串数字背后的一个事实是:新川企业家的个人收入并未统计在内,也就是说这是取绝大多数中等收入村民的平均值;新川村中等收入人群占比 70%,这些人的收入和天能集团有着直接关联。有的依托天能从事服务产业，有的从事配套生产，绝大部分在天能企业或者配套企业里上班。上班村民最低年工资收入也超过 8 万以上，一般村民年工资收入都会超过 15 万元。

继续追溯可以发现，富裕的新川不仅是浙江省全面小康建设示范村，而且还是浙江省美丽乡村特色精品村、浙江省"一村万树"示范村、浙江省 AAA 级旅游景区村庄。这一系列巨变是新川村在时代的命题面前"上下求索"。

新川村牢记使命，勇于解放思想，坚持生态立村，积极响应"八八战略"号召，加快推进工业转型升级，积极优化调整产业结构，大力发展绿色新型能源产业，探索生态富民发展模式，筑牢了共同富裕的根基底盘，探索出了一条"以红色党建带动绿色发展，以全民创业推进共同富裕"的乡村振兴的新路子。

近年来，新川村进一步实施经济大投入大发展战略，优化高质量富民大平台，通过党建引领和村企共建，推进文旅产业深度融合，发展休闲农业、乡村旅游、精品民宿等美丽经济产业，驱动生态优势转化为发展优势、绿水青山转化为金山银山，打造产业经济新格局。

新川村日新月异，发生了翻天覆地的巨变。新川这一巨变，实际上也是我国农村发生巨变的一个缩影。在新川村，从落后贫穷到实现全面小康，可以发现其发展的基本脉络就是将产业发展与村民致富紧密相连，无论是村民的生活幸福指数，还是本地绿色能源产业发展水平，都与新时代推进乡村振兴、促进共同富裕相一致。这种创业致富、奋斗致富、乡贤带富、赋能促富，就是新川的"共富密码"。

党的十九大提出到 21 世纪中叶"全体人民共同富裕基本实现"的目标。党的十九届五中全会进一步提出，到 2035 年"全体人民共同富裕取得更为明显的实质性进展",这是党中央提出的又一个重要阶段性发展目标。

当前,浙江省正部署高质量发展建设共同富裕示范区,动员全省上下忠实践行"八八战略"、奋力打造"重要窗口",勇担使命、勇闯新路,率先探索建设共同富裕美好社会,为实现共同富裕提供浙江示范。在探索实践的过程中,新川,以及许许多多和新川一样的广大农村,在共富的路上,伴随着乡村振兴,昂扬奋进。

第一章

产业振兴富乡村

引言

　　产业振兴是乡村振兴的根本,也是乡村振兴的基础。只有产业振兴了,才能吸引更多资源与人才,集聚人气与财气;只有产业振兴了,才可以实现农民富裕,乡村繁荣,更好地推动文化振兴,优化生态环境。

　　新川村不甘于困守在贫瘠的土地上,在一无资金、二无技术、三无人才的艰苦条件下,自力更生,确立了"工业立村、强村富民"的发展思路。改革开放之后,新川村乘政策东风,创办了不少村办企业。特别是天能集团,演绎了一段无中生有、艰苦奋斗的产业发展史。随着天能集团的发展壮大,新川村工业经济的迅速发展不但使村民的收益猛增,而且实现了从农业稳村向工业富村的转型。

　　党的十八大以来,新川村形成了以新能源高端制造为龙头,配套服务产业协调发展,休闲农业、乡村旅游、精品民宿、农村电商等第三产业有效衔接的特色产业体系,带领村民走向共同富裕之路,奏响了工业文明与农业文明、生态文明的精彩交响曲,彰显了大美新川繁花似锦的富足殷实。

　　那么,这样的交响曲是如何奏响的呢?

鸡鸣三省的"苦瓜村"

1953 年的"煤山区新川乡"检查情况报告

村民开荒

　　"山从天目成群出,水傍太湖分港流。行遍江南清丽地,人生只合住湖州。"(元·戴元表《湖州》)

　　这是湖州一直对外宣传的主打古诗,也足见自古以来湖州的山水之美。隶属于浙江省湖州市的长兴县,位于太湖之畔,居苏浙皖三省接合部,与苏州、无锡隔湖相望,是长江三角洲经济区迅速崛起的一个对外开放的城市,更是名副其实的国际花园城市。

　　从长兴县城出发,驱车往西北方向,地势明显越来越高,沿途峰峦起伏山势雄浑。经过清澈见底的合溪水库,只见远山近水,云雾缭绕,景色宜人,令人赏心悦目。半个多小时的车程,经过煤山工业区,就到了远近闻名的新川村。

新川村是长兴县辖的一个行政村,历史沿革源远流长,区域多次变迁调整,明清时期属吉祥区西北乡第十二图55庄,民国初期改编乡镇后属煤山区新川乡管治。1957年撤销新川乡归属煤山乡。新中国成立初期,涧下、邱坞两个自然村为新川一村,张坞、楼下两个自然村为新川二村,统一归属新川乡管辖。1954年10月设立涧下、邱坞、楼下、张坞四个代表区,并相继成立了农业生产合作社。1955年5月,四个低级合作社合并成立联丰高级农业合作社。1958年人民公社化后联丰社改为联丰大队。1961年体制下放,联丰大队撤销,分为涧下、邱坞、楼下、张坞四个大队20个生产队。1983年涧下、邱坞、楼下、张坞取消生产大队改为村,大队管理委员会改为村民委员会,实行村民自治。2008年3月,张坞、楼下、邱坞、涧下并村,组建了新川村。

在新中国成立之后的相当长一个时期,地处深山之中的新川一村、新川二村,是出了名的穷困村,山外的人给新川封了一个"苦瓜村"的外号。

杨月明,是出生于20世纪40年代的土生土长的新川人,曾经担任涧下村党支部书记、村委会主任。回忆起新中国成立初期的新川景象,他说:"那时,我们新川村是全县最穷苦的村之一,只能靠种种番薯、苦瓜过生活,别人就挖苦我们是'苦瓜村'。"

苦瓜村,望文生义,日子像苦瓜一样苦。这个"外号"当然只是一种形象的说法,是一种友善的打趣。

那么,当时的"苦瓜村"到底穷苦到什么程度?为什么那么穷苦?

"苦瓜村"的穷苦,首先是因为地偏。它位于苏浙皖三省的交错地带,四面环山,交通闭塞,是一个典型的"鸡鸣三省"之地。

"苦瓜村"的穷苦还至于地少。在乡村振兴新川案例馆中,有一份珍贵的调研报告。1953年5月,长兴县委干部何立成、陈盛才在煤山区新川乡进行了为期一周的调研后,撰写了《煤山区新川乡检查情况报告》,该报告真实反映了新中国成立初期新川乡的生产生活贫困面貌。报告记载:"新川乡地处山岕,土地少人口多,劳动力剩余,水稻田少、山地多,山农生活来源极大部分仍依靠向外驮脚运山货为生。全乡共有1088户,5080人(男正劳力1014人,半劳力348人,妇女正劳力434人),共有水稻田1644亩,地137亩7分2厘9,山25727亩9分3厘2,故一年时间在自己土地上所耕作时间极少。新中国成立前极大部分都是依靠向外出卖劳力为生,新中国成立后分得土地平均每人连山折合得田5分8厘,但平均一年在自己土地上生产时间仅3个月至4个月,其多余劳动力目前因经土改变动,不能完全向外出卖,同时人口日增,故目前农民除向外租地和买地垦荒种杂粮以及在外乡运货外,生活上入不敷出,主要靠砍毛竹变卖为生。"当年农民以土地安身立命,地少人多,劳动力剩余,入不敷出,这就是新川年复一年贫穷复贫穷的重要原因。

"苦瓜村"的穷苦还有一个原因:地远。80%以上的耕地在5公里以外的煤山公社附近,甚至需要翻越海拔400多米的白茅山,到10多公里以外的宜兴湖㳇耕种。"那时种块地真是又难又苦,累死累活呀",曾经担任过新川村党支部副书记的胡洪法已经70多岁了,回忆起小时候跟随父母到宜兴湖㳇那边种地的情景,仍然心有余悸。"到湖㳇去当时没有大路,只有又窄又陡的山路。凌晨两三点就起床出工,半夜里才收工回家,我们小孩子没干什么重活,都累得骨头快散架,大人们不仅要下地干活,收割后还要挑着上百斤的粮食翻山越岭,腿都累跛了。就这样累死累活地干,还是忍饥挨饿,经常吃了上顿没下顿。"

由此可见,新川在地理位置上没有任何天然优势,是一个交通闭塞、相对落后的穷山村。无论是肥料运出还是收获运进,都得靠肩挑背扛,世世代代的芥里人都吃尽了苦头。人们要到县城去一趟,需要翻山越岭,来到大元村口,在煤山那里坐车进城,本来不到两个小时的路程,来回要整整一天。

穷则思变,首要任务就是打通进出的山路。1957年,当年芥里一共有9个大队,在全体党员干部带领下,村民们自告奋勇地加入修路的队伍中。没有任何机械设备,没有任何运输工具,人们靠双轮车、肩挑背驮,硬是修成了通向山外的第一条公路。1992年,长兴县在这条公路基础上加宽延伸,修通了大悬线,成为县级公路。

讲起陈年往事,杨月明老人感慨不已。如今远近闻名的新

村民挑毛竹

川,早已发生了翻天覆地的变化。在这些老村干部看来,新川村的发展史就是一部"穷则思变"的历史。

燃烧的烈火红心

矿山遗址

如今的人们，回忆起 20 世纪 50 年代，总喜欢用"激情燃烧"来形容。没错，那是一个战天斗地、其乐无穷的激情燃烧年代，一个自力更生、艰苦奋斗的激情燃烧年代，一个"为有牺牲多壮志，敢教日月换新天"的激情燃烧年代。

那时，新中国刚刚成立，一穷二白，百废待兴。毛泽东用一代伟人的革命浪漫主义精神展望："一张白纸，没有负担，好写最新最美的文字，好画最新最美的画图。"1958 年中共中央《关于人民公社若干问题的决议》指出，"人民公社必须大办工业"。

新川人正是在这样的时代环境中，以穷则思变的动力和勤劳能干的精神，在"一张白纸"般的土地上尝到了工业富村的"甜头"。

让我们把时针倒拨回 1958 年。

那一年，一部以浙江省长兴县耐火器材厂创业事迹为素材创作的话剧《烈火红心》，在全国工农业战线产生了极大的影响。

《烈火红心》的故事发生在长兴县，故事的主人公是李兴发等 22 位复员军人。他们在 1954 年复员回到故乡长兴，为了帮助刚刚遭受特大洪灾的家乡排忧解难，支援家乡建设，凑起 3700 元复员费，自力更生，艰苦奋斗，白手起家，办起了长兴县耐火器材厂。

1958 年 5 月 26 日，《人民日报》发表了反映李兴发创业事迹的长篇通讯《打开了技术神秘之门》。在毛泽东主席和周恩来总理的关心下，李兴发作为全国工业战线典型参加了党的八大二次会议，并在大会上作了汇报。毛泽东主席在李兴发介绍经验时插话："外国有的，我们要有，外国没有的，我们也要有。"

一石激起千层浪。向来不甘落后的新川人，从李兴发办厂的事迹中受到启发：要想摆脱贫穷，要想发展集体经济，就得像李兴发一样用一颗燃烧的烈火红心大办工厂。

办什么厂呢？当时的涧下大队书记冯听荣、大队长夏洪清同公社领导多次商讨后认为，办厂一定要利用本地本村的特色优势。

本地有什么优势呢？最大的优势就是黏土多，可以就地取材，发展耐火材料厂。至于技术，近水楼台先得月，可以请长兴县耐火器材厂的师傅们前来传经送宝、指导生产。

说干就干。1958年底，公社专门下发文件，让新川下辖的几个大队选派社员向李兴发拜师学艺。大家齐心合力创办了新川管理区第一家工厂——新华耐火材料厂。

工厂办起来后，由管理区统一安排，新川周边几个大队争相选派村民进工厂，这些人也就成了最早离田上岸的"工人"。那个时候生产的耐火材料产品是防火砖，技术含量不高，大家都很容易学会。进厂的人所得的工资报酬全部归生产队集体所有，再由生产队换算成工分，年底统一结算。虽然进工厂工作也不轻松，但是工厂食堂能管饭，又能挣工分，社员都乐意进工厂上班。生产队也非常乐意社员进厂，既能增加社员收入，也能增加生产队的集体收入。

然而好景不长，1962年，长兴县针对盲目大办工厂这一问题，通过撤、并、转的方式，逐步调整产业结构。新华耐火材料厂在调整中，由于经营管理不善，外加地处山村交通不便，工厂效益越来越差，出现了严重亏损，最后没有逃脱被关停的命运。

工厂虽然没有了，但是办工厂让人们的思想得到了解放。人们普遍认识到，光靠山里刨食，这肯定不行。苔里几个大队书记聚到一起，一致认为，山里人多地少，只有办好工厂，才有出路。

1965年，新川的涧下耐火材料厂应运而生。当年涧下大队和周边的尚儒、蒋笪、新民三个大队，还有四都大队的一个生产队，一起合作办起了这个工厂。耐火材料产品的技术门槛不算很高，大多采用土法生产。眼见涧下工厂效益好，张坞、楼下、邱坞与西

涧下耐火材料厂旧址

川也着手合办了建丰耐火厂。1967 年三村又从建丰耐火厂撤资，跟大安村合作，建起了大安耐火厂。相对来说，涧下耐火厂规模比较大，效益最好，受到煤山公社的重视，后来改制为煤山公社的社办企业。

杨月明记忆犹新，涧下耐火材料厂开工时就遇到了发电的困难。当时大队书记找到公社领导，争取到长广煤矿的支持。于是，大队干部带人连夜翻山架起电线，没有电线杆，社员砍来毛竹当电线杆。待电线拉到大队部，没想到电线不够长，还差了一大截。大队书记喊人找来 9 厘米的铅丝，当电线直接接上。

电通了，山村亮了。涧下大队成为岕里第一个通电的大队，这在当年是颇为荣耀的一件事情。为了增大通电功率，涧下大队联系上本地一个在北京当兵的人，托他找关系从上海买回了一

耐火材料厂单据

台变压器。"没有想到,这台变压器刚安装还不到三天,由于受整风整社的影响,被县里来人拆掉了,变压器拉到长广煤矿充公去了。"杨月明拿出当年购买变压器的购货单说道。

变压器虽然被拉走了,但新川人办厂的烈火红心没有熄灭。人们都清楚,只要有了自己的工厂,村集体经济才能得以壮大,社员的收入才能得以增长,百姓的生活水平才能得以提高。

耐火材料厂账本等

岕里的"黑工厂"

张坞红星磨具厂旧址

尽管时光流转，岁月更迭，但永远无法抹去历史在此间留下的烙印。

20世纪50年代末到60年代初，我国掀起"大办工业"热潮，新川相继创办10多家社队企业；然而，从1965年开始，受"左"倾错误思想的影响，刚刚萌芽不久的新川村工业被牵连进了一段"黑工厂"的办厂只，在乡村振兴新川案例馆中能真切感受到这段艰辛的历史。

2019年10月26日，刚刚落成的乡村振兴新川案例馆迎来了长兴的老县委书记——浙江省人大常委会原党组书记、副主任茅临生。他曾于1991—1994年担任长兴县委书记，走遍了长兴的山山水水，对长兴的一草一木都有着深厚的感情。

乡村振兴新川案例馆展出的很多记录新川工业发展历程的老资料、老物件，引起了茅临生的浓厚兴趣。在案例馆的"冒险办厂"展区，茅临生驻足半天。那一幅幅旧图片、历史场景，还有陈列的各式账册、工分簿、进库入库单、电报纸、合同书……都带着20世纪六七十年代的特殊记忆，勾起了他内心深处的某种情愫。对很多人来说，虽然不过是四五十年前的事，时间跨度不算很长，可是感觉已经属于一个非常遥远的年代了。当60岁以上的人看到这些，很难不忆起那一段难忘的激情燃烧的岁月。

陪同老县委书记参观的新川村党委书记张天任，讲述着新川工业发展历程，指着还原的红星磨具厂说："当年这个厂被说成是'黑工厂'，大队书记、大队长、厂长三个人还被判了刑。"

"三个人还真的坐了牢？"茅临生闻言，短暂的惊讶后，感叹万分地对张天任说，"难怪你们新川工业发展得那么好，原来背后都是有故事的，这跟温州的'八大王'事件有些相似。"

新川的"黑工厂"事件比"八大王"事件还早了整整15年，这可以说明一点，新川人工业立村的意识远远早于全国很多地方。尽管这三个人命运多舛，但是他们是创业办工厂的探路者，为新川发展撒播下了"星火"，并绵延不息。

还是让我们把时光拉回到20世纪的那个特殊年代——

新川人认准了的路，就毫不犹豫地一直往前走。尝到耐火厂带来的甜头，新川人并没有满足，开始利用各种资源，四处打探信息，一门心思想办法把工厂办好。

1965年底，张坞大队书记胡仕坤偶然得知，宜兴县川埠公社查林大队的磨具厂效益非常不错。他带着大队干部前往查林大队考察学习，邀请查林大队派技术人员来张坞协助创办磨具厂。经过一个多月紧张的筹备，张坞大队把张家祠堂的老房子改作厂房，红星磨具厂正式成立。人们都没有想到，生产出来的小小磨具，非常受客户欢迎。

70多岁的村民王耀金回忆说，当时一天能挣到一块钱多一点，比在生产队干农活挣工分收入翻了几番，大家都想进工厂，干得也非常卖力。

由于经营有方，红星磨具厂1966年销售收入就达到了150万元，实现毛利50万元，当年除了交纳国家税收，留足集体积累，每个村民还分到了20元钱。许多贫困村民靠着在工厂劳动，实现了一人就业、全家温饱。红星磨具厂成为村民脱贫增收的

"梦工厂"。

在乡村振兴新川案例馆中，摆放着部分当年贫困社员要求进工厂当工人的申请书，以及大队、工厂、公社出具的就业证明，还有部分生产挑战书、应战书。从这些手写的挑战书、应战书，可以想见当年新川社员们高涨的劳动积极性。字里行间表达了他们的自豪、幸福感，还有对党的感恩，对毛主席的感恩。

谁也没有料想到，1968 年，红星磨具厂正蒸蒸日上发展，它却被定性为"资本主义黑工厂"，遭查账封厂，冻结没收现金 30 万元。大队书记胡仕坤、大队长胡德卿和厂长胡生林被判刑坐牢，直至党的十一届三中全会结束后，他们才得到彻底平反。

耐火厂同样受到风波的冲击。在 1985 年 7 月 17 日长兴县人民政府发布的《关于对原煤山耐火厂处理情况的复查意见的批复》一文中，记载了原煤山耐火厂（也就是前文的涧下耐火厂）遭到冲击的历史，也展示了当年办厂增收的盛况。文件显示，1970 年，煤山耐火厂获"暴利"436540 元，后被罚款 10 万元，工厂被公社收回。1985 年才按照国务院《关于发展社队企业若干问题的规定》的精神，煤山镇罚款退还村里。

"黑工厂"事件，对张坞、楼下人们的思想、集体经济都带来了创伤。尽管如此，那个时期新川各个大队仍然相继办起了砖瓦窑、矾土粉碎厂、木材加工厂、竹艺厂等一批队办企业。当年这些队办企业规模都不算大，生产工人队伍主要是由生产队抽派多余的劳动力来组成。"农闲做工，农忙务农"，时开时关，俗称"开关厂"。这些"开关厂"，在夹缝中顽强生长，寻找着各种可能生存的机会，憧憬着春天的到来。

东方风来满眼春

矾土厂生产场景

1978 年,党的十一届三中全会后,我国开始实行对内改革、对外开放的政策,对内改革先从农村开始。安徽小岗村大包干的改革浪潮很快在全国各地产生回响。1979 年 7 月 15 日,中央正式批准广东、福建两省在对外经济活动中实行特殊政策、灵活措施,迈开了改革开放的历史性脚步。

春雷已然开始鸣响。1982 年,长兴县广大干部群众全面贯彻落实改革开放的方针,在农村推行联产承包责任制,实行以生产队为基础,土地山林承包到户。农村产业结构调整,农民有了自己的生产经营权,大大激发了农民的生产积极性,促进了农村经济的快速发展。

新川的毛竹山和田地也承包到户了,村民如沐春风,喜笑颜开。对此,曾经担任过楼下大队长的赵新荣回忆道:"包产到户以前,生产队一起去干活,面朝黄土背朝天,一年下来收成也不多。满山的毛竹和树木,都是可以换钱的东西,社员却不敢动一棵,只能靠吃国家的返销粮过日子。"

当年赵新荣牵绳量地,将生产队的土地和山林划分到各家各户。"分山上的毛竹,大队干部组织开会抓阄,大家各自凭运气,都很激动,没有人去计较哪片山林好哪片山林坏。"从村干部位置上退下来的赵新荣,后来到天能集团上班,直至退休。

改革开放后,农民对摆脱贫穷走向富裕表现出了强烈的渴望。由于新川村人多地少,联产承包到户后,一时间造成大量劳动力剩余。不少村民在劳作之余,还到煤山镇上的电缆厂、镇水泥厂、山狮水泥厂、长广煤矿、石矿厂等单位打零工。有个别的人转成了合同工,也有不少人自己想办法挣钱,卖毛竹、茶叶、蔬菜等,开店做小生意。胆子大的人就干脆到外面闯世界去了。

新川村这块土地沸腾起来了,人们如鱼得水,八仙过海,各显神通。当年涧下村的杨汉水从事毛竹长途贩运,收购新川农户的毛竹，销往苏州市、常州市、无锡市、江阴市等地，赚取差价。没有多长时间，他成为当地的"万元户"，在煤山一带颇有名气，被人称作"杨万元"。"万元"在今天是个不值一提的经济单位，但在改革开放初期，却可以建造两栋小别墅，也是在相当长一段时间里农村经济发展、农民致富的衡量标尺。

1984年3月，中央一号文件《关于开创社队企业新局面的报告》颁布实施，为农民自主联合办企业和农民个体办企业大开绿灯。文件中，将农民户办、联户办的企业与原有社队集体企业统称为乡镇企业，将其放到了同一个起跑线上，明确提出鼓励户办、联户办企业与乡村所属集体企业共同发展，并要求各级政府对乡镇企业与国有企业同等对待，一视同仁，给予必要的扶持，形成同心协力推动乡镇企业发展的局面。

上面春雷滚滚，下面春潮涌动。新川村村民自发地寻找出

当年耐火材料厂的产品

路,在市场经济的大潮中大展身手。为了满足市场对大量石材的需求,新川村靠山吃山,靠水吃水,先后开办了佛殿基石矿、杨梅涧石矿、陈家庄石矿和下其岭石矿,还开办了畚箕坞泥矿,为宜兴制作紫砂壶的工厂提供原料。这些工厂和石矿,掀起新川人首轮致富潮。

这个时期,大量社队企业涌现出来,1984年后都称作乡镇企业和村办企业。像温州市、宁波市、新川毗邻的江苏市等地,基于一村一地的特色,村村要发展,出现了家家点火、村村冒烟的现象。相对而言,新川所在的长兴的发展还是滞后的。但是,新川人不等不靠,敢为人先,积极大办工厂,为壮大集体经济寻求出路。

到20世纪80年代末,新川的四个自然村先后创办有五金加工厂、耐火材料厂、木材加工厂、金属拉丝厂、金属冶炼厂、炼油厂、竹笋加工厂、蓄电池厂、电器材料厂、服装厂、玻纤厂、灯具厂、食品加工厂等20多家村办工厂,还兴办有石矿厂多家。

其中,楼下村办起了废金属加工厂,也就是村民口中常说的拉丝厂,还有一个焦墨厂和五金厂,三个小厂加起来还不到30个人。凭着人工的成本优势,这些小厂也红火过一时,旺盛的时候,这些工厂与浙江范围内的很多企业一样,生意都非常红火。到了1986年,这三个小工厂为楼下村集体积攒了一笔资金,使楼下村有了13万元的积蓄。

到今天,如果去走访长兴县的农村,还能看到当年乡村工业发展的影子。在已经彻底改造过的宁杭公路上走,两边会不时地闪过耐火材料厂、电缆厂、包装材料厂等大大小小的企业。这些工厂当中,追溯其来源多与农村改革当中的社队企业有关。

在乡村振兴新川案例馆中,有一个"时光隧道"展区。展区中陈列着新川村以前的工厂目录、业务往来的销售单、订货合同、电报、工资表、工分簿、缴税款书、经济运行统计报表等珍贵实物资料。

展馆的讲解员非常自豪地向参观的客人介绍,"从这一份份业务往来的函件中,大家可以看到,从新川村办企业中生产出来的产品,当时销往全国各地,很多订单来自北京、上海、杭州、南京、武汉、苏州等大中城市,产品供不应求,生意异常红火。这些村办企业在贡献财税、解决百姓就业增收等方面作出了很大的贡献,从侧面反映了新川村通过大办企业走上工业致富大道的历史。"

等闲识得东风面,万紫千红总是春。

村民在五金厂上班

煤山第一蓄电池厂的诞生

煤山第一蓄电池厂

20 世纪 80 年代,当时的楼下村在长兴县仍然算是比较落后的村落——因为这个村和周围的涧下、邱坞、张坞连在一起,只有在村与村的交界处,山与路之间才有一些零星空地。全村 180 户农户,共有 580 人,仅拥有耕地 113 亩,另有林地 2650 亩、毛竹 856 亩,经济来源非常有限,村上大量的剩余劳力一职难求。

到了 1985 年,楼下村以前创办的小厂效益开始下滑。当年像楼下村的这些村办企业乃至乡镇企业,大多是依赖计划经济下的国有企业生存的。自 1984 年开始,随着国家对国有企业管控政策的调整,乡镇企业的业务开始出现萎缩。此外,因为这些小工厂的技术门槛实在太低,以致村村都在上马,不少私人企业加入其中,楼下村的小厂生意受到了严峻的挑战。

不过,随着我国农村经济政策的"放宽搞活",全国各地乡镇企业以其蓬勃的生命力迅速崛起,已经成为一个不争的事实。1984 年中国的乡镇企业约有 165 万家,拥有劳动力 3848 万人。而到 1986 年底,乡镇企业的总数已经发展到 1515 万家,劳动力近 8000 万,向国家缴纳税金 170 亿元,实现总产值 3300 亿元,占全国工业总值的 20%,"五分天下有其一"的格局悄然出现。

眼见外边的乡镇企业发展如火如荼,而自己村里几个小厂却是半死不活,楼下村干部除了眼红之外,心里像压上了一块巨石。这几年集体账面上刚有了起色,现在工厂却是一天不如一天,居然出现了亏损。有人提出来,干脆关掉所有的工厂;也有的提出要么转产,但转产做什么呢?其实提出转产的干部心里也没有底。

正当村干部们左右为难,为找不到一条合适出路而发愁的时候,马上要搬离煤山镇的国企上海矿灯厂厂长刘匡明出了一个主意——办蓄电池厂。

楼下村所在的煤山,因"煤"而得名。自明代万历年间,煤山这一带山中就开始有人采煤。从清朝同治年间至民国时期,煤矿采挖更加活跃。1918年,成立长兴煤矿股份有限公司,创办发电厂,引进德国制造的采煤设备。1920年,煤山建起了铁路,全长26.5公里,那时就有了小火车运煤。1958年8月,经国务院批准,长广煤矿公司在煤山成立,负责开采煤山盆地和安徽广德十字铺以东的煤田。为了配合煤矿开采,直属于当时的煤炭部的上海矿灯厂,作为三线工厂从上海内迁到煤山,负责给煤矿生产矿灯。

这家上海矿灯厂在煤山地区经营近20年,由于征用过楼下村的土地,需要临时工的话,大多是到村上来招。这些临时工一般从事货物搬运之类的工作。一来二去,刘匡明厂长和楼下村干部熟络起来。这些年下来,村民对矿灯厂也有了一种特殊的好感。现听说矿灯厂就要搬走了,村上人还真的有些舍不得。毕竟,有了矿灯厂,能找份临时工干干,也能挣些活钱。

现在矿灯厂要搬回上海,刘匡明提出办蓄电池厂,对当时楼下村的几个主要干部来说,肯定是非常有诱惑力的。当年的农村基层干部,不要说战略眼光,就连当下要发展什么都不一定有主意。刘匡明是国有工厂的厂长,提的建议对村干部无疑是有诱惑力的。

由于事关重大,楼下村召开了五次生产队长会讨论此事。一天晚上,刘匡明参加了楼下村的讨论会,大家意见不统一,有赞同的,有担心怕冒风险的。将要退休的刘匡明诚恳地表示,如果楼下村建蓄电池厂,他愿意投资2万元入股,技术方面,由矿灯厂的退休工程师来负责。

刘匡明此言一出,会场突然安静了,村干部和各个生产队长十几双眼睛都盯着他。刘匡明见状说,我们提供技术支持,完全可以帮助楼下把蓄电池厂办起来。

刘匡明继续说,工厂开起来,刚开始为我们矿灯厂配套,如今上海应急灯厂正在兴起,你们也可以做应急灯电池。现在农村老停电,应急灯市场将来肯定不错,电池销路不会发愁。至于技术,我们抽两个技术人员帮村里搞起来。

大家对"合作入股"感到陌生而又新鲜,刘匡明自己掏钱入股,还有技术支持、介绍客户,这不是天上掉下来的好事吗?大家非常兴奋,摩拳擦掌,有点按捺不住了。

这一晚,村委会简陋的办公室里灯光比往常显得更加明亮,似乎照亮了村里的前景。大家兴致勃勃,你一言我一语地讨论着办厂的事情,一点儿也没有通宵的疲倦。村里决定将集体账面上的钱拿出 4 万元,加上刘匡明入股的 2 万元,工厂启动资金不成问题。这笔钱在当时来说,不亚于一笔巨款。大家决定关掉早已亏损的五金厂、焦墨厂,全力来办蓄电池厂,这个"风险"值得一冒。一夜下来,地上满是烟头,大家对于蓄电池厂的盘算也有了清晰的描画。

1985 年底,楼下村最终决定组建蓄电池厂。当时正处在改革开放初期,土地审批很严格,手续也很烦琐。煤山镇党委书记带着楼下村干部,亲自去县里相关部门争取用地指标。三番五次跑工商、企管、土管,终于取得了 3 亩多工业用地。

转眼到了第二年的春天,山上的草木次第苏醒,一片万物复苏,充满生机勃勃的景象。蓄电池厂址就选在金鸡山脚下,那儿原本是一块荒地。曾经担任过楼下村干部的张学春老人回忆说:"我们带领村民齐心协力,花了一个多月时间,硬是将荒地平整出一块地基。接着盖起了几间小平房做厂房,外边还围起了一个围墙。"

1986 年的 4 月,经过一段时间筹建,煤山第一蓄电池厂正式挂牌成立。

　　煤山蓄电池厂挂牌那天，在村委会大门口张贴了一张招工启事，面向全村人招工。但启事上明确规定了进厂的硬性条件，那就是进厂的员工要交 800 元集资款。那个年代，农村人想找份工作不容易，哪怕就是进乡镇企业都要有一定关系。在当年，企业招工，要求交纳集资款、保证金是很普遍的现象。

　　消息一传出，村里人议论纷纷。当时的 800 元钱，一般家庭还不一定拿得出来。不少人到村里询问情况，前前后后来了 20 多位村民，交纳了集资款，成为第一批蓄电池厂的员工。

　　时间很快到了 10 月份，蓄电池厂正式投产。虽说是蓄电池厂，主要从事的却是电池中的核心部件——极板的加工业务。为摩托车电池、汽车电池和应急灯电池提供配套极板，偶尔也生产组装一些应急灯用的小电瓶。

　　这是逼出来的工厂，也是自家的工厂。那些交钱进厂的员工对来之不易的工作非常珍惜，都不计较工作时间的长短，也不在乎工作环境的优劣。他们的主要工作就是将铅板变成一格格的铅栅，剪裁成不同规格的板栅，用手工将磨细的铅粉调成铅膏，按厚度均匀地敷在铅栅上，再进行烘干、包片。这一连串的工序完成后，成品的电池极板就生产完成了。然后，将成品送往上海的客户厂家。

　　蓄电池厂貌似作坊式的加工厂，类似于大多数乡村企业。但生产蓄电池不是那么简单的，这一连串工艺体现的是技术含量，其主要技术就在于构成极板的铅栅和铅膏，铅栅的合金比例和铅膏当中的添加剂成分，决定了蓄电池的容量和性能。这一关键环节，都是由刘匡明来把关。在生产极板的同时，蓄电池厂偶尔也会组装一些电池成品，后来还扩建了一个电池组装车间。第二年，也就是 1987 年 6 月 20 日，蓄电池厂正式注册了一个属于自己的电池商标——"汇源牌"。

单一为上海矿灯厂生产配套产品，蓄电池厂根本不需要过多地操心市场，只需要按照矿灯厂的要求，做好供货送货就可以了。真正生产电池，却远没有大家想象中那么简单。不但要开拓自己的市场，而且对技术人员要求也很高。蓄电池厂要发展，人才短缺是最急需解决的问题。可是，村上连上过初中的员工也不多。来自楼下村的有着高中学历的张天任，在村上企业里跑了6年的业务，现在还是村金属冶炼厂的一名供销员，负责采购废旧金属。由于蓄电池厂刚起步，业务量也不大，村里特意安排他兼任蓄电池厂的出纳会计。

村里之所以看中年轻的张天任，不仅仅是因为他的"高学历"，更重要的是他有多年跑销售的经历，认为他是一个足以承担更大责任的人。进入蓄电池厂，为他后来带领山村小厂发展成为国际上市集团公司赢得先机。当然，这是后话。

追梦路上的年轻人

1977 年,中断 10 多年的高考终于恢复。

1979 年,张天任高中毕业。他和所有的有志青年一样,怀揣着梦想冲向考场,开始命运的角力。令他没有想到的是,高考成绩出来后,幸运之神却没有眷顾他。

1977 年恢复高考,招生的数量极其有限。1978 年 610 万考生,录取 40.2 万人;1979 年高考人数 468 万人,录取人数 28 万人。之前那么多年没有机会上大学的高中毕业生,一时之间,挤到一起,就成了"千军万马过独木桥"。这些青壮年男女,从车间、田头、军营……纷纷走进改变自己命运的考场。像张天任这样的应届毕业生,大部分是 1969 年前后上小学的。由于当时特殊的社会环境,他们在学校里没有学到多少知识。

高考失利,对张天任的打击是巨大的。多年以后,他回首往事,讲起两次落榜,仍然唏嘘不已。从不服输的张天任,本想卷土重来,再复读一年,可是家里穷困的现实,让他想起父母那忧郁的眼神,父亲为供养自己兄弟姊妹四个人,辛辛苦苦扛毛竹、种地、卖咸菜,还有外人异样的眼神……这些纷繁苦涩的景象,一桩桩地堆积在正处于青春年华的年轻人身上。一想到自己父母亲的种种不易,张天任狠下心决定放弃复读的念头。

真正一踏出校门,生活就变得现实、变得残酷起来了。当时的张天任有点迷茫,没有具体的人生目标,但他不甘心被命运摆布,"跳出农门"依然是他的急切愿望。他首先想到的是去部队当兵。当兵有津贴,可以贴补家庭开销。更重要的是在部队还有学习的机会、有考军校的机会,干得好将来还可能提干,当上一名光荣的军官。这是当时农村青年想走出农村除了考大学之外的唯一选择。

年轻时的张天任

令张天任万万没有想到的是,入伍体检时竟然被查出鼻膜炎。对此,他记忆格外深刻:"医生体检很认真,做完检查,跟我说你可能比较麻烦,因为有鼻膜炎,体检过不了关。"这消息对他无疑是当头一棒,参军这最后一个"跳出农门"的机会就溜走了。

进部队的门给彻底堵死了,军校梦、军官梦也随之破灭了,还有什么好出路?这时,闲在家里的张天任偶然间得知村里的小学要招一名代课教师。他喜出望外,决定先去做一名代课教师,一边代课,一边补习,来年高考东山再起。

笔试、面试顺利过关,经过一番努力,三尺讲台终于向张天任伸出了橄榄枝。当他买好人生的第一双皮鞋,把浑身上下收拾得整整齐齐,兴冲冲准备到学校报到之际,让他没有想到的是,代课老师的名额已经在前一天晚上被人顶替了。

年轻时的张天任(右二)和同事在工作之余

路遥在《平凡的世界》中说,命运总是不如人愿,但往往是在无数的痛苦中,在重重的矛盾和艰辛中,人才能成熟起来。命运一次又一次的捉弄,让张天任开始直面现实,变得更加成熟了。

虽然身处底层,张天任内心依然闪烁着一团不灭的星火。在劳作之余,他总喜欢找来各种报纸看。当年报纸上面的文章,虽隔着历史的尘烟,仍可以触摸到那个年代的生机勃勃。有段时间,《人民日报》大篇幅地报道个体经济、私营经济的发展,张天任从这些铅字里嗅到了别样的味道。他知道个体经商的春天就要来临了。如果此时,他有经商的资本,会义无反顾地加入中国最早的创业大军中。可是他什么都没有,唯一有的就是不服输的劲头和梦想。于是,他决定到本地企业里找份工作,既能赚钱养家,又能学知识、长本领,积攒知识和经济上的原始储备,为今后放飞梦想打下基础。他相信,机遇总会垂青有准备的人。

1981年,张天任进入红旗金属拉丝厂打工,成为中国最早一批"打工仔"。红旗金属拉丝厂就是当时楼下大队办的企业,一共有十来个员工,都是本村的青壮年。他在工厂里,做事情从不挑肥拣瘦,不管分内分外的工作,都是抢着干。工厂一开工,拉丝冷却就要备用大量的水,他每天一大早主动挑起水桶,填满蓄水池。工厂领导见他勤快、踏实、能干,特别安排他到市场上跑供销,于是他成了一名令人羡慕的供销员。

红旗金属拉丝厂,村里人都称它"拉丝厂"。所谓拉丝厂,指的是收购有色金属回来,进行土法冶炼加工,将再冶炼出来的金属块熔化拉成各种规格的金属丝,最后出售给煤山附近的电缆厂和江苏宜兴、常州、吴江、安徽芜湖等地的厂家。

20世纪80年代,"村村点火,处处冒烟",社队企业遍地开花。当时新川的四个村,就连当年的张坞村小学,都办了工厂。有的叫拉丝厂,有的叫冶炼厂。这些工厂没什么设备,几口坩埚就是熔化和拉丝加工的主要工具了。将收回的废铜通过架起来的坩埚,用柴火加温进行土法熔化,再根据客户要求拉成不同规格的金属丝。开这种冶炼拉丝厂,新川四个村前后达10年之久。这类工厂能否赚钱,关键是供销员能否低价收购到废铜等原料。

心里藏着梦想的张天任,在卖力气地干活、跑市场的同时,利用空余时间参加了自修大学的学习,选择攻读法律和财会两个专业。有志者事竟成,凭着真才实学,他顺利通过自学考试,拿到了律师证和会计证两个职业资格证书。

张天任取得律师证后,乡邻不少人请他帮助打官司。不管是谁,他都非常热心,积极为人家官司奔走。有一次,被告方找到他,硬塞给他3000元钱。3000元,在20世纪80年代是一笔"巨款",但他坚决拒绝了。他坚持原则,通过法律途径,帮助原告打赢了这场官司。

自小生活在社会的最底层，艰苦的环境历练了张天任，他洁身自好，拒绝诱惑，坚守着道德标准和人格美德。后来，《湖州日报》专门报道了他义务帮乡邻打官司的事迹，称赞他是"山沟沟里的土律师"，对此他毫不知情。后来，长兴法院专门派人将报纸送到张天任家中。他经历的大大小小的事情，可谓不计其数，但这件事情给他留下了清晰而难以磨灭的记忆。因为他通过这件事情看到了自身努力的价值，更品尝到了被人尊重的幸福。

那个时候，作为一名供销员，张天任每个月一大半时间要到全国各地跑市场。内心深处的梦想，一直在激励着他。他怀揣着村里开具的介绍信，从长兴出发，搭长途汽车到常州或者苏州，换乘火车到河南、山西、内蒙古等地，到了当地再挤公交，在陌生的城市寻找目标。每次出差，他同其他村的供销员史伯荣、胡仕金等，邀约一起挤火车，到了省会城市再各自分开。

胡仕金回忆说："张天任跑的范围最大，经常去内蒙古、陕西、山西，不像我，一般只跑河南。"有一次他们一起坐火车到郑州，为了省钱，他和张天任买的是站票。因舍不得补卧铺，他们选择在别人的座位底下睡觉，一个睡上半夜，一个睡下半夜。

在跑市场的日子里，新川村这些供销员跋山涉水，风餐露宿，辗转全国各地，尝尽千辛万苦。不过，这些辛苦相对于上山砸石头、砍毛竹，根本算不了什么。他们从小都是吃苦长大的，山里生活早就让他们养成了坚韧不拔的性格。他们不怕吃苦，只怕收不到废铜等原料。如果收不到货物，村里面的工厂就要停工，工人的工资就发不了，就连自己的旅差费也报不了。

在市场上的摸爬滚打中，虽然有迷茫、有坎坷，但张天任一直坚守人性的美德，内心充满着对未来美好的憧憬。几年下来，他不仅学到了营销技巧,更多的是铸就了坚韧的品质,还锻炼了过人的市场洞察力。

有一年张天任到内蒙古出差,在同一旅馆认识了来自温州的两位供销员。温州人花钱大方,令他心生羡慕。因为是浙江老乡的缘故,他们很快变得熟稔起来,并经常相约一起出去吃饭。张天任为人豪爽,第一次请他们吃饭,就花掉了自己十几天的出差费用。

几次下来,张天任了解到了温州供销员为什么那么有钱的秘密:原来他们拿的是工厂出货价,也就是一次买断,至于卖出什么价,是供销员自己的事情。

那时候没有互联网,市场价格不透明,供销员拿了工厂价,销售中任意提高价格,利润空间自然巨大。这就是我国市场经济起步阶段的"买卖制",简单明了地把工厂和供销员的关系分得非常清楚。由于当时的国内市场商品处于短缺状态,温州兴起的"买卖制",自然形成了企业之外的独立经销商群落,这使得地处偏远的温州的产品得以走遍全球。

那天晚上,张天任失眠了。温州供销员的"任性"花销,强烈地刺激着张天任的感官神经。他牢牢地记住了温州这个"买卖制"模式,后来他还成功地将这一模式运用到自己的企业中。

当年那些经历的艰辛,如今在张天任看来,与其说是艰辛,不如说是一笔财富。张天任性格坚毅、处事果断,与他这些人生经历有着很大的关联。正是这些经历,更加坚定了他奋斗向上的意志,激发他追求梦想的豪情。在长达6年的销售员生涯中,无论遇到什么样的困难和委屈,他从来没有抱怨命运的不公,相反总能在摸爬滚打中找到亮丽的人生色彩。

张天任曾不无感慨地说道:"在全国各地跑的这6年,我学到了很多,看到了很多,最大收获就是让我对未来更加充满了信心。"村里安排他兼任蓄电池厂的出纳会计,让他感到,大干一场的机会来了。

的确是这样,这一切的磨炼,锻造了张天任非同常人的素质,那就是识别市场的洞察力、抢占先机的冒险精神和驾驭机会的过人能力。

改变新川命运的"承包"

毫不夸张地说,在中国企业史上,20世纪80年代,是一个英雄辈出的年代。很多日后驰名中外的公司均诞生于这个年代,比如海尔、华为、万科、联想……那些日后风云一时的人物也在这个年代开始了他们的商业生涯。在不知不觉之中,张天任也成了他们中的一员。

煤山第一蓄电池厂成立不久,其集体经营机制的弊端就暴露无遗。由于厂领导都是由生产大队指定的,跳不出计划经济时代的怪圈,他们不懂企业的生产和管理,也不懂技术和市场,经营管理跟不上,导致生产滑坡。工厂刚开始启动的时候,为矿灯厂生产极板还算顺利。没过多久,令人想不到的事情发生了,刘匡明厂长因为身体不好而撤股。这一下,蓄电池厂成了无技术、无资金、无市场的"三无"工厂。

屋漏偏逢连夜雨。1988年,全国开始出现经济增长过热、信贷规模过大、货币发行过多等经济问题。党的十三届三中全会提出了治理经济环境、整顿经济秩序的改革方针,着手调整经济发展的速度和规模,全国各地出现了一股"压乡办企业,保全民企业"的潮流。乡镇企业的外部环境开始变得严峻起来。

面对"银行不贷款,原材料实行专营,电力严重不足,煤炭价格飞涨还难以买到"的市场环境,乡镇企业的生存环境趋于恶化,企业普遍开工不足,亏损扩大。煤山第一蓄电池厂只靠自身苦苦经营,能够接到的订单少得可怜,难以支撑。工厂很快陷入停产状态,厂区里的野草都长到了人的小腿高。村民到地里干活,常常把自己家里的手拉车停放在厂区里面,省得拉回家费力气。好好的工厂,几乎成了一个"停车场"。

到了1988年底,工厂全年销售收入不到20万元,亏损超过10万余元,员工连续几个月没有领到工资,煤山第一蓄电池厂濒临倒闭。在内外交困、前景黯淡的形势面前,大家失去了信心,人心涣散,纷纷要求退股。

曾经担任煤山镇信用社主任的佘天生回忆说:"看到蓄电池厂停工,当时我也非常着急,因为工厂还欠我们信用社6万元贷款。"6万元,当年这是相当大的一笔钱。佘天生也是圻里人,就住在新川村边上的新民村。每天早上他骑自行车到信用社上班,经过蓄电池厂大门的时候,心里充满焦虑。

楼下村的干部没有注意到政策变化带来的影响,更无从了解市场背后的动向。眼见蓄电池厂入不敷出,濒临倒闭,他们压力比较大。村民要求退还集资费,弄得他们焦头烂额。那个时期,承包责任制已经从农业延伸到工业。1987年起,长兴县推行企业改革,根据企业不同情况推行经营承包和租赁承包,企业效益明显得到改善。煤山第一蓄电池厂也被卷进了这一波热潮当中。

楼下村干部几经商议,认为承包是唯一可行的办法。要想让煤山第一蓄电池厂"起死回生",走出低谷,村里要全面放手,将工厂交给懂生产、懂管理、懂市场的能人,实行个人承包经营责任制。

煤山第一蓄电池厂对外经营承包的消息不胫而走。当时,兼任电池厂出纳会计的张天任知道了这个消息，内心不由泛起波澜，一个大胆的想法在他脑海中蹦了出来。

有梦想的人不想错过任何一个机会。曾经跟随张天任一起创业的胡仕金清楚地记得，"当时张天任的父亲很担心，家里刚刚好过了一些，担心折腾不起，但是张天任有自己的主见，他认为蓄电池厂的前景巨大，决心把工厂承包下来干一番事业"。

想承包煤山第一蓄电池厂的除了张天任，还有同村的张水泉等几个人。和张天任一样，他们跑过销售，见多识广。

公开招标，唤起了人们的竞争意识。张天任把几年积攒下来的钱全部拿出来了，总共有 12500 元现金。虽然这不是巨款，但与 1986 年的人均收入一比，这笔钱相当于当时一个人 10 年以上的工资了。为了保险起见，确保竞标成功，他又从朋友那儿，你 1000，我 1000，借了几笔，一共凑了 17800 元。

竞标之前，张水泉他们几个表示，如果超过 10000 元，他们都不想承包了。张天任见状，特地将 17800 元分别装在两个口袋里，胸前的口袋里装了鼓鼓的一叠钱，故意让大家看见，感到他身上也只有 10000 元。在屁股后面的口袋里，他分别还藏着 7800 元。

果然，对方的承包价加到 10000 元就不再往上加了，张天任终于以每年交给村里 12500 元的价格获得了承包权。若干年后回忆起这段往事，他感慨地说："孙子兵法上讲，虚则实之，实则虚之。我这么做，主要是想冒险搏一下，又担心对手加价，就多了一个心眼。"

就这样，张天任脱颖而出。他成功承包工厂，无论是对于蓄电池厂，还是对于楼下村 包括后来合并的新川村，都是一个转折点，极具历史性意义。

拿下承包权后，面临的首要困难就是启动资金。工厂要开工,无论是原材料、电费、工人工资,哪一项都要用钱来说话。承包之时上交给村里 12000 元,剩下的只有 5800 元,简直是杯水车薪。没有启动资金,就算有再大的本事,工厂也无法运转起来。

村里主要干部与张天任一起,找到煤山镇农村信用合作社主任。可是从农村信用合作社借款谈何容易!1988 年冬天,正是国家集中整治经济增长过热、信贷规模过大、货币发行过多等经济问题的关口,如果没有特殊的背景或过硬的经济实力,乡镇企业想从银行贷到一分钱,比登天还难。

佘天生回顾当年,说:"尽管村里出面,但是电池厂原来欠的贷款还没有还回来,当时谁也不敢同意发放贷款。"

到了第三天,张天任带着厂里的采购员张增泉,决定再次找佘天生。这次他不是直接到信用社,而是骑着自行车来到佘天生的家门口,等他下班回来。

佘天生说:"其实我很欣赏他这个年轻人,对他这个人很清楚,但由于上边有规定,信用社也没有办法。"佘天生看见张天任对事业的执着,最终答应借给他 5000 元,期限是一个月。一个月之后,张天任没有食言,准时把 5000 元还到了信用社的账上。

这就是后来天能人津津乐道的创业故事——张天任凭着借来的 5000 元,带领天能人披荆斩棘、一路高歌。

借来了钱,订单从何而来呢?张天任决定到市场去寻找机会,目的地当然是上海浦东。已经是一厂之长,他反而比之前做供销员时还要苦还要累。因为一边要在全国范围内跑订单,一边还要操心整个企业的运营。

他每次从外地出差回到厂里,看到的都是员工急切的眼神。员工都是附近的村民,指望着厂里开工,有工资发。他们看到厂长回来,就意味着拿到了新的订单,工厂就又可以开工了。对于

工作中的张天任

张天任来说，开弓没有回头箭。但在市场经济的惊涛骇浪中，要让这艘小船稳稳行驶，又谈何容易？

不能专门指望配套上海矿灯厂，对于这一点，张天任心知肚明。汽车启动电池极板的业务量也不多。当时，由于国家电力紧张，农村停电现象比较多，应急灯在市场上比较紧俏。张天任想到了上海，跑遍了浦东所有做应急灯的工厂。他每天早上天不亮就赶车，挨家挨户地推销，被拒绝了很多次，也被打击了很多次，但他从来没想过要放弃。他软磨硬泡，终于获得了7家应急灯厂的订单，前提是必须保证供货及时。

那时工厂的员工也很少，张天任从浦东接到订单回来后，带着员工一起，切片、涂片、分片、装货、卸货，什么活都做，事事身先士卒。他常常是一碗面、一杯清水，补充着自己身体的能量。哪里需要,他就立即出现在哪里。大家以厂为家,齐心协力,凭着山里人不屈不挠的精神、待人诚实的品格,渐渐将销售市场拓展到嘉兴、绍兴、南京、上海等周边城市。

到 1989 年底,煤山第一蓄电池厂在市场整体低迷的大环境中,逆势翻红,销售收入达 60 万元,净利润 10 多万元。员工工资从 1987 年集体办厂时的 3.8 元/天,增加到 6.5 元/天,几乎上涨了一倍。员工的生产积极性空前高涨,不少村民也找上门,要求进工厂上班。

当年楼下村一片红火的前景,令周边村里的人非常羡慕。他们怎么也没想到,这还只是张天任带领村民走向富裕的一个小小序幕。

苍天不负有心人

在改革开放进程中,乡镇企业迅速崛起,标志着乡村工业化成了农村致富的新选择。

一时之间,新川村各类企业雨后春笋般地发展起来。村里先后办起竹笋厂、食品厂、拉丝厂、电线厂、耐火厂、灯具厂、服装厂、竹木工艺厂……初具规模的工厂不少于20家,还有不少家庭作坊。也有一些人从原来的蓄电池厂出来,自己独立单干,先后成立了几家新的蓄电池厂。

不过,随着市场经济大浪淘沙,村办企业相对比较粗放,加上村干部的视野和文化水平有限,没有先进的企业管理模式,因此,无论是村办企业还是私营企业,发展到一定程度,就会遇到瓶颈,大多数由于经营不善导致工厂亏损和倒闭。

在这些企业中,当年的煤山第一蓄电池厂却是一路凯歌,令人刮目相看。从下面一组数据可以清晰地看到它发展的轨迹——

1990年,销售收入87.07万;

1991年,销售收入104.61万;

1992年,销售收入245.43万;

煤山第一蓄电池厂更名为长兴蓄电池厂

1995 年,销售收入 548.33 万元;

1996 年,销售收入 1970.12 万元,实现利税 139.16 万元;

1997 年,销售收入 1636.96 万元,实现利税 134.33 万元;

1998 年,销售收入增至 2765 万元,创利税 300 多万元;

1999 年,销售收入成功突破 4000 万元,达 4316 万元,实现利税 483 万元,连续被评为浙江省最佳经济效益企业……

数据是枯燥的,但可以串起煤山第一蓄电池厂早期一路发展的轨迹。从 1989 年到 1999 年,10 年弹指一挥间,煤山第一蓄电池厂销售收入从 20 万增长到 4000 万元,整整翻了 200 倍,成为长兴县的明星企业,是一只名副其实的领头雁。在这成功的背后,有许许多多人们想象不到的付出与努力,包含了他们太多的心血和汗水。

1992年，邓小平发表南方谈话，这一年是中国企业家成长的转折年。这一年，党的十四大决定抓住机遇加快发展，确立了建立社会议市场经济体制的改革目标。

1992年3月，长兴县委、县政府深入响应党中央号召，积极贯彻落实南方谈话精神，要求党员干部解放思想、转变观念，组织全县开展声势浩大的解放思想大讨论。4月28日，长兴县委、县政府向全县人民发出《行动起来，抓住机遇，振兴长兴》的公开信。《浙江日报》也连续刊发长兴县解放思想大讨论的文章。楼下村党员干部、企业组织了学习和讨论，求稳难发展，要敢为人先……全新的发展观念在碰撞中呼之欲出。

作为一厂之长的张天任，心里突然产生一种强烈的责任感和使命感。他郑重地向村里提出，将煤山第一蓄电池厂更名为浙江长兴蓄电池厂（以下称"长兴蓄电池厂"）。将"煤山"更改为"浙江长兴"，可以窥见他当年的眼光和抱负。1992年7月18日，正式拿到更名后的企业法人执照。他的目光不再局限于煤山，而是延伸到长兴乃至浙江。

那个时候，应急灯的市场开始出现萎缩。在张天任看来，摩托车是当下国人消费的热潮，摩托车电池市场的空间一定非常大。在解决了企业基本生存之后，他虚心向专家讨教，钻研技术，带领技术人员一起攻关。几经反复设计和验证，终于研制出与汽车电池配套的各种型号的极板和多款摩托车蓄电池，形成了10多个产品系列。

新产品一经推出，张天任便马不停蹄地到处找客户，为了找米下锅，工厂遍地撒网，销售对象主要是路边的汽车、摩托车修理铺。那时候修理铺既换电池又换极板，生意非常粗放。业务员拉着整车的极板和电池，有的到江苏，有的走安徽，分两路出发。

那时候卡车出发时载着 5 吨货，卖完货回来一般会有 8 吨重，车上装的都是回收的废电池，以便用来做生产原料。有一年，厂里的供销科长胡仕金跟车到肥东，没想到在离目的地 15 公里处，车胎四个轮子爆了三个。当时正好是凌晨，他只得将车胎卸下来。然后，滚着车胎到肥东城里找到修理铺。这遍地撒网的辛苦，胡仕金至今记忆犹新。

工厂的员工也是不分昼夜，有事不分彼此，只要有事就抢着干。有时候张天任送完货，带回一卡车的废旧电池，回到长兴已经是深夜。员工们一听说厂长回来了，就会自动到厂里连夜卸车，并把回收来的废电池拆解干净，把所有的铅块取出来。由于工厂里当时还没有球磨机设备，因此需要连夜用手扶拖拉机将货拉到江苏宜兴加工成铅粉。第二天一大早，他们一刻不停地拉着铅粉或者铅合金回厂里，以免耽误工厂正常开工。

跟随张天任一起创业的张增泉，也是楼下村人，当时是技术科长。他说："那个时候，眼看生意很好，厂长开会说要扩大生产规模，希望大家齐心好好干。等把企业做大，开更多的分公司，将来大家都是分公司的老总！"

张增泉说，大家私下说厂长会画大饼，不过这些饼后来都画成了，张天任厂长当年说的话，如今都成了现实。

说干就干，张天任对认准的事绝不犹疑。一场基础设施建设和生产设备改造升级的战役全面打响。由楼下村出面，用原来的村畜牧场将长兴蓄电池厂附近的涧下村的土地调换过来。工厂从当年赚的钱中拿出一半来，扩建新厂房，添置了许多新的设备。

当年年底，新的装配线、化成线、浇铸线、涂片线、烘干线建起来了。长兴蓄电池厂彻底告别了手工作坊式的生产环境和生产方式。昔日荒凉的河滩，变成了一座具有一定规模而且像模像样的专业化蓄电池厂。

胡仕金清楚地记得,1993年正式生产汽车电池,这是企业发展的里程碑事件。

工厂遍地撒网的销售模式,肯定不是长久之计。怎样才能找到稳定的客户呢?张天任和胡仕金仍然将目光锁定在上海。打听到上海蓄电池厂极板和电池都是外包的,他们很欣喜。

找上海蓄电池厂试一试!上海蓄电池厂是国有企业,工厂规模大、气派。而自己不过是一个村办小厂,去找他们谈合作?胡仕金听了张天任的想法,心里有些发怵。但是,张天任并不气馁。果不其然,任凭好说歹说,门卫硬是不让他们进工厂的大门。

胡仕金回忆:"张天任一直给我打气,说办法总会有的。他还真有办法,通过关系,找到了上海蓄电池厂长的电话和家庭住址,打听到那个厂长的妻子是我们湖州人。这一下,我们感到有希望了,以为有了很大的收获。"

胡仕金说,等找到上海蓄电池厂长的家里,厂长妻子听到我们说话的声音,知道我们是湖州过来的,表现相当亲切。大概是这乡音起了作用,上海蓄电池厂长当即安排他们厂里的采购科长,跟我们来长兴,挑选两种规格的极板样品,一种是与摩托车电池配套的,一种是跟大众汽车合作的汽车启动电池配套的。如果检验合格,双方就可以正式合作。

这是一个令人非常惊喜的好消息!当年长兴蓄电池厂还没有专车,张天任赶紧打电话,请人到煤山水泥厂,花了600元钱借来一辆桑塔纳,第二天一大早到上海把客户接回新川。

长兴蓄电池厂虽然规模不算大,但产品质量过硬。一经检验,上海蓄电池厂感到非常满意。当时,上海蓄电池厂一共有10来家极板供应商,长兴蓄电池厂应该是经济实力最弱的一家。但小工厂的质量和服务赢得了大厂的信赖。在市场经济竞争下,其他供应商可能转产其他行业,也有可能停了,最后只剩下包括长兴蓄电池厂在内的两家供应商。

后来,在上海蓄电池厂的推荐下,长兴蓄电池厂开始给上海的大众汽车供货,正式生产汽车电池。市场上喜讯频传,特别是山东有名的"济南轻骑"也伸来合作之手。

接下来,出货越来越频繁。在大家的记忆中,一次性发往上海就有 5 辆大卡车的货。每遇暴雨,工厂旁边的杨梅涧大桥总会被山洪冲垮。有一次,上海客户催着发货,正巧碰上洪水将桥冲垮了,拉货的车只得停在路边上。当年没有叉车,张天任组织工人在杨梅涧两岸拉上一根粗绳,工人们自发地扛着一箱一箱的极板,用手拉着绳子,涉洪过河,将极板装上货车,保证了按时交货。

好酒不怕巷子深。一时之间,长兴蓄电池厂声名鹊起,还引来了外国客人。那是 1994 年冬季,临近春节前的某一天,两位韩国客人在上海特意找到胡仕金,计划到工厂实地考察一趟。胡仕金立即将这一信息反馈给厂里。张天任得知消息,当天一直等候在公司准备随时接待客人。

待客人到长兴已经很晚,大概晚上 8 点多。刚好那天下大雪,冰天雪地,路面非常滑。客人来不及吃晚饭,坚持直接去看工厂。胡仕金没有办法,只好听从客人的安排,租了一辆出租车。车窗外,大雪纷飞,司机小心地开着车。从长兴到新川,这条平常半个多小时的路程,当晚花了两个多小时。张天任一直站在公司大门口,等着客人的到来。待客人抵达时,已是晚上 11 点。

客人一看到工厂,可能与他们想象的落差太大。当年的工厂,规模确实不算大,但市场上的口碑非常不错。这大概与其厂长个人魅力不无关系。

张天任带着客人参观了车间,仔细地向客人介绍情况。客人看完车间,却没有谈合作的事。胡仕金准备送客人回长兴,张天任坚持要一起送客人。雪越下越大,深夜里的路况非常不好。俗话说"上山容易,下山难",从山上回到长兴,出租车整整花了4个小时。

回到县城,已是凌晨4点多。张天任让出租车开到酒店去,就是当年金陵大酒后斜对面的古龙酒店。服务员一见他们走进来,立即端上早已准备好的菜肴。客人一见热腾腾的饭菜,早已忘却寒冷,毫不客气地坐下开始狼吞虎咽起来。当年,山上工厂那边还没有饭店。在客人来之前,张天任早已订好了包间。他跟酒店提前约定好,不管客人什么时候来,一定要能吃上饭。吃完饭,已经是凌晨5点多。胡仕金至今都记得客人说的一句话,这是他们平生最晚的一次"晚饭"。这一顿"晚饭",韩国客人对张天任、对中国一定留下了难忘的印象。

真诚是智慧,也是谋略。张天任就是这样真诚待人、以心换心、用心做事,用真诚赢得合作厂家的信赖与尊重。

正因为如此,到1996年,长兴县蓄电池厂的生意越做越大,业务越来越多,工厂也非当初的模样,与最早三亩地的厂区扩大了10倍。企业从生产极板开始,拓展到为汽车生产配套电池和生产摩托车电池;员工也从最早的10多个人扩大到几百人;而更为重要的是,企业已经有了资本积累,成立长兴蓄电池科学研究所,有能力投入电池的科研项目了,陆续成功开发出船舶、邮电、电力、铁路等机车设备用的新型蓄电池,市场应用领域越做越大。

最为浓墨重彩的是当年张天任不惜重金引进人才,和高等院校合作,带领技术人员一道进行技术攻关,成功开发出电动自行车电池。

随着企业规模的不断扩大,张天任的担忧也越来越大。工厂的产品种类虽然不少,却没有真正在市场上处于领导地位的拳头产品,还不能从根本上占领市场。这种忧虑出自本能,也是缘于长期的市场实践在他的内心当中开始形成的"企业家精神",也就是危机意识、前瞻视野和创新精神。

1997年,我国电动自行车产业刚刚起步。事实上,从1995年第一辆电动自行车的问世,电动车就已经进入张天任的视野。当时全国生产电动自行车的厂家不多,一年的生产数量还不足6万辆。在技术层面,电动自行车充电一次骑行超不过30公里,电池寿命短。凭着企业家的灵敏嗅觉,张天任认为只要解决电池技术问题,研发出节能又环保、质量稳定的动力电池,低碳环保的电动自行车将会取代冒烟的摩托车,成为老百姓新的交通工具。在他看来,电动车是改革开放以来最具中国特色的创新产品之一,是一个贴近民生、符合我国基本国情且利国利民的新兴产业,具有极大的发展空间。

同是新川人的陶云兴,1996年6月进入长兴蓄电池厂工作。他清楚地记得,1997年,他实习结束后被分配做技术工作,当时正在研制大密电池和电动车电池。公司请来了上海复旦大学教授做技术指导,张天任亲自做实验。那段时间,几乎每天都有新工艺和新配方的电池送到检测室进行试验,而且要求数据和结果必须以最快时间拿出来。"那个时候,大家热情都很高,有时通宵在工厂做实验。为了配合我做实验,公司还从哈工大招了几名大学生。"陶云兴说。

对来自上海、南京的几位专家,陶云兴印象很深。在大家一起努力下,几经调整配方、修改工艺,新一代"电动自行车专用电池"诞生了。

新川村这家工厂的创新发展,引起长兴县委、县政府的高度关注。张天任迅速成为长兴县的致富领头雁。从1992年到1995年,长兴县委、县政府连续四年授予他长兴县先进工作者称号;

1994 年，他光荣地加入了中国共产党；1995 年他获得首届长兴县优秀青年厂长称号；1997 年，他当选长兴县政协委员；1998 年，他当选为长兴县第十届党代表、长兴县人大代表……

天能的崛起

"中国动力电池看浙江,浙江看长兴,长兴看天能。"这是流传在电池行业的一句话。长兴是中国新能源动力电池之都,天能是我国新能源动力电池行业的龙头企业。如今,全球新能源客商云聚长兴,既是对长兴的看好,也是对天能的信任和期待。这是新川的骄傲,是长兴的骄傲,也是中国电池的骄傲。

天能的前身就是新川村的煤山第一蓄电池厂、浙江长兴蓄电池厂。如果说，长兴蓄电池厂曾经让村民获得了不错的收益，那么，真正让新川村实现乡村振兴声名远播的，是天能的一次又一次转型升级，大力发展绿色新型能源产业。

20世纪90年代中晚期，一批民营企业纷纷倒闭。在长兴，许多企业也遭遇了同样的命运。这些企业有一个共同之处，就是他们抢占了先机，却没有及时转型，没有创造出一种核心竞争力。一个成功的企业家不但要认清市场发展规律和企业成长规律，还要有驾驭企业的能力。我们还是把时光倒回到1998年——

许多人认为张天任将钱砸在电动车电池的开发上，无疑是在冒险，甚至是草率和鲁莽的。

张天任不管不顾，差不多花了两年的时间，终于开发出了环保安全的新一代"电动自行车专用电池"。当时，他考虑要注册一个全新的商标。之前的'汇源'虽然不错，也好听，但他总感觉还不能很好地概括新产品的特点，特别是与"汇源"果汁同名，易让消费者产生品牌混淆。于是，张天任把干部们召集起来，一起商量给新电池取个新名字。

大家脑洞全开，有的说叫"长源"，有的说叫"绿能"，有的说叫"海能"，有的说叫"长能"……不过有趣的是，后来长兴县其他电池企业纷纷用了这些名字。

最后，还是张天任一锤定音："我看就叫'天能'吧！"

天能，就此破壳而出。张天任说："'天能'，从字面上很好理解，'天'就是天空、蓝天，'能'，就是能量、能源。"他对"天"情有独钟，心中始终有个"天"。高中毕业参加高考那年，他给自己取名天任，以此抒发自己的宏伟抱负，盼望从山村飞出去，像雄鹰一样在更为广阔的天空里展翅翱翔。

张天任和业务员早期在展会上

天能电池在 2000 年第三届全国电动自行车里程大赛上

为了进一步激发乡镇企业的活力，楼下村响应长兴县政府的号召，积极推行村办工厂产权改制。之前的 1995 年，在经营承包基础上，楼下村对村办企业开展租赁承包。在这种体制之下，承租人的权利从简单的经营自主权，开始向资产的运营权转化，极大地推进了企业的发展，村民也跟着享受到了企业发展的实惠。1997 年 9 月，党的十五大明确宣告"非公有制经济是社会主义市场经济的重要组成部分"，长兴县积极推行乡镇企业改制。

1998 年，长兴蓄电池厂正式转制为民营企业，其营业执照变更为长兴天能电池股份有限公司，法人代表张天任。同年，张天任当选楼下村党支部书记。他将企业改名为"天能"，内涵变得比之前更加厚重。

这个时期，煤山镇紧紧围绕"工业兴镇、富民强镇"这个主题，启动了煤山工业园第二期 1500 亩工程，附近几个村的大量土地再次被征用，包括楼下村在内的不少村民失去了田地，人们只得选择出门打工。张天任看在眼里急在心中，迅速在煤山镇工业园区投资建厂——成立浙江长兴电源有限公司，以方便村民在家门口就业。

"在外地也是挣那些钱，在家门口的天能厂里也一样挣那么多的钱。全家老小在一起，互相都可以照顾。"工号是 001 的钱杏仙，是最早一批进天能的村民，她道出了所有新川人的心声。

天能的迅猛发展，让新川村民看到了希望的曙光，在家门口就能挣与外面打工一样多的钱，而且只要认真工作，每月拿到的工资比外面打工还要多，这样的好事到哪里去找呢？于是，村民们纷纷到天能工厂里上班。

"新来的邻居们，我手把手地教他们，让他们尽快地成为熟练工，让他们成长为能独当一面的师傅，他们再去带新人。只有这样循环下去,厂子才能发展壮大。"钱杏仙后来成为车间主任,电池生产哪一道工序,她都了如指掌。在她的指导下,村民很快从新手变成了熟练工,他们又带动新人……

刚刚问世的电动车电池,令天能人欢呼雀跃。可是投放市场一段时间后,并没有引起太大的波澜。销售人员兴冲冲地奔向市场,找了一家又一家电动车厂家,却未能拿回预期的订单。

正在一筹莫展之际,一个机遇从天而降。张天任从绿源电动车公司董事长倪捷那里得知,1999年上海自行车协会准备在广西桂林举行第二届全国电动车里程大赛,第一届电动自行车大赛1998年在武汉举办过。

这对推销新产品来说是个机会,张天任决心要拿下这次比赛的赞助权。当年电动自行车市场虽然还没有红火起来,但不少人都看好这一产品的市场前景,电动自行车企业已经纷纷出现。报名参加此次里程赛的就有40多个厂家。上海自行车协会非常重视,有意找一种品牌响的电池作为比赛的专用电池。

张天任专程到上海,找到上海自行车协会,恳切地做自我推荐,希望协会选用天能电池。当时协会看中了华东地区两家国企电池,无论从规模、装备还是技术实力来说,天能与他们都是有差距的,但自信的张天任没有退缩,经过一个多星期的游说,上海自行车协会被他的诚恳打动了,答应天能电池作为大赛指定电池,并指派检测人员到工厂现场监督生产。

陶云兴说:"好不容易争取来这样一个机会,董事长天天在生产线上盯着,和我们一起操作,对每一道工序严格把关,确保过硬的产品质量。"

比赛的结果令参赛的整车厂家震惊了,天能电池充一次电能跑70公里,有一辆电动车跑到了100公里之外。而当时市场上的电池充电一次最多只能跑30公里。当时,电动车厂家认为天能电池是以牺牲电池寿命的方法来满足电池的容量，估计最后跑不到三个月。

面对质疑，张天任当场表示，所有赞助参赛的天能电池，都不用再拆下来了，全部送给厂家带回去测试。

比赛是1999年11月举行的，到了第二年，也就是2000年6月，天能电池还能一次续航里程50公里，其容量大、续航远、寿命长，成了不容置疑的事实。

2000年，江苏自行车协会在石家庄举办了第三届全国电动自行车里程大赛，再次运用了天能电池作为指定专用电池。"天能"这个名不见经传的品牌，在里程赛上再次赛出了威风，比出了实力，跑出了霸气，由此奠定了在业界中的领先地位，也等于昭告天下：电动自行车的春天即将来临。

天能电池因连续两次在全国大赛上表现卓越，知名度大幅提升，订单雪片似的飞向天能公司，生产量一再加大，工人的工资也一再提升。因仅凭工厂里的工人来生产，已经不能满足现状，扩大生产已经成了天能迫切需要解决的大事。

胡建平是煤山本地人，他亲眼见证了天能电池的快速增长。想起当年，他十分自豪地说："1998年我进天能的时候，电池装配只有一个生产车间，所有电池都在这个车间里生产。到了2000年，我被公司调出来，负责成立一个新车间，要上动力电池。"

刚刚投产的新车间每天以5000只动力电池的数量，开展满负荷生产，仍然不能满足市场的需求。为了及时完成电动车厂家的订单，公司果断停止启动电池的生产，对原来的手工装配线进行改造，改成全新的机械化生产线，开足马力生产动力电池。

2001年，天能首次实现销售收入过亿，达1.1亿元，比上年翻了一番。在年终表彰大会上，张天任为了鼓励销售人员，现场奖励周建中一辆桑塔纳轿车。同是新川人的周建中，时隔多年，仍然很激动,他说:"这是我人生中的第一辆轿车,对董事长是更加敬重与钦佩。"

"企业到了这个时期,我们这个管理团队已经有了一点野心,董事长开始全国布局,要在全国争做龙头企业了。"现在是天能控股集团副董事长的周建中说。

同是新川人的史伯荣,曾担任天能集团副总裁,天能每个基地建设几乎都留下了他的身影。2005 年 4 月中旬,他带领一支 8 人队伍进驻江苏沭阳。同年 10 月,另一位新川人张开红被张天任派到安徽芜湖。天能分别在这两地投资,兴建生产基地。一年之后,两个生产基地相继投产,天能由此成为极板生产、塑业制造、电池组装、动力新能源开发等门类齐全、实力雄厚、技术领先的大型企业。

与此同时,天能瞄准国际电池先进技术,着手新能源锂离子

奖励公司员工的第一辆小轿车

天能动力于 2007 年 6 月 11 日在香港主板上市

电池、新能源汽车动力电池的开发，投资建设长兴新能源锂电池
生产基地。

　　前瞻的战略决策，爆发的市场需求，高效的产销布局，天能
正在实现新的跨越。2005 年，天能集团销售突破 10 亿元大关，引
起了行业内外的高度关注。

　　前程似锦之际，张天任并未被巨大的成绩遮住双眼，他清醒
地意识到未来的竞争是人才、资本、机制的综合竞争。他思前
想后，上市是唯一的答案。2007 年，他带领天能在香港主板成
功上市，天能动力成为"中国动力电池第一股"。作为一个企
业家，他想通过上市给企业带来规范化管理，再次打开天能的
视野和格局，吸纳更多的人才，从而推进天能再次迈向高速发展
的轨道。

　　2009 年，天能原来的老总部——煤山公司开始全面转型升

级。这一年，史伯荣被重新调回煤山公司。在被派往江苏沭阳的时候，他已经 52 岁了，他认为这是自己在天能的最后征战，调回煤山公司可以顺利退休。他没有想到的是，这只不过是他新一轮远征的开始。2011 年，他又前往河南濮阳，着手建设北方的"天能总部"；2012 年，他担任长兴循环经济产业园吴山基地总指挥；2013 年，他再次被派往安徽，建立界首基地；2017 年，他分管芜湖基地和界首基地；2018 年，重新出征贵州台江。

回首往事，史伯荣感慨万端，说："我们这一代人，水平低，但能吃苦！跟着张天任董事长，我没有跟错人。如果没有董事长，没有天能，我一个小学水平的山里人哪会成为千亿级大集团的高管？"

无独有偶，现在是天能控股集团财务中心总监的胡敏翔，他的爷爷早年跟着张天任干，父母亲也都在天能工作过，他的姐姐和妻子也都是天能的员工。他们一家人也一样见证了天能的快速发展。1999 年，他上大学时，张天任还给他送来 3000 元钱，资助他上大学。对这一件事，他记忆很深。也正因为如此，他怀着感恩的心情，放弃了考公务员的机会，于 2004 年选择回到天能工作。2005 年，他被派往芜湖公司做财务工作。想起当年，他还有些激动，说："芜湖是最值得回味的地方，我们 24 个人挤住一套房子，7 个人一辆小车，白天负责卸车，在工地上跟踪。只有晚上才可以处理财务的事情，我们巴不得早一天建好工厂，齐心协力创造天能速度。"2012 年 8 月，胡敏翔被调到濮阳基地。当看到濮阳 1000 亩的基地，满地黄土时，他心里很震撼。基地建成后，产值达 30 亿，成为集团最赚钱的基地之一。如今的沭阳、界首、濮阳等基地相继成为百亿级的生产基地，都是当地的纳税大户。

2021 年，天能股份在上海科创板成功上市，成功实现"A、H"双上市品牌。胡敏翔感慨地说："作为一个财务人员，能够有幸参

张天任致辞

与推动企业上市工作,这也是我的梦想。非常感谢董事长,天能所有的经历,都是我人生最大的财富,在天能平台上我看到了人生的价值。"

史伯荣的"征战",胡敏翔的"追梦",一路风雨,一路芳华。他们和两万多天能员工一起,在企业的掌舵者与领航人张天任的带领下,艰苦奋斗,勇毅前行,实现了天能一次又一次的跨越,创造了民营企业飞速发展的传奇。

今天的天能进入了全面发展的新时期。

天能股份于 2021 年 1 月 18 日在上海科创板敲锣上市

——企业年营业收入达 1600 余亿，多年来位居中国动力电池行业第一位，产业量级进入新时期。

——企业主业从单一卖产品，成功转型为今天集高能新能源电池（电动车动力电池、新能源汽车锂电池、氢燃料电池、汽车起动启停电池、风能太阳能储能电池等）、智慧能源、资源循环利用、绿色智造产业园、现代供应链、产融结合、产城融合等七大产业板块于一体的解决方案商、系统总包商和电能服务商，产业升级进入新时期。

——企业生产已从单一工厂向世界区域布局扩展，拥有浙江、江苏、安徽、河南、贵州、山东 6 省 16 大生产基地，100 多家国内外全资子公司，20 多家蓄电池循环回收试点公司，销售网络遍及全球，产业能级进入新时期。

数字升级的背后，是天能 30 多年如一日坚守实业不动摇、变革创新不停顿、转型发展不止步、赋能社会不忘怀的家国情怀、奋斗精神和使命担当。

"天能，有天大的能量！"在天能集团 2020 年度表彰大会上，长兴县委书记说："天能在过去的五年中，始终坚持前瞻性思考、全局性谋划、战略性部署，主动适应发展变局，从容应对风险挑战、励精图治、奋发有为，全面实现了五年'再造一个新天能'的梦想，取得了集团营业收入、经济效益、亩均产值、人均工资、税收贡献全部翻番的骄人业绩。特别是在极不平凡的 2020 年，集团上下团结一心抗疫情、抢发展，全力以赴育新机、开新局，在逆势奋进中交出了耀眼的高分答卷，让我们充分感受到了天能之志、天能之势、天能之能。"

一脚"踩刹车",一脚"加油门"

"曾经,他感知电能的魔力,从此欲罢不能。如今,他呼号绿色经济,将财富引入循环。历经修炼,曾以神奇驱动两只魔轮,更以好奇开拓低碳轨迹。奕进的路上,动力为先,或执着,或癫狂,他蓄存所有能量,绽放光芒。"

这是 2009 年浙商风云人物组委会给张天任的颁奖词,高度概括了张天任创业创新、奋斗求索的真实状态。每一位新当选的"风云浙商"上台领奖后,主持人白岩松都要请他们在题板上,为自己的事业提炼一个关键词。张天任不假思索写下了两个字——责任。

"责任",不仅仅是张天任事业中的一个关键词,也是进入他精神世界的一把密钥——无论是作为企业家,还是作为新川村党委书记,抑或是社会公民的张天任个人,"责任"一词都与之息息相关。

曾几何时,长兴县作为浙江省最后一批对外开放地区之一,慢了一拍的长兴人急于求发展,导致小煤矿、小石矿、小耐火、小水泥、小纺织及小蓄电池企业短时间内遍地开花,环境受到严重污染,被戴上了"环境保护重点监管区"的帽子。

2003年末，长兴县委、县政府召开了一个"不发展会议"。何谓"不发展"？就是用铁腕一样的手段砍掉那些污染严重的企业。

20世纪90年代的时候，新川几个自然村都有过工业致富的光辉历史，但企业的高速发展给生态环境带来了很大的破坏。对此，身为新川村领头雁，张天任记忆犹新。当年村里溪涧流淌的水是浑浊的，散发着一股刺鼻难闻的气味。溪涧边上一排野生枫杨树逐年死去，只剩下新川村委会西南角的那棵200多年的枫杨，在那里"苟延残喘"。

怎么办？现实逼迫新川"整好行装再出发"！2003-2005年，在习近平"绿水青山就是金山银山"理念和"八八战略"指引下，新川村积极响应长兴县工业转型升级的要求，关停了那些小石矿、小耐火材料厂和小蓄电池厂。在这场转型升级战役中，张天任带头淘汰了天能的低端加工制造模式，不断推进产业改造升级、产品创新，积极发展绿色新型能源产业，使天能成为浙江省转型升级60个典型样本之一。

今天长兴的新能源动力电池产业能在国内甚至国际上占据行业制高点，与当时暂时的"不发展"、较早实施产业转型升级息息相关。当别人开始淘汰落后产能时，天能集团已带头开发高端产品，占领了国内市场半壁江山；当别人开始转型升级时，天能已走在绿色发展的道路上，为长兴企业乃至全国电池行业树立了标杆。

然而，在新川的大批工厂关停后，村级经济就像一个瘪了气的皮球，只剩下一具空壳，不但没有财力投入后续的生态修复中，而且村内大批劳动力突然失业。他们本来依靠村内的那些工厂赚钱养家，有一份稳定的工作，可是随着这批工厂的关停，许多村民突然失去了工作，生活一下子没有了着落。关闭工厂，不仅是村集体经济自断财路,对于村民来说,也失去了一条谋生的门路。面对这样的现实,村民们的思想难免有剧烈的波动,由此引发了村级治理矛盾……面临如此严峻困境,2008年,楼下、张坞、邱坞、涧下四个村合并为新川村,张天任被全体党员干部一致推选为"领头雁"。

接下来的路怎样走?如何重振新川企业雄风,为失去工作的村民创造再就业的机会,使村民的钱包重新鼓起来?产业振兴的"金鲤"和生态振兴的"熊掌"究竟如何兼得?"绿水青山"如何切切实实地转化为"金山银山"? 一连串的问题摆在面前,张天任陷入思考中。

思路决定出路。经过反复思考,在张天任心里,新川村未来发展之路逐渐清晰起来:就是走"生态立村"之路,以转型驱动企业发展,以生态改善村民生活,坚定走企业转型、生活富裕、生态良好的文明发展道路。

为了达成共识,张天任组织村两委班子成员召开了多次统一思想的重要会议和各类村民大会小会,碰撞思想,集思广益。会上,张天任组织大家学习"八八战略"和"绿水青山就是金山银山"的发展理念。

理念是行动的先导。通过多次学习讨论,最后,新川村两委成员和村民代表以热烈的掌声达成共识:发展工业经济不能对资源和生态环境竭泽而渔,保护生态环境也不是舍弃经济发展而缘木求鱼,二者不能割裂,更不能对立。新川未来的发展走向,必须坚持"一边'踩刹车',一边'加油门'"的发展原则。第一,继续踩紧产业污染的"刹车",环境保护的"红线"坚决不能碰,生态修复的"紧箍"坚决不能松,只保留能够转型成为绿色工业的企业。第二,进一步加大产业富民的"油门",加快产业结构调整。

2008年,新川村劝退、淘汰了10多家低小散、有污染的企业,对部分保留的耐火材料厂、小蓄电池厂进行重新整合,转型发展。或通过与天能集团配套协作,建链补链,形成以新能源高端制造为龙头、配套服务产业协调发展的战略产业集群;或通过立足新川资源特色,发展竹制品加工、精制茶叶等特色产业。

令新川人再次难以忘怀的是,环保部于2011年牵头开展环保整治。在张天任看来,这次环保整治,是行业一次重生,对于企业来说又是一次发展机遇。他带领天能在技术创新和环保整改上加大投入,全面实施清洁生产对环境的零污染,推进企业再一次全面转型。天能集团率先依靠科技转型升级,用高新技术、先进设备和先进工艺改造提升传统蓄电池产业,从数量、规模的扩张向高端、高质、高效转型。

同时,在天能的带动下,新川村配套企业采用国内先进的全自动生产设备、环保设备和先进工艺,进行改造提升,实现了凤凰涅槃、腾笼换鸟,走上了科技含量高、资源消耗低、环境污染少的高质量发展道路,促进产业向绿色、高端、智能方向发展,大大提升了生产的"绿色"含量,从而在不同细分领域取得了行业领先的竞争优势,完成了从蜷伏于价值链底端向创新产业链高端的攀升。

这些配套公司的老板都感慨地说:"没有生死边缘的'踩刹车'和'加油门',就没有企业的今天!"

绿色发展的全面成功转型,使企业进入高质量发展阶段,对公司的战略发展、企业文化、人才配置等各方面带来新的挑战。作为企业的掌门人,张天任不得不重新思考和谋划。

在天能内部培训课堂上,负责战略管理的副总裁邹习文多次讲过对张天任的印象。

2014 年 2 月 16 日，准备加入天能的邹习文从青岛赶来长兴时，已经是凌晨 1 点了。没有想到这么晚，张天任居然还接待了自己，而且跟他一聊就是三个小时。邹习文至今清楚地记得，当他问天能到底要做成什么样的企业时，张天任直截了当地回答：希望企业不仅是 30 年、50 年、100 年，而是要做一个长远的企业，为人类能源发展做出更多的贡献。

"张天任董事长话语极为朴实，也极为真诚。他对企业面临的复杂形势进行了综合分析，并提出了一些变革的打算。他给我的印象是：有梦想、有情怀。跟着这样的企业家干，肯定是没有问题的。"邹习文如是说。

的确，自 2014 年开始，一场前所未有的变革创新在天能集团自上而下全面推行。打破思想壁垒，完善顶层设计，创新用人理念和用人机制，建立以客户为中心、以销售为主体的自主经营驱动体系，有力地激发了天能人创新创业的智慧和力量。

在 2016 年的一次变革会议上，张天任旗帜鲜明地说："天能之路，任重而道远，我们面临的困难和危机非常严峻。只要天能的船不翻，我就要破釜沉舟改革到底！"同时，他向全体天能人发出新的号召，争取在五年内再造一个新天能。

这样的目标能否变成现实？对此，天能集团通过构建"一链一圈"来促进企业绿色增长。"一链"是指绿色"智"造产业链，是从绿色产品、绿色车间、绿色工厂、绿色园区、绿色标准入手，借助互联网、大数据、云计算等手段，着力打造绿色"智"造产业链，引领产业向绿色、高端、智能方向发展。"一圈"是指构建行业内领先的循环经济生态圈，通过在全国各地的营销网点，将废旧电池分散回收、集中处置、无害化再生利用，形成闭环式的循环利用生态圈。"一链一圈"为行业的绿色发展和国家的生态文明建设提供了解决方案。

正因为如此，天能集团成为践行生态文明理念发展的模范企业。

家门口的"造富厂"

　　由于历史的变迁，新川村四面环山，地少人多，交通闭塞，曾经是一个落后的穷山村。谁都没有想到，就是这样的穷山村竟然飞出一只令人瞩目的金凤凰——天能集团。

　　当年楼下村有 180 户人家，耕地仅仅 113 亩，毛竹山 856 亩。村民靠种地、卖毛竹的收入，能够维持基本生活就非常不错了。面对村里人多地少、靠天吃饭的状况，身为楼下村党支部书记的张天任，始终把发展集体经济、富民强村作为头等大事来抓，用心办好企业，以更安排村民在家门口就业。楼下村 600 人不到，就有 322 个村民在天能就业，其中 89 名村民走上了公司的管理岗位。平均每户 1.6 个人在天能上班，家庭收入可观。因此，楼下村于 2006 年被评为浙江省全面小康建设示范村。

　　张天任通过对企业进行股份制改造，让多数村民都能入股天能。2007 年 6 月 11 日，天能动力在香港主板上市后，村民们获得了丰厚回报。2008 年，天能还给上班员工配置了一定的期权。一时之间，不少人成为百万乃至千万富翁。村民精神面貌完全大变样，人人都变得比之前更加自信而笃定、坚定而从容。

　　与楼下村毗邻的张坞、邱坞和涧下村，相对楼下村生机勃勃的发展面貌，明显有些落寞。这三个村之前曾经创办过不少企业，也有过风光的历史。由于那些企业大多是低小散的粗放式生产的作坊企业，以生产耐火材料、开采石矿等产业为主，没有真正过硬的拳头产品，都遭遇市场无情淘汰，这些村和楼下村的贫富差距也就明显拉大。

2008年是改革开放30周年，也是张天任担任楼下村党支部书记的第十个年头。在这一年，张坞、邱坞、涧下和楼下村正式合并为新川村。上级政府考虑合村，在于依托天能集团的资源，形成新的集聚效应，从而带领四个村的村民发展产业、共同富裕。

2008年4月1日，是新川村人难忘的一天。当天，在四个村的党员干部大会上，张天任全票当选为新川村党支部书记。其他几个村的干部司国兴、胡洪法、蔡剑芳当选新川村副书记，楼下村的张荣林当选为支部委员。

选举结果一公布，会场内响起雷鸣般的掌声，经久不息。在热烈的掌声中，只见中等个儿、眉宇间十足英气的张天任，快步走向主席台。"我的父母都是农民，我是农民的儿子，对家乡有着非常深厚的感情，能为家乡发展多做些事情，我感到很荣幸，很快乐，也很幸福。"张天任如此吐露心声。

清了清嗓子，他掷地有声地说："天能已经成为一家藤在外、瓜在内的'地瓜型'企业，但永远不会改变'地瓜'的属性，永远不会改变初心！我一定不会辜负大家的期望，我们要把天能办得越来越强大，把村企共建搞得越来越好，带领大家共同走向富裕！"

这是宣誓，更是心声！会场响起经久不息的掌声。

合村之后，新川村民争相要求进入天能上班，还有不少人申请到外地经营天能电池。

刚刚20岁的杨松平就是众多想入职天能的新川村民之一。自他小时候，他的父母就在天能工作。虽然他那时什么都不懂，却因家门口有这样令他骄傲的企业，希望自己长大后也可以进天能工作。一天早上，在天能芜湖公司工作的亲戚兴冲冲地来到他的家中，说："松平，天能芜湖公司技术部正在招人，你赶紧去应聘，机会难得。"没容多想，他揣着母亲给的 500 元钱，拿着父亲的一部旧手机，就跟着亲戚去应聘，很顺利地成为天能芜湖公司一名光谱化验员。

杨松平最初的愿望很简单，上班挣钱，过上好日子。令他没有想到的是，在天能的培养下，他从一名普通员工迅速成长为车间主任，后来还被提升为总经理助理。在天能这个大学校里，他通过自学，报考了大专、大学本科，认真钻研技术，拥有 11 项实用新型专利，多次荣获天能集团"先进个人""优秀管理工作者""劳动模范"等荣誉称号，2018 年还荣获"湖州市青年岗位能手"称号。

对于新川村民佘建东来说，他小时候的梦想就是进天能上班。"上小学的时候就知道，我们芥里生意做得最多的就是耐火材料和电池，后来出去做电池生意的人越来越多，村里到天能公司上班的人也越来越多。只要在芥里一提是做电池生意的，都是有钱人。那个时候，我也梦想成为一个做电池生意的人。"佘建东说。

2008 年，大二放暑假，还有一年即将毕业实习，为了提前接触电池产品，佘建东特地申请到天能煤山电源公司充电 B 车间做了一个月的暑期工。那是佘建东第一次接触电池的生产流水线，车间的生产场面让他感到很震撼。差不多忙了一个月，他领到人生的第一份工资——1800 元，心里有一种非常踏实的成就感。2009 年 8 月，大学一毕业，他就回到天能公司应聘做销售。好事多磨，一直到 2010 年 2 月过完春节，天能人力资源部通知他到天能电池公司营销三部报到。

后来，锻炼成长起来的佘建东，被公司派到深圳市场。有一年,张天任刚好前往香港出差,途经深圳,特地来到天能电池办事处,见到佘建东,叮嘱说:"年纪轻跑业务就要能吃苦,要有闯劲,还要关注整个行业发展的大趋势。"从那次开始,他心里一直记着董事长的话,也更坚定了把市场做好的决心。他从储能电池市场开发做起,从业务代表干到商务专员,现在负责公司的电动车的重点厂销单位,一路拼搏,一路成长,取得了不菲成绩。

一样是新川村人的胡柏明,却有着与刚刚大学毕业的年轻人不同的天能职场经历。早在2000年,他就进入天能,从操作工做起,最后调到售后服务部门。2004年,他妻子的哥哥张志明,同样是新川人,准备到天津筹建天能电池办事处。胡柏明跟随一起过去,帮忙打下手。到了2009年,胡柏明再次要求回天能上班。公司安排胡柏明到电源公司实习。试用期满后,他被调到了天能芜湖公司。2013年3月,因工作需要,胡柏明被调到天能河南万洋公司,担任充电车间主任;后来又被调到天能河南晶能公司任生产部经理,现在担任生产总助。

回忆自己在天能的工作经历,胡柏明动情地说:"这一路走来,是天能包容了我,成全了我。跟外地人介绍公司时,我总是说天能是我们村的企业,因为有了天能,我们都能安居乐业,我为天能感到骄傲和自豪。"

与众人有着不同经历的张满红,曾在部队整整30年,享受团级待遇。2017年初圆满结束军旅生涯,他光荣退役回到了家乡新川村。天能的发展,家乡的变化,让他坐不住了。他决定进入天能,加入家乡建设队伍之中。他没有多加考虑,就给张天任打了一个电话。张天任听说张满红复员回村了,马上就安排公司人力资源部面试。

其实,早在煤山第一蓄电池厂创办之初,张满红就参加了筹建厂房建设。他还清楚地记得,为了给车间浇铸水泥地坪,他和村民一起,将一担一担的石头从小溪里挑上来,再填到车间。他回忆说:"记得当时只盖了两个车间,一个食堂。我被分到极板充电车间,干了几个月。当年征兵的时候,村书记是周炳其,他来动员我去参加征兵体检。"

张满红以一个老兵的身份进入天能,虚心向同事和领导学习,后来被分配到天能安徽太和项目基地天畅金属材料有限公司,担任审计监察经理。他说:"村里人跟着天能都富了,我作为一个老共产党员,要不忘初心、牢记使命,为天能、为新川村建设不遗余力!"

1973 年出生的张伟萍,早在 1991 年高中一毕业,就进入了天能集团,而她父亲更是在建厂之初就成为天能的员工,一直干到 2014 年退休。

当年,高中毕业的张伟萍去学裁缝,家里却拿不出 50 元钱买布料,她不得不放弃开裁缝店的机会,到天能公司打工。她从食堂后勤干起,当过车间工人、业务员、采购员。从黄毛丫头成长为天能集团的中层管理干部。

与众人不同的是,张伟萍一家三代 15 个人都选择了天能。她的大侄女 2014 年大学一毕业,就被她接到天能,现在是天能电源材料公司质量部检验主管;小侄女大学毕业后也来到天能上班,并在公司成家;她的侄子现在天能汽车电池事业信息部,侄媳妇研究生毕业后,也来到天能上班⋯⋯他们有的搞技术,有的跑市场,有的干管理,都在村里盖起了小别墅,买了小汽车,日子过得一天比一天美好。

"90 后"的张霞,与许多年轻人不一样,选择在市场上摔打,奋力追逐自己的梦想。

作为地地道道的新川村人,张霞对天能有着非常深厚的感情,从她的爷爷开始,一家三代都是天能人。她的父亲张勤明,曾经是一位心灵手巧的木匠。由于当年做木工收入没有保障,选择到天能上班。2004 年,张勤明成为最早一批天能电池的业务员,到河南省漯河市成立办事处。张勤明带着妻子一干就是 10 年,直到 2014 年张霞结婚,他们才从外地回到家乡。回到长兴后的张勤明,又回到天能上班,现在还是天能电源材料公司一名中层管理干部。

或许是感恩公司,或许是秉承父辈的创业精神,2016 年 11 月,张霞和丈夫双双放弃了在天能的安稳工作,前往吉林省四平市成为天能电池经销商。几年下来,张霞夫妇用智慧和能力,赢得了广大商家的认可,使天能电池成为当地消费者的首选品牌。

跟随天能,张霞一家人早已迈向小康生活。说起家里生活发生的变化,张霞不无感激地说:"天能就是我们的家,没有天能,就没有我们今天的一切。"

……

这些人是新川村民奔向小康生活的缩影。因为有天能集团的发展,新川百姓就有了稳定的就业渠道和增收渠道。如今不仅仅是新川村民,包括东川、西川在内的整个岕里,有大约 3000 人在天能集团及其配套企业中就业。有的是全家上阵,有的是夫妻档,他们分布在不同的岗位上。

企业的薪酬和股份分红为村民带来丰厚的收入,村里收入上千万的村民有 100 多户,亿万富翁也有 10 多户。新川村成为远近闻名的富裕村。

长长的藤儿牵着瓜

新川村很多村民都爱在房前屋后搭上一排排瓜架，或种南瓜，或种丝瓜，或种黄瓜，让那些瓜藤攀上棚架，爬上屋檐。当花儿落了的时候，藤上便结出了青色的或黄色的瓜。它们一个个挂在房前屋后，衬着那长长的藤，绿绿的叶，构成了一道特有的乡村风景。

就像张天任把自己的企业比喻成"地瓜"一样，新川村的很多企业老板也把自己的企业比喻成"丝瓜""南瓜""黄瓜"等，把天能集团比喻成"常青藤"。他们说，天能与我们的关系，就像20世纪70年代的一首歌曲《社员都是向阳花》中所唱的那样，"瓜儿连着藤，藤儿牵着瓜，藤儿越肥瓜越甜，藤儿越壮瓜越大"，而村党委书记、村主任一肩挑的张天任，就是给瓜地培土、浇水、施肥的贴心人。

改革开放以来，市场经济的闸门打开，民间的力量如涌出地面的涓流四处漫游，致富的渴望日渐成为大家共同的理想。在这样的时代背景之下，新川村先后涌现了30多家企业，但是这些企业良莠不齐，除了天能电池等少数企业一直坚挺，大多数企业因为没有顺应市场而及时转型，既无拳头产品，又无人才支撑。

所以，有的倒闭关门、淘汰出局；有的半死不活、苟延残喘。

大量企业办不下去，不仅这些企业的老板心急，作为村一把手的张天任同样心急。他深谙"独木难成林"的道理，新川村要走上工业致富的道路，不能单凭一家企业，必须要让村里的企业都发展起来，才能走上共同富裕的道路。所以，只要哪家企业遇到困难和发展瓶颈，他都会雪中送炭，尽最大努力给以帮助。在天能的带动下，全村有10多家企业成为天能的配套企业，为新川村经济发展带来了新的活力。

许长权是与张天任一起长大的伙伴。他是新川村涧下自然村的村民，担任着长兴长顺塑业科技有限公司的董事长。

提起张天任，许长权赞不绝口，"张董眼光远、胸怀大、格局大，自己富了不忘带着村里的小企业共同致富。长顺塑业就是附着在天能这根'常青藤'上结出的'富裕瓜'。"

许长权说，改革开放后，自己跑过市场，也开过小拉丝厂，但干了10多年，苦没少吃，却没赚到什么钱。而在1998年的时候，天能开发出电动车电池后，企业蒸蒸日上，红红火火。于是，许长权就找到张天任，希望跟天能合伙干一番事业。张天任就给许长权出主意："电动车是老百姓未来出行的标配，市场蛋糕很大，天能电池的前景很广，你可以把村里已经倒闭的煤山耐火材料厂的闲置土地买下来，办一家注塑材料厂，做天能电池的塑壳供应商。"

许长权听从了张天任的建议，购买了原煤山耐火材料厂的旧厂房，于1999年办起了长兴兴达注塑有限公司，与天能电池配套，生产供应电池塑壳。不到两三年时间，产值就突破了3000万，利润突破了500万。

公司越做越顺的许长权，感到跟着天能干，事业顺达，大有奔头，就在2004年把工厂迁徙到煤山镇工业园，把公司更名为"长兴长顺塑业科技有限公司"，并先后创办了5家生产纸箱、薄膜的企业，为天能集团做配套生产。2020 年，长顺塑业公司的销售收入达 1.37 亿，上缴税款 1050 万元，亩均税收超过 40 万，成为"吃得少、产蛋多、飞得远的俊鸟"和"亩均英雄"。跟随天能集团一路壮阔的步伐，长顺公司由加工作坊成功转型为一家规范化企业。许长权深有感触地说："这都是天能作为龙头的引领。"

对"瓜儿连着藤、藤儿牵着瓜"感触尤为深切的，还有新川村张坞自然村的村民、长兴恒能隔板材料有限公司的董事长胡汉平。同长顺公司一样，恒能公司也是天能电池的配套企业。

在恒能公司的空地里，种着大片的西瓜。好朋友来访的时候，胡汉平就亲自下地，从长长的藤上挑选一个成熟的西瓜，切给朋友吃。瓜很甜，让朋友赞不绝口。胡汉平说，我们的西瓜是新川的农家肥种的，没加一点化肥，当然甜呀。当朋友问到新川企业与天能之间的"瓜"与"藤"的关系时，胡汉平感慨万端地说，我们恒能公司就是天能这根"长藤"上结出的"甜瓜"呀。

胡汉平的父亲胡仕坤，是原张坞大队的书记，1970 年因办红星磨具厂，被当作破坏阶级斗争的"黑典型"判刑坐牢。自小深受家庭熏陶、传承了父亲经商基因的胡汉平，在改革开放后，跑过耐火产品的生意，挣得了人生的"第一桶金"。20 世纪 90 年代初，尝到甜头的胡汉平，在张坞村支持下办起了一家耐火材料厂。由于工厂生意红火，几年下来，他就挣下了上千万的资产。后来，他在煤山工业园区重新创办了一家全新的煤山耐火材料厂。到了 2000 年，看到客户单位的生产效益很好，"野心"膨胀的胡汉平决定投资生产搪瓷产品，花了 1000 多万元从客户单位引进了一条搪瓷生产线，雄心勃勃，准备大干一场。原来认为新的投资项目可以挖出一座金矿，哪知那条生产线是对方早已淘汰的落后生产线。胡汉平遭遇奸商，当了"背锅侠"。更为雪上加霜的是，塑料制品横空出世，迅速占领日用品市场，曾经无限风光的搪瓷制品正在逐步退出历史舞台。

外地的代理商纷纷把产品退回，工厂里库存产品堆积如山，生产线成了一堆废铁。2004年，长兴县开展集中整治，胡汉平花光了所有的原始积累，还欠下了800多万元的债务。每天上门催债的、电话要债的络绎不绝，让他不得不成天疲于应付一群群讨债人和一场场答辩诉讼债务官司。

"真是'富在深山有远亲，穷在闹市无人问'哪！原先围着我一起转的'兄弟''朋友'，见了我都像躲瘟神一样，能避则避。除了要债的，鬼都不上门。偶尔给他们打个电话，就怕我借钱，先发制人叹苦经，我还没开口，他们先倒一大堆苦水。"回忆起那段债务缠身的日子，胡汉平至今仍然无法释怀。

危难时刻见真情。搪瓷厂倒闭的消息传到张天任的耳朵里，他赶紧托人捎信请胡汉平到天能来一趟。每天疲于应付讨债人群和官司诉讼的胡汉平，得到张天任的邀请，像是寒冬遇见太阳，急忙抽身赶到天能当年的总部——煤山电池公司。

听说胡汉平过来了，张天任急忙走出办公室迎接，拉着胡汉平的手问寒问暖，关切地询问他今后的打算。

胡汉平一脸茫然，不知如何回答。想了想，他说："我现在是三无，一无自信，二无资金，三无工人。想东山再起，又谈何容易？"

张天任说："你所走过的路，所经历过的事情，都是人生财富。人生再不易，创业再艰辛，但人不能没有自信。天能的规模越来越大，配套产品越来越多，你可以选一个投资少见效快的短平快项目。"

"只是我现在债务缠身。"

张天任知道他要说什么，直截了当地说："你工厂垮了，我们村也不会不管不顾，我们天能也不会袖手旁观。你就生产电池里面的隔板吧,这个你做起来上手也快。厂房是现成的,有的设备改造也可以用。其他钱能办到的事,都不是困难,我可以帮你。"

胡汉平听到这里,赶紧站起身来,说:"董事长,这样做再好不过了,太感谢您啦!"

"具体合作方式,你找公司相关负责人。迅速把工厂办起来,以前村里的员工能够招回的尽量招回。"

胡汉平心里的阴霾被张天任的一番话扫除得一干二净。在天能的支持下,胡汉平重新振作,老店新开,办起了长兴恒能隔板材料有限公司,主要生产蓄电池玻璃纤维隔板。产品除了供货天能以外,还远销印度、孟加拉国、越南、马来西亚等南亚和东南亚市场,2019 年营业收入超过 1 亿元,发展红红火火。苦尽甘来的胡汉平逢人就讲,是张天任和天能给了他人生和事业的第二个春天。

和胡汉平一样,曾经担任邱坞村主任,合村后担任过新川村副书记的司国兴,也是在天能的帮助下,让自己的企业摆脱危机再度获得新生。1998 年,司国兴创办了长兴五星防火阻火消防材料有限公司。在长兴县 2004 年开展环保整治期间,企业陷入困境。他响应整治要求,收购了涧下村吴光明的塑壳厂,立即转产,原公司更名为长兴乙能塑业有限公司。

2007 年,为了适应全面转型的需求,司国兴着手扩建新厂房。但由于资金回收不到位,正在建设的厂房不得不停工。

在左冲右突中,司国兴陷入了一种空前的危机之中。张天任了解到司国兴的困难,考虑到司国兴曾做过消防工程,决定将天能正在兴建的循环产业园的消防工程承包给司国兴。司国兴喜出望外,待产业园消防工程结束,天能支付的消防工程款一到账,便迅速恢复停工的厂房建设。工厂建好后,司国兴购置了新的注塑机,开始了跟随天能产品配套生产之路。

后来,司国兴的亿能公司跟着天能集团发展的步伐,全面转型,实现了机器换人。如今,亿能公司员工有 50 多人,一年下来产值过亿。对于企业的繁荣,司国兴时常说:"从我的经历来看,张书记是真心带领我们共同发展、先富带后富。如果没有张书记,就没有亿能公司的发展,也就没有我的今天。"

张天任带领配套企业共同发展,蔡剑芳更有不得不说的故事。蔡剑芳曾经是涧下村主任,合村后担任过新川村副书记。他所创办的浙江宝能电源有限公司也是天能"长藤"上结出的"甜瓜"。

早年的蔡剑芳胆识过人,开矿建厂,样样在行,是改革开放后新川村冒尖的办厂能人之一。1987 年,他就承包了村里的一家石灰矿;1991 年,他在新川村口的天能电池公司旁边开了一家石英矿厂。由于矿厂用炸药放炮开采矿石,影响到天能电池公司的生产安全,张天任专门与蔡剑芳签订了一份安全协议。这份协议至今还珍藏在蔡剑芳家中。2003 年,蔡剑芳看到天能公司大门口货车拥堵的场面,感受到天能电池在市场上的火爆,决定利用原煤山矿灯厂的场地,开办一家蓄电池厂——长兴雄鹰电源有限公司。

蔡剑芳的公司正如雄鹰一样,在市场上自由翱翔。没有想到,2011 年,一场国家对蓄电池行业开展的整治行动,令他的公司突然成为坠落深渊的折翅"雄鹰"。蔡剑芳深感绝望。他非常清楚,自己和芥里其他几家小电池厂,无论如何逃不脱被整治的命运的。

长兴借此开始蓄电池产业第二次大规模"瘦身",对蓄电池企业按照"关停淘汰一批、搬迁入园一批、原地提升一批"的总体思路,在全县范围内对蓄电池产业开展了根本性、革命性的专项整治,规划建设了郎山和城南两大新能源高新园区,要求蓄电池企业入园发展,禁止在园区外新批新建蓄电池项目。原来61家蓄电池企业通过兼并、重组,减少到15家,并且集中到城南、郎山两个园区内发展,彻底结束长兴县蓄电池"低、小、散"的产业发展格局。

在张天任看来,这场环保大整治,是推动行业全面转型升级、实现绿色发展的必然。作为新川领路人的他,还是浙江省蓄电池行业协会会长,对斤里所有的小电池企业的命运,包括蔡剑芳的遭遇都非常清楚。在一次村里开会的时候,张天任对蔡剑芳说:"你可以考虑一下,小电池厂是否可以整合到一起?"蔡剑芳心里一亮,这是个好主意。于是,他找到斤里东川村的新兴公司、西川的大能公司和新川村的好友、力能、振海等公司,大家一拍

宝能电源公司投产仪式

即合,答应合并重组,成立新的浙江宝能电源有限公司。

在长兴县政府的监管下,蔡剑芳新组建的浙江宝能电源有限公司,落户在郎山工业园。在天能集团帮助下,宝能电源公司全面改造提升生产制造设备、工艺技术以及环保水平,为天能集团配套生产电池。2013年5月18日,宝能电源公司举行了投产仪式。在仪式上,张天任面对媒体采访说,我是新川村的书记,村里这些本土企业,不管面临什么样的困难,我都要想办法拉它们一起转型升级、绿色发展。

为了帮助宝能在生产工艺、生产设备、管理方式等方面进行全方位的升级,天能毫无保留地进行技术帮扶,义务派出技术团队。吴金梅曾经就是天能派驻到宝能的驻厂技术官,从自动化设备安装调试到生产,以及后续的检验等环节,吴金梅带来的天能技术团队要求非常严格,一度让蔡剑芳感觉"难堪"。蔡剑芳对吴金梅产生了很大意见,曾"赶走"吴金梅,但是没过多久,他又找到张天任,亲自把吴金梅接了回去。后来,蔡剑芳却毫不避讳,承认是自己错了。蔡剑芳深有感触地说:"没有她帮忙打理技术,我们自己的技术团队真的搞不定。"

在天能的帮扶下,宝能公司采用国内先进的全自动生产设备,环保、安全、卫生防护设施全面布置到位,顺利通过国家高新技术企业认定和工信部蓄电池行业规范审核。年过花甲的蔡剑芳和他的合伙人在事业上实现了第二春。以前几家小电池企业年产值仅仅几千万元,与天能抱团合作三年后,年收入就达到了8亿元,税收超过1500万元。蝶变后的宝能成为长兴县转型升级的样板。

"美丽经济"悄然绽放

新川云海

"绿波春浪满前陂，极目连云䆉稏肥。更被鹭鹚千点雪，破烟来入画屏飞。"唐代诗人韦庄这片"稻田"，大概是许多人心目中最美的山村景象。一片成熟的稻田，或许就是美丽乡村回归的点睛之笔。

2020年，金秋时节，天高气爽。走在新川村新开发的旅游古道上，清风徐来，一路果香，秋天的味道、秋天的色彩在这里展现得淋漓尽致。当来到竹良庵高山稻田，眼前便是一片金黄，目之所及满是令人心醉的金色，在阳光的照射下，越发光彩夺目，好像满地的金子。

新川村党委书记张天任和村干部们一起走进稻田，兴致勃勃。张天任挥起镰刀，仿佛时空穿越，他又回到了当初的少年。这一瞬间，他凝视着眼前的稻田，慢慢将目光移向远处的山林。张天任想起很久以前，想起和父母上山耕种的情景。岁月一晃而过。当年的劳作是为了吃饱饭，而今天是为了振兴家乡。

当回身看见众人埋首快速地割稻子，张天任也伏下身子，深深地嗅着醇醇的稻香，和大家一样熟稔地挥舞着手中的镰刀，一束束沉甸甸的稻穗在身后徐徐铺开。

得知高山稻田收割的消息，不少村民当天放下工作和生意赶回家乡。在稻田里，有人不停地用手机拍着这丰收景象，有的忍不住拿起镰刀参与收割。周围满是翠竹的山林，脚下却是一片金黄色的稻田，还有满怀喜悦心情正在收割的人们，这一切构成了一幅特殊的美丽乡村画卷。

竹良庵是新川村白茅山余脉上的一个地块，海拔330米。关于竹良庵的地名，原来有一个美丽的传说。传说梁山伯相思成疾，但并没有离世。祝英台在出嫁途中，弃轿而逃，钻进路旁山林。梁山伯得知，沿途寻觅，竟然与之巧遇白茅山。两人从此躲在这里，男耕女织，修道成仙，化形为蝶，比翼双飞。当地人们为了

收割稻田

纪念他们，还修了庙，取名祝梁庵。后来，祝梁庵改成了竹良庵。这个版本的梁祝传奇，不足为信，却也反映了自古以来人们对美好生活的向往。

传说归传说，但竹良庵是大自然给山里人的恩赐，这是客观存在的事实。由于周边山势高，竹良庵处在中心地带，大量雨水因势汇聚形成了一大片自然潮湿地，非常适合农作物生长。这片林地有 1370 多亩，很早以前，勤劳的村民就将其改造成可耕种的旱地和稻田。旱地种上红薯、土豆等农作物，水田种上一季稻谷，收成都不错。抗日战争时期，为粉碎日寇对新四军苏浙军区的经济封锁，英雄的新川儿女与新四军并肩开展大生产运动，在竹良庵开垦了一大片高山粮食生产基地，帮助根据地军民度过了饥荒。随着改革开放，市场经济越来越活跃，竹良庵高山稻田也就逐渐荒废了。

2019 年，为了发展乡村旅游和美丽经济，新川村在原竹良庵高山粮食生产基地复垦了稻田 6 亩和旱地 50 多亩，这些田地成为长兴海拔最高的梯田，产出的大米为"初心米"，目前已申请商标。2020 年，新川村又在原有稻田和旱地的基础上，开发"初心谷"旅游景区，占地约 500 亩，打造富有特色的高山农业观光园，还原芥里人朴实的农耕生活，以营造高山农田农耕氛围，带动新川村休闲农业、红色文化旅游产业的融合与升级。

新川村委会背后的狮子山，现在也成了网红打卡的旅游景点。狮子山是新川村的主峰，海拔 300 多米，山上有狮子岩、狮子洞、石狮雕塑、滴水坎、古炮台等风景，山脚有东山公园抗日军民红色雕像和溪涧公园等景点。2018 年，新川村着手精品村建设，就地取材，用山上石头垒起通往山上的台阶，一直连接到修复的古道，与东山公园形成了一个开放型的景区。散落在山林中的群狮雕塑，栩栩如生。沿着古道两旁搭亭建廊、种树栽花，再配上五彩斑斓的亮化工程,俨然成为绚丽多彩的高山花园。

2021年,新川村在山顶上新建了一座"希望之手"雕塑,高度9米,占地面积15平方米,投影面积30平方米。雕塑高耸入云,与山脚下的红色群雕遥相呼应,寓意新川人民在中国共产党的坚强领导下,一定会战胜前进路上的艰难险阻,坚定不移地奔向乡村振兴的希望之路。"希望之手"雕塑落成后,吸引了无数新人到这里拍摄婚纱照,仅2021年5、6月间,就有152对新人到此体验"云上婚庆"。新人们站在"希望之手"的巨手上,整个新川村美景尽收眼底。美丽的新人和美丽的景色浑然一体,美了心情,也美出了"美丽经济"的新高度。

竹良庵、狮子山的"蝶变",是新川村发展旅游产业的一个缩影。

借着乡村振兴的东风,在长兴各级党委、政府的支持下,从2018年开始,新川村借雀进精品村建设的契机,将建设美丽乡村和经营美丽乡村统一起来,精心打造乡村全域美丽工程。新川村着力培育乡村旅游、休闲养老、精品民宿、运动健康、文化创意等美丽业态,对周边的竹良庵、岕文化遗址进行保护性开发,沿线铺设轨道,提供云上火车交通服务,打造融高山农业和红色旅游于一体的乡村旅游线路。不到一年的时间,新川村就建设成为浙江省以村为单位的AAA级旅游景区。

风景优美的新川,人文历史丰富。茶圣陆羽、诗僧皎然、明朝小说家吴承恩、大将粟裕、文学家郭沫若等人都曾经在新川村一带留下生活和工作的足迹,增添了当地的历史文化底蕴。新川村重点开发红色文化、古生态岕文化、太湖石文化,利用丰富的山水生态资源,打造特色鲜明的红色记忆、地质遗迹、天然氧吧、合溪风貌、境会遗址等生态景观和人文景观。

开发后的新川,各地游客慕名而来。在2020年的上半年,新川村接待游客2万余人次,接待红色旅游共建团队10余万人

游客走

次。新川本土特色的芥茶、吊瓜子、笋干花生、笋干黄豆、根雕鸟笼、乌米饭、竹筒饭等,深受游客青睐。游人的到来,不仅给新川的旅游带来了活力,也带动了新川农副产品的开发和消费,无形中增加了村民的"美丽经济"收入。

2020 年 12 月 5 日,经国家体育总局社会体育指导中心授权,"辉煌足迹"2020 长兴·煤山健步中国百里红色古道越野赛暨首届长三角美丽乡村红色古道健步接力赛在新川村中心广场正式开赛。

这次比赛最鲜明的特色就是"红色"。作为革命老区的煤山镇,是抗战时期新四军苏浙军区司令部旧址所在地,新川村就是当年的红色抗日根据地之一。包括新川在内,煤山拥有抗战时期保存最完整、规模最大的革命旧址群,18 处新四军苏浙军区旧址建筑星罗棋布,因此有"江南小延安"的美誉。

新川村坚持全面拉进全域美丽、推动共同富裕,经过几年时间的努力,依托完善的绿色能源产业链,以最小的经济成本和精力成本,终于打响生态旅游、红色旅游的"芥文化"品牌,为村民共同富裕带来新的财源,也使得新川村从此可以跑得更快。

2021 年 11 月 20 日,新川村诚信馆前的广场上彩旗飘扬,新川村召开第三届乡贤大会暨共同富裕推进大会。在这次大会上,新川村成立了新川股双投资合伙企业(有限公司)、长兴新川文化旅游发展有限公司、长兴新川建设发展有限公司等三家"强村公司"。在成立仪式上,新川村党委书记、村民委员会主任,天能集团董事长张天任说:"成立这些公司,其目的就是为了更好地发展'美丽产业',拓宽村民创富新渠道,壮大村级集体经济,丰富乡村经济业态。"在具体运作方面,新川村下辖的自然村每村选出一名代表作为股东,将村民的闲置资金转投到文化旅游和建设公司,投资收益由村民共享,以及用于村养老、救助等公共

"强村公司"成立仪式

服务。

面对新川村的发展，张天任表示，在建设美丽乡村的基础上，新川村将奋力打造共同富裕，重点描绘美丽、富裕、文明、幸福"四幅图景"。事实上，新川村早已将目光聚焦在发展文化旅游、精品民宿等第三产业上，因地制宜大力发展生态种植、乡村旅游业，鼓励引导村民开办民宿，把绿水青山生态优势转化为产业优势、发展优势。

正因为如此，新川村村民的心从未这样齐过，身为新川村大集体中一员的认知进一步强化，村民建设美丽家园的干劲十足。无论是之前首届乡贤大会，还是这次第三届乡贤大会暨共同富裕推进大会，村民、企业家纷纷踊跃捐款，有的几千、几万，有的十万、几十万，乃至百万……足见他们情系梓里、回报家乡的情怀，也可以看到他们对新川未来寄予了更大的希望。可以确信的是，在张天任书记带领下，凝心聚力的新川村将会迎来一个新的跨越。

第二章

人才振兴活乡村

　　乡村振兴、共同富裕，人才是基石。农村经济发展，说到底，关键在人。不管是发展工业，还是实施乡村振兴，推进农村现代化和实现共同富裕，驱动要素是人。实现乡村振兴、共同富裕的目标，势必要强化乡村振兴中的人才支撑，激励各类人才大施所能、大展才华、大显身手，打造一支强大的乡村振兴人才队伍。

　　新川村的发展成就，靠的是绿色能源产业的发展，而产业的发展靠的是一大批人才做出的努力和贡献。人才是经济社会发展的第一资源，抓人才就是抓发展，强人才就是强实力，没有人才优势就不可能有创新优势、科技优势、产业优势。新川村以发展绿色能源产业、建设美丽家园为核心，坚持人才优先发展，加强乡村人才振兴的制度建设，优化乡村人才培育机制，创新乡村人才引进机制，鼓励大学生回乡并扎根家乡，推动专业人才服务家乡，切实构建人才发展与乡村振兴有效结合、相互促进的工作机制，实现人才发展和乡村振兴相得益彰。

"能人"的连锁效应

千百年来，"面朝黄土背朝天""日出而作，日落而息"一直是农民给人的第一印象。而如今，农民在快速发展的新时代，早已摆脱了传统的耕种生活模式。尤其是在"人均不足三分地"的浙北山区的新川村，各种能人在市场经济大潮中大显身手，成为各行各业的致富带头人。

2008年，楼下和涧下、张坞、邱坞四个村合并成立新川村。对于农村来说，一些地区之所以长时间发展不起来，缺的往往不是资源，而是激活资源的思想观念、技术资金。要改变这些，最终靠的都是人才。煤山镇党委对此有着清醒的认识，因此推荐天能集团董事长张天任担任新川村的书记。张天任成为新川村"领路人"是众望所归。新川，这个曾经的落后小山村，因为"领路人"带来的效应，村庄满盘皆活。

"念好能人经，乡村必振兴"，2021年新当选煤山镇党委书记的郎涛一上任，就来到了新川村。在新川村党员干部见面会上，他说："张天任书记是个大能人，他的功劳不只在帮乡亲找到了富路，更关键的是在他的影响和号召下，越来越多的创业有成的能人、贤达情系家乡，造福桑梓，变成带动一方百姓、搞活一片经

新川乡贤大会

济、富裕一乡农民的领头雁。"

司国兴，是新川村"2020 年度致富带头人"之一，也是郎涛书记说的"领头雁"之一。

提起司国兴的成长史，离不开家庭环境的熏陶和张天任的帮扶。司国兴的外公胡培英早在 1956 年就加入了中国共产党，曾多年担任过邱坞大队的大队长，司国兴自小就受到外公的严格教育。司国兴的父亲也曾担任过邱坞大队 3 小队的生产队长，带领社员搞副业、办过铁饼厂，使 3 小队成为全大队最富裕的生产队。

受外公和父亲的影响，司国兴从小就立下了长大创业，让全队人过上好日子的志向。20 世纪 80 年代末，不到 20 岁的司国兴成为邱坞耐火材料厂的业务员，跟着师傅走南闯北，在全国各地跑市场，推销耐火材料产品，挣到人生的第一桶金。

随着口袋的鼓起，他不再满足于当一个单纯的营销员，而是梦想办一家属于自己的企业。1993 年，邱坞耐火材料厂因经营不善，濒临倒闭，遂公开招标，打算交由能人承包，司国兴倾尽全部积蓄竞标成功。他转变经营思路，停产了利润微薄的常规耐火材料产品，转产科技含量高、利润空间大的新型防火防阻材料，使工厂迅速扭亏为盈。

为了实现更大的发展，1997 年，不甘心一辈子困在村里的司国兴走出邱坞，落户新开发的煤山工业园区，创办了长兴五星防火材料有限公司，主营防火防阻消防材料。依靠过硬的质量，产品走出了国门，企业生产效益蒸蒸日上。在当时邱坞村民的眼里，司国兴经营有方、致富有路，是一个"能人"。2005 年，司国兴全票通过当选邱坞村主任。

烙在司国兴记忆中的一个难忘的时间点是 2009 年。那一年，开始转产的司国兴资金链出现了问题，正在建设的厂房不得不停工。当年张天任书记及时出手相助，帮助司国兴的企业转危为安。后来，司国兴紧跟随天能集团，开展企业转型升级，成立浙江亿能塑业科技有限公司，推进机器换人，与天能产品配套，生产塑壳产品。几年下来，司国兴每年的销售收入就达到6000万元以上，每年上交国家税收200多万元。现在，司国兴的亿能公司年产值早已达到1亿以上了。

司国兴在事业上与天能紧紧靠拢的同时，在做人上也以张天任为榜样。办企业的这么多年，不管企业经营状况如何，司国兴一直像张天任一样，积极投身村里的公益事业，支持家乡新农村建设。2001年，邱坞岕防洪堤坝曾经发生垮塌，司国兴带头捐款3万元。司国兴当选邱坞村主任的2005年，为了推进邱坞人居环境的整治，他个人捐款2万元。新川合村后的2009年，司国兴私人出资对邱坞电力线路进行全部改造，并承担了全村路灯安装费用。新川村开展美丽乡村建设，2014年，邱坞大岕里浇筑水泥路，司国兴捐款5万元；2016年，司国兴再次捐款1万元。2019年，新川村首届乡贤大会上，司国兴带头捐款10万元。受司国兴的影响，亿能公司的高管余柏兴捐款5万元。

尤其值得称道的是，司国兴致富不光是为了自己，更是通过自己的带动作用，让村民享受到了共同致富的福利。司国兴的公司，安排了新川村民就业50余人，员工平均年薪10万余元。在司国兴的心里，一直以张天任书记为榜样。"我的理想就是像张书记一样，能为村里多做点事情，也成为新川乡村振兴、共同富裕的造血站之一。往后村里的发展步子会更大，我们企业每年支持村里的资金，也将逐年增加。"司国兴如是说。

像司国兴一样，村民胡月斌也是"2020年度新川村致富带头人"。胡月斌和妻子蒋春燕都是新川村典型的创业致富能手，身上具有新川村创业能人的共同特质：聪明好学，吃苦耐劳，办事

共富领路人受表彰

干练,充满激情。

胡月斌夫妇以前都是天能集团的管理人员,胡月斌从事机修管理,蒋春燕的工作是质量检验。在天能这个培养能人的大平台上,夫妻俩不仅积累了丰富的创业经验,也获得了可观的收入。

不甘于安稳的夫妻二人,内心也有一个"当老板"的梦想。2016年5月,胡月斌夫妻俩从天能辞职回到村里,创办长兴宇哲包装材料有限公司,与天能电池配套协作,生产包装材料。第一年的产值就达到了260万元,上交税款30万元。

胡月斌大胆创业,转身就实现了个人财富自由。不过,胡月斌常说,个人富不算富,大家富才是真的富。致富后的胡月斌没有忘记乡亲,主动给村里一些年纪较大、文化水平低、就业不容易的村民提供工作岗位,帮助他们增加收入。在工作之余,胡月斌夫妻俩还积极参加村里组织的各种志愿服务活动,像清扫垃圾、抗疫、扫雪、浇路等,总能见到他们的身影。村里需要搬运用车,只要找到胡月斌夫妻,他们从来不说二话,总是非常热心地安排义务出车,帮助搬运。精品村建设和抗疫捐款、义务捐血等公益活动,胡月斌夫妻也总是带头参加,得到了村民的交口称赞。

村民司永度也获得"2020年新川村致富带头人"的荣誉。司永度在实业界摸爬滚打多年,20世纪90年代曾经在村里的石矿上担任会计。受天能的影响,司永度先后在村里和江苏高邮开办了两个电池厂。2013年7月,在新川村回乡创业的召唤下,司永度返乡创办了长兴斯贝新科技有限公司,发展净水器业务,如今年产值达3000万元以上,上交税款150万左右,安置了20多位村民就业,员工平均年薪7万元以上。2020年,司永度的企业生产受到新冠肺炎疫情的严重影响,他也没有拖欠员工一分钱工资。用他的话说："我请大家来是工作的，我赚钱的时候你们赚钱，我不赚钱的时候也不能亏了大家。"新川村开展的各种志愿活动和公益活动，司永度也是积极参与，随叫随到。他还主动为美丽乡村精品村建设捐款2万元。

像司国兴、胡月斌、司永度一样，在家乡创办实业带村民致富的"能人"还有很多。村民蔡剑芳创办的浙江宝能电源有限公司安置新川及周边村民就业530余人；村民胡卫强创办的长兴天鹏建筑耐火材料有限公司安置村民就业30余人；村民吴汉文创办的长兴鹏飞纺织有限公司安置村民就业50余人；村民张界斌创办的长兴法利环保有限公司安置村民就业16人；村民张宝平创办的长兴鑫宝耐火材料有限公司安置村民就业31人；村民张国平创办的长兴鸿鹄耐磨材料有限公司安置村民就业17人；村民许海斌创办的长兴振海环保建筑材料有限公司安置村民就业32人；村民吴芝彬创办的浙江中旭智能门窗系统有限公司安置村民就业20余人……这些"能人"创办实业，不仅激活了乡村沉寂的山水，更极大地推动了乡村振兴发展。"能人效应"成为推动新川村高质量发展、建设共同富裕示范村的"造血站"。

"在致富带头人方面，不仅一二产业大有人在，更加喜人的是，近年来，随着精品乡村建设的步伐加快，第三产业的创业带头人也多了起来，光是回乡创业的民宿业主就有12家。"村党委副书记胡春强介绍说。

在新川村的溪涧公园旁边，一座现代建筑设计风格的民宿依溪而建。推开院门，石板路蜿蜒曲折，别有洞天。小溪潺潺，竹林排排，入眼处处是风景。

这间民宿的主人，是兄弟俩，哥哥叫张伟，弟弟叫张鸿，都是"80后"。

作为土生土长的新川人，张伟和张鸿20多年前就到上海、杭州等大城市里打拼，后来在杭州成功地创办了一家景观建筑设计公司，并都在杭州买了房子，各自娶妻生子，就这么平平淡淡、和和顺顺地过着幸福的小日子。

从小梦想着走出山区的张鸿未曾想到，10多年前就已成为都市"白领"的自己，还会重返农村老家，和哥哥张伟一起创业开办民宿。

张鸿说，离开家乡时曾发誓：总算离开新川了，这一辈子再也不回来了。

当时村里的情形张鸿记得清清楚楚：路是土路，因为年久失修，到处都是坑；村民们养的鸡鸭随地乱跑，一不小心，就能踩到鸡屎；房前屋后，都是村民泼的洗衣水、淘米水；有些人家的粪坑就在路边，行人路过时，臭味直往鼻子里钻……后来，听说村里建设精品美丽乡村，家乡村容村貌发生了翻天覆地的变化，张鸿抱着看一看的念头回了趟老家。

这一看，他们就不想回城市了：村里几乎家家住上了小别墅，马路宽敞明亮，路两边种满了花。几乎家家户户都买了小汽车，停在自家的车库，比城里人还气派。村里不仅有篮球场、文化广场，还有漂亮的公园。足不出村，就可以逛公园……

于是，兄弟俩毅然踏上了回乡创业之路，利用祖宅开起了民宿。他们把原来的三间瓦房推倒，花300多万重建现代化的小洋楼，打造出一家精品民宿，在装修风格和品质上可以满足不同居住人群的需求。

他们亲自设计图纸，精心打磨民宿的每一个细节：房前屋后种满了绿植，院子里铺上小碎石，用青石板铺设了一条幽静的小径。于是，他们的小宅便溢满了浓浓的农家味。

精品民宿建好后，张伟继续回杭州公司打拼，民宿就交给弟弟张鸿打理。只要节假日，张伟就会带着妻子和孩子，回到新川，在他设计的民宿中诗意地栖居。就像一只找到新栖地的候鸟，在城市和乡村之间不停地往返。

2019年10月民宿开张，并成为杭州晶彩数字科技有限公司定点会所基地和中国美术学院风景建筑设计研究总院定点民宿基地。

每逢节假日，他们的民宿都会提前一周被上海等地来的客人预订一空，而这对于张鸿来说，是"累并快乐着"：招待远道而来休假的客人，忙得直不起腰；接踵而至的订单更是"甜蜜的负担"。张鸿说，开民宿要有情怀，不是单单开一个旅店，而是需要把自己代入进去，想想客人需要什么。所以，在民宿住过的客人，大都能获得定制服务：品山茶，挖竹笋，磨豆浆，包粽子，吃乌米饭……每个时节都有一些独特的体验项目，这也是张鸿民宿宾客盈门的原因。

"以前村里发展没有奔头，像我这样的年轻人都'逃离'农村，'逃离'家乡。如今，村庄发展好了，一点也不比城市差，守着金山银山为什么还要到外面去谋生？所以，我回来了。要想村庄发展得更好，就需要更多人回来。"张鸿说出了回归家乡的原因。他最大的希望是有越来越多人像他一样，无论走到哪里，都可以昂首挺胸地大声说："我是新川人，我为新川代言。"

扎根家乡的张鸿兄弟二人在创业的同时，对村上的公益事业充满热情。2016年，他们为村里的美丽乡村项目捐款6万元；2019年，义务为村里进行村庄景观建筑设计，20多万元的设计费分文未取。兄弟二人获得"2019年新川精品村建设突出贡献奖""2020年度新川村致富带头人"等荣誉。

在张伟、张鸿兄弟的带动下，更多民宿业主回乡创业。全村现有楼下村舍、鹿引、兰田里、竹林金屋、结庐、朝瑾、余闲居、小路里、山介、源然栖崛、暖竹、予凡等12家民宿酒店，床位数150

余张,餐位数 500 余个,人均创收在 30 万元以上。

产业兴旺,需要人干;生态宜居,需要人创;乡风文明,需要人传;治理有效,需要人为;生活富裕,需要人造。

2019 年以来,新川村大力实施"能人回乡工程",出台了一系列政策,制订"科技进乡村、资金进乡村、青年回农村、乡贤回农村"奖励措施,在人才、资金、场地等方面鼓励和扶持新川籍企业家、青年创业者返乡创业兴业。

新川村大力推进美丽乡村建设,着力发展休闲农业、旅游经济、精品民宿、农村电商等第三产业,通过乡贤大会的形式,吸引乡贤回归家乡创业,投资民宿和酒店,并出台民宿和文旅补助政策。开展大学生创业贴息贷款,贷款金额 50 万以内,按照贷款利率最高补贴 50%。

到了 2021 年,全村新增返乡创业能人 94 人。这些乡村"能人",靠自己的学识专长、创业经验、资本积累、市场信息、手中项目,产生"能人"连锁效应,创办乡村休闲旅游经济实体 50 多个,带动了全域民宿、农家乐、建筑、运输、装修、客运、农副产品供销、小商品零售等相关配套行业,带动了一批新型农民迈向共富之路。

"泥腿子"的成功逆袭

2020 年 8 月 2 日,在天能职工退休仪式上,早已年过花甲的史伯荣激动地从新川村党委书记、天能集团董事长张天任手中接过"终身荣誉天能人"的奖杯。他满怀深情地说:"天能是人才成长的摇篮,也是孵化亿万富翁的摇篮。没有这个摇篮,没有张书记,就没有我这个'泥腿子'今天的一切。"

史伯荣的真诚话语,道出了仪式现场新川籍高管的共同心声。新川村这些曾经的农民,跟着天能实现了由"泥腿子"到"企业高管"的自我蜕变,还有不少人身家过亿,成为新川乡村振兴的中坚力量。

这些人大多是跟随张天任一起创业、一起打拼过来的。刚进入新世纪,天能集团就步入快速发展阶段。张天任敏锐地感觉到,企业管理人才、技术人才匮乏越来越明显,大部分中高层管理者是农民出身,很难适应现代化企业管理的需要。

如果这种状况继续维持下去的话,公司的领先优势将有丧失殆尽的危险。必须把培养专家型管理人才、提高管理队伍素质摆在企业的重要位置。培养人才,需要投入一定的财力、物力和人力,这就不同程度影响企业的经济利益。然而,对这个问题,张天任有自己的看法:"弄清楚企业的长远利益和近期利益的关系是认识这个问题的关键。利润会上升也会下降,但知识、人才是长远的,只要有大批的人才,必然会有真正持久的效益。因此,人才建设必须狠抓职工教育,狠抓人才培养,这是提高管理水平、扩大再生产、提升企业效益最有效的投资。"

为此,天能集团专门成立"天能干部管理学院",同高等学校合作,通过请进来、走出去的方式,开展生产管理、技术应用、工程管理等方面的系统专业培训,全面提升史伯荣等一批高管的现代企业管理水平和创新思维。

史伯荣出生于1953年,是新川村楼下自然村人。史伯荣在张天任书记承包蓄电池厂的第二年,也就是1989年进入天能公司。进天能之前,头脑活络的史伯荣在集市上卖菜,他笑称自己是一个"菜贩子"。

史伯荣回忆说:"那个时候,在工厂也挣不到钱,我就自己卖菜,挣的钱在当时也不少,抽的烟都是红塔山。记得董事长来找我的时候,给我分的烟就是红塔山牌子。他承包后,首先就是找人,在当地找那些头脑活、口碑好的,也叫作人才吧。在他心里大概也是把我当成人才,就问我愿不愿意跟他一起干。"

缘于一种信任,史伯荣跟着张天任这一干就是30多年。从新川村的老基地开始,他们一起创业。史伯荣也不记得自己当时是什么职务,反正工厂内部要管,村里镇上也要跑,有什么需要就得干什么。后来,天能在全国布局,每个生产基地都留下了史伯荣的身影。退休之后的史伯荣担任新川村乡贤会常务理事长,为建设新农村发挥余热。在2019年的乡贤大会上,史伯荣个人为新川村精品村建设捐款30万元。

史伯荣感慨地说:"我是真心感谢张书记,如果不是他,不是天能成就了我,我可能还是一个小商小贩,哪里会成为一个国际集团上市公司的高管？"早已成为"亿万富豪"的史伯荣兴奋地说："这几年下来，我也享受到天能发展的红利，在一万个人当中，像我这样69岁亿万富翁的老头子，在长兴有几个？"言语之间，溢满自豪和感恩。

与史伯荣一样，生于1957年的张敖根也早到了退休年龄，但仍然坚持奋战在第一线。张敖根是楼下自然村人，是张天任的哥哥。穷人家的孩子早当家，插秧、割草、砍柴、喂猪、照看弟弟妹妹，这是张敖根童年的全部生活内容。回想起当年，张敖根陷入回忆："我父亲身体状况不太好，家中缺乏壮劳力，兄弟姐妹又多，全家在温饱线挣扎。对于那个年代的感觉，就是一句话，真是穷怕了！"张敖根感慨地说："承包蓄电池厂之前，我开过拖拉机、做过勤杂工。那个时候的想法很简单，能挣钱养活自己、养活小家就行。"

1988年冬天的一个夜晚，是改变张敖根命运的转折点。那天晚上，张天任正在参加在楼下村召开的蓄电池厂承包的招标会。张敖根和胡仕金一直在张天任的家里等着，待到晚上12点过后，已经是第二天的凌晨，张天任终于带回成功承包煤山第一蓄电池厂的好消息。不顾天寒夜深，张敖根他们骑上自行车，直接到煤山第一蓄电池厂。所谓的厂，也就是几间简陋的车间。他们打开竹子制作的工厂大门，在车间这里看看那里摸一摸，一下子感到拥有了整个世界。

当张天任提到要承包工厂的时候，张敖根当时心里难免有顾虑。"家里刚刚吃饱饭，就想自己办工厂？"作为兄长的他心中没有底。但是，张敖根了解张天任的个性，如果没有把握，张天任是不会轻易下决心的。现在承包竞标成功，张敖根似乎从张天任满是自信的神情中看到了希望的未来。

一路走过来，张敖根审时度势，在市场上能征善战。1998年，张敖根当选新川楼下村的村主任,历时 10 年,为家乡如何发展做出过重要贡献。伴随着天能的发展,他兢兢业业,锐意进取,由一个普通村民成长为享誉我国蓄电池、电动车行业的知名专家。

"天能平台越来越大,我先后分管过营销、采购,自身能力和格局都得到了很大的提升。借助天能的平台,加上自身的努力,我还取得了高级经济师职称,政府及行业的荣誉也获得了不少。"长期担任天能集团副董事长的张敖根,想起过去,感触颇深。他说,"感恩天能,感恩张天任书记,没有天能,就没有我现在的一切。"

2016 年,天能集团成立 30 周年。当年 6 月份,已进入花甲之年的张敖根,亲自挂帅,组建了天能工贸事业部,率领团队进驻上海,先后成立了上海银玥、上海金玥、天津金玥公司,拓展以铜、锌、镍、铝、铅等有色金属为主的大宗商品贸易、期货以及石油化工等领域的新业务。

2018 年,张敖根的新团队实现了 100 亿元的销售额,2021 年交易额突破 200 亿元。无论个人取得多大的成功,张敖根始终不忘桑梓,积极为新川建设捐款捐物。2019 年的乡贤大会上,他个人捐款 30 万元。

2021 年 5 月 23 日,天能工贸事业部搬迁至上海松江科技城,天能集团为新的办公楼举行了庆典。张敖根在上海为天能打开了一个重要窗口,将全面展示天能的国际形象,为天能加速实现国际化做出新的贡献。

曾一直被天能老员工称作"老厂长"的张开红,是新川村楼下自然村人,年轻的时候在石矿上抬石头,靠卖苦力挣钱养家。1988 年,他进入天能上班。刚开始,张开红在车间做了 3 个多月的浇片工,后来负责电池生产车间的配料工作,主要是产品原料的配方。1992 年,张开红升为副厂长,开始从事工厂的生产管理工作。

一步一个脚印,2003 年,张开红担任天能电池公司副总经理。2005 年 10 月,他带领团队来到安徽省芜湖市,在这里开创天能生产基地。作为创业元老,他也早已是身家过亿,退休后热心支持新川乡村振兴。

初中毕业的周建中,是一个"70 后",新川村楼下自然村人。离开学校后,周建中就跟村里人学着做一些土特产加工的生意。但是,周建中总觉得这样的日子不是自己想要的生活,心里总有股想干出点什么大事的冲劲。

1996 年,煤山第一蓄电池厂正好招聘业务员开拓市场。"记得是国庆节那天,我也报了名,正式成为一名业务员。"提起当年事儿,周建中难掩激动之情。当时一进公司,他憋着一股不服输的劲头,想干出点名堂。他不跑市场的时候,一有空就到车间去学习。从产品的结构到工艺流程,他都了然于胸。到了年底,一起进厂的 6 个业务员,周建中销售业绩最突出,被提拔为市场营销科长。他一直牢记先人一步这个道理,不管做什么,都要比别人更勤奋。一直在市场最前沿的周建中,带着产品走市场、参展会、跑销路,成绩显著。

2001 年,公司奖励他个人一辆桑塔纳轿车,这是他人生中的第一辆轿车,也是当地第一家公司给员工奖励轿车。这件事情,至今令他难以忘怀。

天能一天比一天壮大,周建中发展的平台也越来越大。2007年,周建中担任天能电源公司副总经理;2010 年 1 月,担任天能集团总裁助理;2013 年被委任为天能集团副总裁,分管集团新能源事业部,主持天能集团循环经济产业园项目工作,兼任天能集团长兴管理中心主任,分管营销工作,负责统一协调集团范围内长兴地区各相关主业生产企业管理工作;2018 年 4 月,担任天能集团副董事长。这一步步走来,周建中先后荣获浙江省企业管理现代化创新成果一等奖、第二十一届国家级企业管理现代化创新成果一等奖、浙江省杰出职业经理人、第十六届浙江省优秀企业家等多种荣誉。

"1996年到现在,20多年,我现在的成就都是天能带给我的。作为新川村人,我时时刻刻都要铭记于心、牢记于心。"周建中说自己原来只是初中毕业,文化程度很低,进入天能以来,公司给自己机会培训,进入浙江大学学习,去中欧学院深造,现在已经具有本科、MBA学历,获得高级经济师职称。

2019年,新川开展精品村建设,周建中个人捐款30万元。在乡贤大会上,周建中说:"我将用一颗赤子之心,懂得感恩,懂得回报,为家乡多做贡献。"

在新中国成立70周年之际,新川村建设了一个"乡村振兴案例馆"。馆内有一个笑脸墙区域,上面都是跟随天能集团一路创业的村民的笑脸,其中不乏曾经"面朝黄土背朝天"的"泥腿子",但也有不再是传统"泥腿子"、想干一番事业的能人,还有不少回乡的大学生。随着天能集团两次上市,他们不但拥有了股份,还享有天能配置的期权。这就意味着,他们不但在天能集团茁壮成长,还获得了个人财富的增长,将更有实力为新川村的发展建功立业。

如今担任上海银琪公司副总经理的张松平,也是一个"70后",新川村张坞自然村人。张松平高中还未毕业,就出外打工。张松平结婚后,为了照顾家庭,就近在芥里一家耐火材料厂找了份工作。工作快两年,对家庭是有照顾,但是收入不多。孩子出生后,家里开支愈发紧张。碰到急用钱,张松平爱人不得不到娘家去借。当看到不少村民做天能电池业务发财了,张松平心动了,不想再安安稳稳地上班,决心出去打拼。2001年,张松平到天能报名想出去做市场，但没有想到，自己被安排去做采购。就这样，从采购一步一步干起，历经磨炼的张松平，已经成长为有色金属贸易领域的行家里手。

同样是"70后"的杨勇，是新川村涧下自然村人。杨勇大学毕业后，工作很安稳。两三年后，一向不满足于现状的杨勇，亲眼看到天能的发展壮大，也开始投入新川人创业大军之中。他在长兴、广德与人合伙，投资生产电池配套产品。工厂效益还不错，钱是赚了，但无论怎么努力工厂的规模都做不大。2011年，杨勇开始新的思考，决定转身投入天能怀抱。杨勇从检测室里一名检测员到储备干部，稳扎稳打，虚心向同事请教学习，很快成长为一名优秀管理者。2013年，杨勇担任天能界首公司总经理助理。说起自己职业经历，他感慨道："天能是一个成长的大平台，有付出就有回报。"2015年，杨勇光荣地加入了中国共产党，并被调到天能江苏基地任生产运营中心总监。2017年11月，杨勇被调回新川村的天能电池公司担任总经理。杨勇在大力推进企业扩大生产的同时，积极支持新川村建设，开展村企共建工作。

来自新川村涧下自然村的"80后"杨敏娟，大学毕业后，刚开始在湖州市内一家企业上班。没有多久，杨敏娟到天能应聘成为一名办公室工作人员。梦想也能做一名会计的杨敏娟，利用工作之余学习财务理论知识，跟着村上的老会计学习做账，用理论丰富实践。功夫不负有心人，经过努力，杨敏娟考取了会计资格证。后来，她结婚生子，在天能成功实现了梦想，成为天能财务中心一名"内管家"。回忆进公司17年，杨敏娟说："我感到收获满满，有种成就感，感谢天能这个平台，让我实现了自身的价值，同时也获得了很多荣誉。"

不管是曾经的"泥腿子"，还是后来的新川村的年轻人，或者是回乡的大学生,他们在天能舞台上实现了各自的人生梦想,有的硕果累累,有的独当一面。他们不管是在家乡门口,还是在世界各地,都有一个共性,那就是不忘支持家乡建设。2019年,新川村推进精品村建设,他们积极参与村企共建,人人出力,纷纷捐款,他们的事迹成为各大媒体的报道话题。

迈向共富的营销服务大军

新川村有一个地方叫经理部,这个名字令外人有些奇怪。取名"经理部",缘于这里最早有一个做生意的门市部"贸易经理部"。改革开放以前,这里正处在涧下、邱坞、楼下等自然村交界处,曾是一个"三不管"的荒凉之地。到了 1982 年,当时煤山镇为了搞活山村经济,组织芥里几个村一起推平这块地方,正式挂牌成立了"贸易经理部"。

刚开张的门市部收购毛竹、竹笋,吸引了大量外地客商。有人从"经理部"看到了赚钱的机会,不少村民也开始围在"经理部"周围,主动寻觅客户。胆子大的村民,直接贩卖毛竹到外地。一时之间,人心活了,山村沸腾起来。不少村民靠贩卖毛竹、竹笋发了财,出现了不少令人羡慕的"万元户"。

随着市场经济的发展,"经理部"和"万元户"早已成为历史。不过,这个地方却开始商铺林立,出现欣欣向荣的美好景象。如今,这里改建为芥里的"步行街",当地人还是习惯将它叫作"经理部"。

进入 21 世纪,新川人早已从"经理部"走向了全国各地。由于新川的龙头企业天能集团的发展壮大,不少人围绕着新能源电池产业开展加工配套、服务贸易，形成了一条特色鲜明的产业链。在这条产业链上，新川村民抓住发展红利，与天能共同进步，靠勤劳和奋斗，涌现出了一大批带头实现共同富裕的典型。

张广明就是这些典型中的一位。他生于1970年，是楼下自然村人，初中毕业后学过电焊工，干过自行车补胎。19岁那年，张广明选择进厂，成为煤山第一蓄电池厂的一名机修工。到了1991年，工厂在湖州开设了一个门市部，当时专门销售"汇源"牌汽车电池。张广明被调到门市部，成为天能最早一批在市场上经营电池的业务员。

2003年是张广明永生难忘的一个年份。这一年，天能电池在市场上出现供不应求的现象，煤山一带不少人加盟天能，在全国各地建立天能电池业务办事处。张广明早已按捺不住，选择进入南京市场。经过多年的打拼，他已经成为公司一名中层管理者。得知张广明要到南京做市场，家人都不理解，甚至反对。在公司安稳上班多好，为何还要"折腾"？

张广明是第一批在市场上建立天能电池办事处的商家。在他看来，电动车是老百姓出行的代步工具，电池是一种刚性需求，市场的前景非常可观。刚开始时电池市场还不是很成熟，张广明挨家挨户上门，走访电动车维修点，几乎跑遍了整个南京城。凭着对天能的信心，以及对市场的洞察力，张广明硬是在南京开拓出一片新天地。

随着电动车市场的发展，天能电池从"承包营销"向"服务营销"全面转型。张广明把完善售后服务体系作为营销战略的核心要素来抓。"产品围着销售转，服务跟着市场走，哪里有用户，哪里就有天能的服务"，这是张广明对团队定下的制度。

在跟随天能高速发展的过程中，张广明用心经营，脱颖而出，不断壮大。他由过去单兵作战，逐渐发展到团队作战，如今早已实现公司化运营。由于随后市场竞争压力日益增大,张广明既要懂得员工管理,还要学会如何开展营销,如何做好宣传开发和宣传。集团公司多次组织张广明和其他共赢商(即经销商)到浙江大学、清华大学学习高级营销课程,帮助他们更精准地开拓和巩固市场。多年来,张广明的营业收入由当初的几十万到千万,并发展到现在 6000 多万元,上涨了 100 多倍。他的员工队伍里一共有 10 多个人,其中 3 人是新川人,一直跟着他在市场上冲锋陷阵,3 人的月工资也由刚开始的 3000 多元上涨到 1 万元以上。

付出一定有回报。让张广明最为感动的是,在 2016 年天能集团成立 30 周年庆典上,他获得了集团颁发的"风雨同舟"奖。当张广明拿到奖杯那一刻,几十年的经历一下子涌上心头,从 19 岁开始跟随天能,一直在天能这个大平台上,真是风雨相随,同舟共济。

"没有天能,就没有今天的自己。这一路走来,我抓住了天能的发展红利,跟着公司共同进步,成就了自己。"想到自己当年的样子,如今事业家庭双丰收,张广明非常感慨。张广明 10 年前就在长兴购买了 140 平方米大房子,拥有小轿车好几辆,岕里老家还新建了一栋大别墅。他的女儿张璐大学毕业后任村干部,儿子还在杭州上大学。

"天能发展脚步永不停止,我和妻子一块在南京,作为一名老将,我感恩董事长、感恩张书记,我有信心、有责任带着团队走向更广阔的市场。"懂得感恩的张广明在新川精品村建设时带头捐款 1 万元,获新川村 2019 年乡村振兴奉献奖。

和张广明同一年出生的胡海强,是新川村张坞自然村人。他回忆说,小时候家里主要的经济来源是村里分配的那 2 亩耕地和山上的毛竹、毛笋。耕地一半在 10 多公里外的宜兴湖氵,还有一半在5公里外的煤山镇附近。农村的孩子早当家,农忙时节,胡海强都要随着父母亲一起翻山越岭到地里干农活,生活又累又苦。初中毕业后,胡海强就到村里的一家电缆厂打工,一干就是10多年。

2003年,胡海强听说村里有很多村民在天能做业务员,在全国各地卖电池,都赚到钱了,买了小轿车,盖了楼房。他心动了,于是辞掉电缆厂的工作,到天能公司应聘,被安排到天能电池广东省办事处做经销商。如今,18年过去了,广州已成为胡海强的第二故乡。他从最初的一个人,发展到如今的32人的团队,从原来的几十万销售额发展到一年超2个亿。外贸出口至美国、德国、马来西亚、菲律宾、老挝、新加坡、泰国等10多个国家,每年外贸产值超1000万元。员工来自全国各地,月工资平均1万元以上。

富裕起来的胡海强不忘回报家乡。每当村里有什么公益事业或村里建设需要出钱出力,他都会积极响应。2019—2021年,他先后向家乡捐款10多万元,支持精品新川村级建设和抗击新冠肺炎疫情,为建设美好新川村贡献力量。

相对于张广明、胡海强等人,小几岁的张志明,是新川村楼下自然村人。年轻时候的他,一直在外面闯荡。几年的闯荡生涯让他明白,没有一个好的平台,所有的努力都是白费。最终,他深思熟虑后决定回家乡,成为天能公司生产车间一名员工。

2000年3月,公司决定在天津建立办事处。当时的办事处相当于公司"驻津办",不同于之后开拓二级市场业务人员设立的办事处。办事处设在天津大沽南路,因为那一带电动自行车厂比较多。也许是张志明有过在外闯荡过的历练,公司决定选派他到天津办事处担任经理,并为他选配了6名业务员。

当年国内电动车市场还不太成熟，公司还在寻求为整车企业进行配套。天津电动车发展势头迅猛，公司把市场营销的重点放在天津，实行的是"承包营销制"。后来，公司从天津办事处慢慢向全国孵化，郑州、石家庄、昆明、南昌等省会城市，也相继设置了办事处。

在办事处发展前期，张志明主要负责办事处的管理工作。公司派过来的业务员，都有一股冲劲，张志明决心和他们一起大干一番，然而现实是残酷的，每个月完成的订单任务与目标总是相差甚远。但是，张志明没有气馁，一步步往前走，在天津慢慢打响了天能品牌，赢得厂家的信任。

2003年，"非典"疫情过后，电动车行业进入了一个快速发展时期。为了适应市场的变化，天能集团适时调整营销战略，迅速布局二级市场，强化打造售后服务网络。张志明所在的天津办事处及其他省会办事处，就此完成了历史使命。新的办事处在全国各地广泛铺开，从而全面实现了天能电池繁荣的市场局面。

张志明也因此转入一级市场，负责做好整车企业销售服务工作。随着二级市场的高速发展，导致大部分整车厂都是空配电池，给一级市场带来了巨大压力。无论如何，张志明从未退缩，咬紧牙关，坚持在市场上摸爬滚打，奋力冲刺，终于熬过了一段"黑色"时光。

2005年，张志明开始与爱玛电动车打交道。刚开始的时候，爱玛对他不信任。张志明克服重重困难，及时做好供样对接，实打实地为对方着想，做好服务。日久见人心，他用真诚赢得对方信任。张志明的业务也因此越做越大，2006—2011年，每年为爱玛供货都翻倍增长。爱玛所用的电池，90%来自天能电池。

到了2019年，张志明的销售额超过17亿元，2020年达到

21 亿元。

从当年一无所有,到现在事业上小有成就。张志明个人富裕不忘家乡,积极参与家乡新农村建设,为新川建设精品村和公益事业先后捐款 6.5 万元。

......

从以上个案可以清晰地看到,企业的行为已经不再是单纯的企业赢利行为,而是造福村民、造福社会的行为。天能遍布全国各地的营销服务网络,不仅带来天能销售业绩的快速增长,也带动一支以销售服务为专门职业的百万人以上的就业大军。一大批从新川村乃至长兴走出来的天能营销精英,在获得个人财富的同时,也成为当地推动乡村振兴、共同富裕的重要力量。

山村发展的"探路人"

新川村从落后的穷山村,到如今远近闻名的小康村、浙江省美丽乡村精品村,一路走来,新川人不甘落后,勇往直前,坚持创业创新,不惧风雨,闯出了一条红红火火的发展道路。

"艰难困苦,玉汝于成",是对新川人敢为人先、艰苦奋斗所走过的不平凡历程、取得的不平凡成就最好的概括。

新中国成立以来,新川村在党的领导下,响应党和政府的号召,积极改变贫穷落后的家乡面貌。20世纪五六十年代,新川历来是半年瓜菜(南瓜和各种野菜)半年粮,当时人们最大的奢望是能吃上一顿饱饭。1960年,当年的联丰大队,也就是现在的新川村,有300多人患上浮肿病,甚至发生饿死人的现象。

吃饱肚子是第一要务。怎么办?新川辖区的几个大队党支部决定向荒山宣战,向山要粮。新川村老一代干部冯听荣、夏洪庆、佘勤宝、胡培英、张荣彬、胡仕坤、胡坤林、王盘坤着手发动群众、带领群众,在5公里之外的下齐岭战天斗地,开荒种粮。

回想起当年的不易,曾经担任过新川张坞大队支部书记的

82 岁老人胡良云记忆犹新。下齐岭遍地荆棘乱石,开荒种地谈何容易。大家硬是靠着手中锄头,一尺一尺地挖,一点一点地刨,见缝插针,哪怕只能栽一两棵红薯的地方也不放弃。"邱坞大队长胡培英带头干,每天提前一小时上工,傍晚最后一个收工。有一天干着干着突然晕倒在地,不省人事,社员们把他抬回家,两天后才苏醒过来。"

胡良云老人还提起张坞在下齐岭修筑水库的事情。为了多打点粮食,张坞大队利用三面环坡的凹形地势,决定筑坝修建水库蓄水浇田。正式开工那天是 1961 年的元旦,计划在春节前竣工,争取春季蓄满水,确保夏季种上水稻。大队长胡坤林带领 70 多名社员,没有任何机械设备,全凭肩挑手挖。大坝越来越高,水库越来越深,眼看水库将要竣工,人们越干越起劲。临近春节的一天傍晚,人们正在陆续收工的时候,东面山坡突然传来一声巨响。塌方了!胡坤林被埋在塌方中,只露出一个脑袋在外面。人们冲上前去,慌忙将他从塌方中弄出来,七手八脚地将胡坤林送到山外医院,医生诊断为大腿骨折。胡坤林为此在床上躺了 8 个多月才下地,并留下了终身伤痛。

在新川老一代村干部带领下,全村上下通过几年的开垦,硬是在荒坡乱石中整出了 1200 多亩耕地。这些地有的可以种水稻,有的能栽上红薯,极大地缓解了饿肚子的难题。

但是,新川村"两头在外",即土地在外、在外寻饭吃,群众生活之艰辛可想而知。如何才能摆脱这种局面,让老百姓过上幸福的生活?受煤山一带省属企业及周边江苏村办工厂的影响,在发展农业稳定粮食生产的同时,新川人开始进行大办工厂的探索。

在新川村的创业史中,以胡仕坤、胡德卿、夏洪清、周炳其等为代表的村里当家人 他们不是大队长,就是党支部书记,敢想敢干，艰苦奋斗，在20世纪六七十年代创办了20多家队办工厂，改变了全村的贫困面貌，至今令人津津乐道。

一代人有一代人的使命，一代人有一代人的担当。从改革开放到组建新川村，这20多年的时间里，杨月明、许长元、胡凤珍、佘顺清、司仕法、王伯华、胡凤平、司国兴、徐虎跃、赵新荣、张荣林、张敖根、张盘芳、胡焕初、胡良云、胡敖清、胡仕国、胡洪法、胡敖生……一大批人都曾担任过涧下、邱坞、楼下、张坞的干部，在职期间尽心尽职，为新川发展进行了有益的探索。

说到老干部，还有新川合村后的首届村委会主任杨汉芳。"老杨之前是做生意的，也开过工厂，没有想到他当村主任还真有几下子。"曾经担任过新川村副书记的蔡剑芳回忆说，由于书记张天任比较忙，村里不少事情，杨汉芳总要找他一起商量，比如修桥铺路、环境整治、调解治理，还真做了不少事情。杨汉芳在村主任位置上，一干就是三届，不负众望。正是因为他们的辛勤付出，张天任才得以集中精力充分发挥"头雁效应"，带领天能集团迈向国际舞台，带领全体村民走向共同致富，实现了新川村翻天覆地的变化。

2019年，新川村成立乡贤理事会，共吸纳乡贤会员263名，充分发挥乡贤作用，助力乡村振兴。在新川村乡贤会中有一批老乡贤非常特别，他们大多是村里的老党员、离退休老干部等。这些老乡贤们，虽然从岗位上退下来了，身份角色转换了，但他们不忘党员初心，离位不离责，退岗不褪色，工作热情依然高涨，在传承乡村文化、引领乡风文明、辅助乡村治理、维护宜居生态等多个方面，积极献策献力，努力发挥余热，为新川村乡村振兴做些力所能及的事。

2019年9月19日，《人民日报》刊登了一则题为《合力守护绿水青山》的图片新闻,展示浙江省"五水共治"成绩。图片上,一批身穿红色志愿服、头戴印有党徽志愿帽的老年巡河护河志愿者,在新川村的溪涧里捡拾垃圾。图片中央的一位老人,蹲在溪涧中央的青石板上,用一把长长的卫生钳将漂浮在溪流中的树叶、果皮等垃圾物夹起,放入垃圾袋中。这位老人,就是新川村的退休老干部胡洪法。他于1990年进入张坞村委会工作,历任村会计、副书记、村主任,2008年在合并后的新川村担任党支部副书记。

像胡洪法一样,曾经为新川发展探路的退休不褪色的老党员、老干部在新川村比比皆是。他们用各种方式,为村级治理发挥着余热,为村里公园景观改造、河道整治、污水治理和高山稻田观光等项目出谋划策,促进美丽乡村建设各项任务落实,贡献着自己的智慧和力量。

杨月明也是村里的退休老干部,资历比胡洪法更老。他出生于1947年,1970年进入村里工作,当了38年的村干部,历任过涧下村主任、村委书记等职务,曾经作为青年代表于20世纪70年代当选过长兴县委委员。改革开放初期,他带领涧下百姓开办多家石矿,创建冶炼厂、油漆设备厂、竹笋加工厂,为壮大集体经济,带动村民致富,打下了坚实的产业基础。新川四村合并当年,杨月明光荣退休。但是,只要村里的工作需要他出面协助解决,或者村里召集开展党员志愿服务活动,他总是随叫随到,从不打半点折扣,从不摆半点老资格的架子,在村民心中具有很高的威望。

2020年春,抗击新冠肺炎疫情期间,70多岁的杨月明像年轻小伙子一样,带头冲在一线,坚守着村里的哨卡,赢得村民的交口赞誉。2020年6月13日,村里在涧下自然村的指方岕整修林间道路,他在现场负责指挥。挖掘机将砍掉毛竹后剩下的根直接铲除，将碗口粗的毛竹根堆放在一起。不料想，那些毛竹根没有放稳妥，其中有一个毛竹根从山坡上方滚落，直接砸向处在下方的杨月明。这个意外事故直接造成他的右腿骨折，卧床几个月才下地。

2020年10月，新川村委会换届选举，张国金、张金泉、胡勤凤等几位村委委员退了下来，年轻后备干部纷纷走上重要岗位，实现了"新老交替"。围绕乡村建设、矛盾调解等工作岗位，新川村采取返聘模式，引导刚刚离任的村干部继续出谋划策、积极奉献，做好"传帮带"，让离任村干部"退职不退休"。

"这些老同志能够返聘回来，证明他们是深得民心的，而且他们愿意发挥余热，我们也喜欢他们来帮我们带干部、带队伍。"张天任一语中的，"老干部是村里的宝贵财富，他们曾经作为村级建设的中坚力量，在百姓中拥有很高的威望，在实践中更是积累了丰富的工作经验。用好老干部，就是带好新干部。"

张国金就是一位退休后又重新"返场"的老干部。他在2011—2016年担任了两届新川村委委员。2016年退休后，村里又返聘他为主任助理。

煤山镇新修南方水泥厂输送带的时候，牵扯到新川村100多户村民的土地和山林征用。张国金主动站出来，一家一户做工作，丈量土地、计算征地补偿……当时，他身体刚做过手术还未完全康复，但为了土地征用工作平安落地，他拖着病体没日没夜地在农户间奔跑，成功解决了各种矛盾纠纷，照顾了各方面的利益诉求。事后，他说："当干部，不就是作为村民办事的跑腿员嘛，我是老干部，情况熟一些，经验多一点，我不跑腿，谁跑？"他始终像充足了气的轮胎，不缺奔跑的动力。

与张国金不同的张金泉，是在2017年换届时当选村委委员的。干了一届的他，于 2020 年 3 月退休，也被返聘回村委，协助管理农业、林业、水利、垃圾分类等工作。

在新川村精品村建设过程中，新建村级道路、公共绿地等工程项目多。由于时间紧、任务重，他总往施工工地跑，无论刮风下雨，一天要去现场五六遍，盯着施工人员，盯着材料与工艺，担心工程质量出现半点纰漏。遇到台风季节，山村溪涧一定会涨水。为防范风险，张金泉还要协助分管人武的党委委员许海帆和分管民兵组织的村委委员张喆，带领应急志愿队，做好安置转移和抢修等工作。

村里出台了一条规定，要求党员每天义务劳动 1 小时。张金泉每天的义务劳动时间却有 3 到 4 个小时，甚至星期天也没有休息。他不是在捡拾垃圾，就是在护理绿植，或是在跑党员联系户。老婆埋怨他就是一个"野人"，一天到晚看不到人影，工厂的事也很少去管。张金泉是湖州长兴防火阻火材料厂的股东，自从到了村里，心思就全放在村里了，厂里的工作几乎放弃了，工资少拿了不少，经济损失账没法算。走在村里光洁的柏油路上，看到越来越美的家乡，个人虽然吃了点亏，但张金泉心中认为非常值得！

胡勤凤早在 1992 年就进入村里工作，担任村干部有 30 年历史了。她先后分管过妇联、党群、会计、出纳、民政、残联等多项工作。她的老公和儿子都是天能集团的管理人员。

2020 年，返聘后的胡勤凤继续担任村里的出纳，村里建设任务重，杂事多，几乎走不开，经常刚出门办公室里的电话就叫她回来，甚至礼拜天也没有空闲的时候。年底腊月二十八那天上午，好不容易空下来，老公带着她一起去长兴县城准备置办年货，刚到县城，就接到张天任书记电话，说村干部当天到村民家中开展春节慰问，给 60 岁以上老人发放慰问金。胡勤凤二话不说,立即扭转身赶回村里……

　　这些老党员、老干部,都曾经为新川发展而探索、奉献,虽然退下来了,但他们仍然利用自身的优势发挥余热,讲好新川故事,树好新川形象,让美丽的"夕阳红"更为绚丽。

奔涌向前的"后浪"

"乡村振兴迈向共同富裕新时代，要有一支高素质的年轻干部队伍做支撑。期待更多年轻化、知识化、专业化的年轻梯队深耕希望田野，为农村基层干部队伍注入新鲜血液。你们将逐渐成为乡村振兴的生力军，在共同富裕之路上大展宏图。"这是张天任在新川村委会议上对村里大学生干部的一段寄语。

在张天任心目中，要想村庄获得长远发展，就必须着力培养人才，让更多年轻人才扎根家乡。求才若渴的张天任，对年轻大学生干部充满期待，发现一个、锻炼一个、重用一个，使得新川的村干部充满了朝气与活力。

事实上，绝大多数村干部是从村民中产生的。若要选拔年轻村干部，就要让年轻人先回到村里，进得来、住得下，更要留得住。而要想吸引年轻人，关键要提高乡村吸引力。在这方面，新川村早就走在了前面。由于新川村蓬勃兴起的工业，大量年轻人大学毕业后，都选择回到家乡。在党建引领下，新川村注重从回乡大学生、农村致富青年中发展党员，培养村级后备干部，加强农村经营人才、管理人才培养力度，力争培养一支建设新农村的人才队伍。

　　为此，新川村制定了后备干部培养制度，明确规定后备干部选拔条件：思想政治素质好，带头致富和带领群众致富能力强，热爱农村工作，有群众基础等。规范选拔程序，重点落实"三公开两民主"：公开报名、公开考察、公开结果和民主推荐、民主评议。发挥老干部传帮带作用，开展党务专题培训，帮助后备人才提升工作技能和个人政治素养。针对后备干部的不同特点，新川村充分提供后备干部锻炼舞台，让他们全面参与美丽乡村建设、基层社会治理等重点工作，切实提升实战能力和攻坚能力。

　　与此同时，新川村还非常注重后备干部的规范管理，建立人才库，实行台账式管理，一人一档，记录其表现、评议等情况；推行谈心汇报制度，强化后备人才"讲纪律、讲规矩、讲正气"的意识，提升其自我约束力。新川村严格把关和强化锻炼，使年轻的大学生干部，迅速成长，不负众望，在新农村建设中书写了闪光的青春篇章。

　　新川村翻天覆地的变化，以及一系列人才振兴的举措，吸引了一批又一批大学生返乡创业。新川村对决心扎根一线的有文化、有梦想、有担当的大学生进行重点培养。"90 后"的张喆、吴利刚、王晓丹等人敢于争先、勇于担当，辛勤奔波在乡村振兴一线，迅速得到锻炼成长，赢得了新川村党员群众的称赞和认可。在 2020 年 10 月新川村委会换届选举中，张喆、吴利刚、王晓丹三人当选为新一届村委会委员。

　　毕业于中国人民解放军南京政治学院的张喆，曾在上海武警消防总队服役 5 年，2016 年退役后回到村里，成为一名后备干部。多年来，他始终保持军人本色，兢兢业业，勇往直前。他负责环境整治、安全生产等工作，敢抓敢管，取得了不俗的成绩。为了村庄的环境，他不分白天黑夜，坚持到河道、溪涧四处巡查。枯水期的时候，他白天上山查看水源，协调解决各自然村的用水矛盾;晚上还要为居民安全操心。哪怕是谁家的照明出现问题,不管多晚,只要一个电话,他都会及时赶到村民家中,帮助农户把照明问题解决好。尽管这不是他职责内的工作,但对村民的需求,他做到随叫随到,为村民做好服务。

吴利刚,曾在天能集团担任中层管理干部 10 年。2020 年 3 月,他辞职回村,成为村里的一名后备干部,负责生活垃圾分类、平安创建等多项工作。农村基层的长效保洁、矛盾调解,都是比较棘手的工作。刚开始推行垃圾分类工作的时候,有些村民观念转不过弯来,都不愿意让垃圾桶靠近自家门口,不时会发生垃圾桶被移走、推倒的现象。做事认真的吴利刚,坚持每天早晚都要开车将全村跑一遍,对倒在地上的垃圾及时清理,同时挨家挨户上门,不厌其烦地做思想工作。这些无处安放的垃圾桶终于各就各位,垃圾乱堆乱放现象得到了彻底清除。几年下来,新川村长效保洁工作一年上一个新台阶,村里卫生面貌大变样,这与吴利刚的执着是分不开的。

在杭州有一份令人羡慕的工作的王晓丹,是一名“95 后”。2020 年 3 月,她辞去工作应聘为新川村后备干部,负责新时代文明实践中心、食品安全、群团等工作。在做好本职工作的同时,她还兼职村里乡村振兴案例馆的讲解员。通过她生动的讲解,更多人对新川村有了新的认识。新川村案例馆每天都要接待好几波客人,常常一拨客人还没走,第二拨客人又来了。一天到晚连轴转,她却从无怨言。

“80 后”张小强,毕业于华东师范大学。大学毕业后,他选择到天能集团上班。2014 年,他跟着姐夫一起创业,经营净水器。3 年后,他承包了煤山镇的凤凰山庄,种植菊花茶,拿到了新川村第一张新型职业农民证书。2018 年,他通过考试成为煤山镇村级后备干部。2020 年 3 月,他得知新川村正在筹谋发展文化旅游产业,需要招聘这方面的年轻干部主抓这一块的工作。对开发农村文化旅游情有独钟的张小强毛遂自荐,经张天任面试通过后,成为新川村里的一名干部,负责村文旅开发工作。

在长兴县、煤山镇帮助下,新川村制定了文化旅游产业发展规划,开发长三角"岕文化"发源地主题公园项目。竹良庵高山特色农业观光园、岕文化风情街、岕里风情观光徒步山道等多个文旅项目即将建成。2020年,中国百里红色古道越野赛暨首届长三角美丽乡村红色古道健步接力赛,在新川村拉开帷幕,吸引了来自全国各地的参赛者。如今,每个周末,都有一些游客慕名前来,钻进山林、溪涧,挖笋、戏水,健步红色古道,开启洗肺、养生、澄心之旅。

看到自己的努力有了成绩,张小强激动地说,之所以选择回来,既不是为了挣工资,也不是想当官,而是出于对家乡特殊的情怀。张小强的父亲是天能集团的一名中层干部,在天能工作30多年,工资收入和股份分红给家中带来了上千万的财富,他算得上是新川村名副其实的"富二代"。对他说出的这一番话,人们都非常认同,可谓此言不虚。

村委会另一名后备干部张璐,也是一名"95后",毕业于山西运城学院。2018年6月,她通过招考作为后备干部进入村委工作,主要负责民政、残联等工作。在她的认知里,关系村民利益的事,再小也是大事。有一天,张璐接到村民佘南强妻子打来的一个求助电话。佘南强是二级失能残疾人,多年瘫痪在床。他的妻子打电话向张璐反映,丈夫的护理床发生故障,需要维修。张璐放下手头上的工作,赶到佘南强家,发现护理床年久失修已不能使用,立即跑到镇残联和县残联办理申请,第一时间帮佘南强更换了一张新的护理床。像这样服务村民的民生小事,对于张璐来说,已经是家常便饭。

"这些年轻的大学生,普遍有理想、有激情、能吃苦。他们经受了各种锻炼,用自己学习到的知识回报家乡,给村里发展带来了新的活力!"提起村干部队伍中的这些"后浪",长兴县煤山镇镇长杨平不吝赞美之词。

人才振兴从娃娃抓起

无论是村容村貌,还是村民的生活,乃至村民的精神面貌,对于新川村而言,都已发生了巨大变化。但在新川村,不变的是创业创新精神,还有新川人骨子里对教育、对人才的尊崇。

2009 年,新川村就已经成为浙江省全面小康建设示范村。小康生活在新川人心目中却有不同的内涵。新川人不但要经济富裕,还有一个核心,那就是要下一代人把书读好。

"重视文化教育是芥里的传统,书读好了,就可以成材,未来才有希望。"当了 20 多年新川村民办教师的胡洪法深有体会地说。

芥里人受相邻的"教授之乡"宜兴的影响,非常重视对下一代的培养,重视教育蔚然成风。自清代到民国年间,私人办学非常盛行,许多村都兴办私塾、学堂或学馆。

抗日战争时期,芥里曾经办起了东西川小学,新川涧下自然村和新民、尚儒、蒋笃纷纷办起保校(村小)。1947 年,从上海中国公学院毕业的县参议员蒋振亚先生在邱坞村重新建起东西川完全小学。

中华人民共和国成立后,党和政府非常重视文化教育,全国各地都办起小学和扫盲班，翻身农民纷纷上学读书学文化。当时的张坞村将庙堂改建成了张坞小学。尽管当年办学条件艰苦，但是村民送孩子上学、成人识字、学文化的热情空前高涨。

到了 1969 年，当时煤山镇在新川村邱坞自然村创办镇属中学，新川村的涧下小学也应时而生，方便了孩子们在家门口上学。也就是在这一年，中学毕业后的胡洪法被村里安排当上了一名乡村民办教师。直到现在，村上人提起胡洪法，人前背后都是喊他"胡老师"。

在新川，耕读传家、重视文化教育蔚然成风。当年张坞、楼下、邱坞几个村的适龄儿童都要到张坞小学就读，新生一年比一年多。原来只有两个教学班的小学，很快扩大到 5 个班。在党员干部带动下，各生产队出钱、出物、出力，扩建了三间教室。1975 年，再次新建三间教室。改革开放后，涧下小学合并到张坞小学，学校一共有 8 个班和 2 个幼儿学前班，学生人数多达 370 多人。

当年几个村的金属冶炼厂效益不错，学校负责人见此机会，特地找到几个村的村干部，商量筹划建设教学楼。"再穷不能穷教育，再苦不能苦孩子"，几个村的干部都全力支持胡洪法的建议。1983 年，一幢全新的 2 层 7 间教学楼落成。

胡洪法说："1990 年的时候，我虽然还在学校带课，但早已在村里挂职。利用这个身份，我再次动议对张坞小学进行彻底改建。经过多方筹措，花费 27 万元修建了第二幢教学楼，也是两层 7 间，还建有食堂、卫生室、活动室，体育设施一应俱全。"

想起当年，张坞小学曾创办过一家校办工厂——针织厂，学校开展学农大搞养殖。收入除了用于办学开支之外，大多用来减免困难家庭孩子的学费，从而避免了孩子辍学现象的发生。胡洪法回忆说，除了搞勤工俭学，学校还非常重视儿童入学情况，适龄儿童一户也不能落下。

在新川村建设精品村的时候，张坞小学被改建成新川村文化礼堂和幸福之家，已经不复存在。每次来到这里，胡洪法总是思绪万千。"当年张坞小学至少培养了1300多名学生，他们中有100多人走上了领导岗位，有的是大学教授，特别是张天任还成了著名的企业家。这都是张坞小学的功劳，也是骄傲。"胡洪法陷入回忆，感慨万千。

进入2001年，在新川村的邱坞中学并入煤山中学，圻里所有小学并入新川小学。2007年8月，新川小学也并入煤山中心小学，后被改建成为一座中心幼儿园，由当时东川、张坞、新民、涧下、西川5个自然村的教学点合并而成。

"人才要从教育抓起，教育要从娃娃抓起"，这是20世纪80年代高喊的教育口号。悠悠几十载一晃而过，这些口号，在新川人这里仍然是行动指南。重建中心幼儿园，就是新川村重视文化教育的一个缩影。

如今，在新川村头美丽的溪涧边，坐落着一所漂亮的幼儿园——煤山中心幼儿园新川分园。为了让村里的儿童拥有城市儿童一样的成长环境，2015年，新川村争取上级支持，斥资700多万，按照省一级幼儿园的标准，对原幼儿园进行了改造，扩建后的园区总面积达7095平方米。

国家统计局2019年数据显示，全国共有幼儿园28.1万所，其中公办幼儿园10.8万所，民办幼儿园17.3万所。虽然我国幼儿教育发展趋势向好，但在广大农村，能像新川这样创办像城里幼儿园一样标准的幼儿园并不多见。

"我们办园，旨在让更多的农村孩子，在家门口享受和城里的孩子们一样的优质学前教育。我们开设有大中小三个班，生源辐射到新川村的4个自然村及周边村庄，可容纳200名左右的小朋友。"新川幼儿园老师周洁说。

走进新川幼儿园，每个角落都洋溢着孩子们快乐成长的气息，处处充满阳光和欢乐。园内配置智能广播系统、多媒体教学设备、户外大型游乐器械，操场上地跳格、迷宫、水果组合等创意彩绘，无不充满欢快的童趣。在室内环境布置上，幼儿老师用报纸、挂历、纸盒、各类瓶体等创设童话故事、成语故事、寓言故事等主题墙面，并创设了"礼仪伴我行"和"传统文化之美"墙面，用来开展孩子互动活动，让每一块空间都成为孩子游戏、学习的载体，促进幼儿身心健康发展。

新川村全部人口3000多人，其中儿童占比14%。为了进一步关爱儿童健康成长，在建设好幼儿园的同时，新川村充分发挥共青团、妇联、老党员老干部作用，成立巾帼志愿者、爱心志愿者、党员志愿者队伍，定期开展活动，做好儿童保护工作，维护儿童合法权益。对村上留守儿童建立一人一档，定时定人开展上门跟踪教育服务。

每年的暑假，新川村丕利用本村大学生回乡休假的时间，开展"春泥计划"活动，聘请也们为"春泥使者"，与村里的小朋友们一起开展"春泥暑期乐园"活动，为儿童们讲述大学生活、开设课业辅导、技能培训、经典诵读、安全讲座和文艺会演等活动。这一活动，开展了10多年，被村民称为孩子开心、家长放心、学校称心、社会安心的"四心"工程。

2019年，新川村对原张坞小学进行了全面改造，建成了新的"文化礼堂"和"幸福之家"。在"幸福之家"三楼，特地开辟"儿童之家"，建有儿童图书室、阅览室、影音室，以及游戏活动室。新川村为"儿童之家"配备了各类儿童读物，购置了儿童桌椅、护栏、爬行垫、海洋球、滑梯等儿童文体器材，以满足不同年龄段儿童的需求。

建成后的"儿童之家"已经面向整个芥里开放，不仅仅是新川村"儿童之家",也是新民村、西川村、东川村、尚儒村的"儿童之家"。

正是由于新川村打造了这种优异的教育环境,多年来,新川儿童得以茁壮成长,一批又一批学子经过努力拼搏成为国家栋梁,以实际行动为家乡增光添彩。近几年,新川村相继走出了美国伊利诺伊大学学子张昊、北京大学学子胡俊杰、清华大学学子胥嘉政、国防科技大学学子杨晨琰、浙江大学学子张艳铭等一批优秀才俊……全村累计拥有本科学历人才301名,10个村民中就有一位本科大学生。不少人学成归来,选择扎根家乡,投身到乡村振兴的伟大实践之中。

新川村重视人才的培养,还把文化教育普及到全体村民。村里通过村企共建、村校共建,成立数字职业技能培训学校,分别与中欧商学院、北京大学、清华大学、浙江大学继续教育学院等院校合作,累计培训村干部、新型职业农民和一、二、三产业的各类专业技能人才5000多人次,给新川高质量、可持续发展注入了不竭动力。

第三章

文化振兴润乡村

引言

　　乡村振兴，文化是"根"与"魂"。城镇化建设正在深刻地改变着中国，也加快了我国农村现代化的进程。随着乡村振兴战略的全面推进，人们的乡村的情感记忆也被唤醒了。发展中的新川村一直在思考，如何将乡村情感文脉延续下去，如何振兴乡村文化，重塑乡村文化生态，让乡村文化成为引领共同富裕的智慧和力量。

　　新川村的巨变缘于产业的振兴，但还有一个秘诀，那就是紧紧依托优秀传统文化，围绕文化振兴做文章，把中国特色社会主义文化自信与乡土文化自信融合起来，以乡土文化自信推进乡村文化振兴。新川村坚持以社会主义核心价值观为引领，以文化传承发展和乡风文明建设为使命，传承文化根脉，创新文化新韵，以人文关怀培育人文精神，以人文精神凝聚前行力量，以强有力的文化之魂引领乡村振兴、共同富裕。

留住乡村文化的根脉

2021 年 3 月，春日里的北京，微风和煦。全国人大代表、新川村党委书记张天任怀着履职的热情和信心，出席十三届全国人大四次会议。他和往年一样，围绕着乡村振兴主题，再次为乡村振兴建言献策。

民族要复兴，乡村必振兴。2021 年中央 1 号文件明确提出全面实现乡村振兴战略，把乡村建设摆在社会主义现代化建设的重要位置，全面推进乡村产业、人才、文化、生态、组织振兴，充分发挥农业产品供给、生态屏障、文化传承等功能，走中国特色社会主义乡村振兴道路，加快农业农村现代化，加快形成工农互促、城乡互补、协调发展、共同繁荣的新型工农城乡关系，促进农业高质高效、乡村宜居宜业、农民富裕富足。

乡村振兴是一项涉及产业振兴、人才振兴、文化振兴、生态振兴、组织振兴的系统性工程。其中，文化振兴贯穿于乡村振兴全过程，是乡村振兴的源头活水。在 2021 年的全国两会上，张天任带来了《关于深化东西部产业对口协作，巩固拓展脱贫攻坚成果同乡村振兴有效衔接的建议》《关于促进新乡贤回归，助力新时代乡村治理的建议》《关于继承创新优秀传统乡土文化，助力

乡村振兴新川案例馆

案例馆里的工业历史长廊

乡村振兴的建议》。其中,《关于继承创新优秀传统乡土文化,助力乡村振兴的建议》引走媒体格外关注。

一直以来,张天任关注着乡村振兴。他发现,乡土传统文化面临传承断档的危险。乡土传统文化的生存空间在不断收缩。随着我国城镇化的快速推进,作为乡土传统文化生存土壤的自然村落逐渐消失。乡土文化活动的吸引力和平台建设、人才队伍建设有待加强。相对而言,乡村文化生活并不丰富;乡村文化队伍的数量和质量村域之间发展不平衡,能够积极引导、组织农民群众开展文化活动的文化专业人才有限。乡土传统文化在应用中创新性不足。文化供给不能满足农民群众日益增长的文化需求,引领乡风文明的作用发挥不充分。

乡村振兴,既要塑形,也要铸魂。越来越多的乡土传统文化面临传承断档的危险,如何破解这一难题,是一件值得思考的事情。在张天任看来,新时代继承好、保护好、创新好、发挥好村级传统文化遗产,不仅可以让农村延续传统、留住乡愁,筑牢乡土传统文化的根基和文脉,推动形成文明乡风、良好家风、淳朴民风,更可以增强乡村文化自信,成为乡村振兴的重要精神力量。

据此,张天任建议,加强挖掘与保护,筑牢乡土传统文化的根基和文脉。建立并完善乡土传统文化保护机制;深入发掘优秀乡土文化遗产。加强传承与创新,提升乡土文化的内涵和产品供给质量。要传承各种民俗文化和传统技艺;要与时俱进做好创造性转化和创新性发展。加强平台建设,构建乡土文化多方参与的长效机制。探索乡土文化多元投入模式,创新运行管理方式,推动乡土文化日常管理运行从村干部力量"内循环",逐步转向面向社会力量和民间力量的"大循环",形成全社会共同参与的乡村文化建设管理氛围。

"如果离开乡村文化,割断血脉,就会迷失自我,丧失根本。"

在全国两会期间,张天任接受媒体采访时说,新川从一个革命老区、贫穷山区和传统工矿区,蝶变为现代绿色工业园区、富饶生态库区和美丽旅游景区的历史,糅合了工业文明、农业文明和生态文明各种文明形态,蕴含了丰富、多样、深厚、独特的文化内涵。这正是新川村具有标识性的文化基因和文化记忆,是其具有恒久魅力的内核所在。

基于长期以来对乡村振兴的思考,为了打造新川村人的精神家园,留住村民共同的记忆和文化根脉,早在2019年,张天任就开始带领新川村一鼓作气兴建了乡村振兴新川案例馆、初心馆、诚信馆和文化礼堂等系列文化展馆。

乡村振兴新川案例馆,坐落在村委会旁边。它和初心馆、诚信馆一样,都是由村里原先堆放工业垃圾的破旧老厂房改建而来的,于2019年11月建成开放,现如今为浙江省非国有民俗风情博物馆,也是煤山镇爱国主义教育示范基地。

案例馆的前言,将新川人的建馆初衷体现无遗:

"新川很小,她依'金钉子'世界地质公园,傍中国南太湖之滨,您很难在地图上找到她。

"新川很大,因为生活在这片土地上的父老乡亲,追求的是中国特色社会主义乡村振兴的伟大愿景——农业强、农村美、农民富,让村民过上全面小康、共同富裕的幸福生活。

"农业强不强、农村美不美、农民富不富,决定着亿万农民的获得感和幸福感,决定着我国全面建成小康社会的成色和乡村全面振兴的质量。乡村振兴新川案例馆展示新川村乡村振兴之路的实践与成果,是一部具有新川特色的中国乡村振兴的辉煌史诗和绚丽画卷,为我国乡村振兴和共同富裕战略的全面实现提供思考与借鉴。"

整个案例馆面积700多平方米,在建筑外观设计上,多采用

初心馆

初心馆里的场景

竹木等原材料,使展馆更加富有新川乡土文化元素。展馆以习近平总书记"乡村振兴要靠产业,产业发展要有特色"的理念为主题,分为"穷则思变,艰辛探索;由农转工,异军突起;绿色发展,增创优势;以工哺农,村企共建;红色党建,旗帜引领"五大主题板块,通过大量的真实文物、实景图片和翔实资料陈列,集中展现了新川村村史村情、村风村貌和新川在产业、人才、文化、生态、组织等方面的发展探索,全面记录了新川村在党的领导下,特别是在"绿水青山就是金山银山"理念指引下的乡村振兴实践与成就,突出体现了新川村如何走向共同富裕。

走进乡村振兴新川村案例馆,展厅里村民扛毛竹、五金磨具厂、益民食品加工厂……一个个历史场景展现在参观者面前。展柜内陈列着新中国成立初期政府人员对新川地区的调研报告、创办企业的申请、账册、社员的工分簿、村企业食堂饭票等等,将人们带回艰苦创业的岁月。穿过案例馆时光隧道,迎面是新川村迈向绿色发展道路的图片、视频,人们由此可以看到新川村实现了绿色富民的理想。随后的以工哺农、乡村振兴厅内,除了以多媒体科技手段展示走向富裕的村民们的笑脸墙之外,还展出了新川村衣食住行的变化、乡贤助力乡村振兴、生态家园以及村民乐居图等多个板块的内容,全方位地体现了新川村发展的历史风貌。

村民们来逛逛,忆苦思甜;游子归乡来看看,乡愁眷眷。案例馆成了全村人的精神家园,是新川人的乡愁共鸣点。案例馆刚刚建起来的时候,新川村的老人们就迫不及待地走进来参观。胡洪法老人感慨地说:"看到这些就会想起以前的生活。一晃几十年,没有想到家乡发生如此大的变化。"自从案例馆开放以来,他没事就会带着孙子走进案例馆,看看昔日自己经历过的年代、生活过的环境,最重要的是让孩子感受到老一辈们的艰苦,让他们能够更加珍惜现在的美好生活。

　　除了新川的村民是案例馆的常客之外，长兴乃至全国各地的干部群众也闻名而来。高峰时一天接待客人10多批次，年客流量在10万人次以上。这里成了很好的乡村振兴教育基地，让参观者真切地感受到我国乡村的变迁及振兴。

　　毗邻乡村振兴新川案例馆的，是初心馆和诚信馆。与乡村振兴新川案例馆的共同富裕文化定位不同，初心馆以党史和中国梦教育为主题，主要展示的是红色党建文化。通过大量的图片和翔实的文史资料，结合先进的多媒体声光电技术，串联各历史阶段中国共产党践行初心使命的具体实践，环环紧扣，层层深入，大视野、全方位、多角度地展示煤山镇和新川人民在党的建设、经济社会事业发展等方面的丰硕成果，让参观者重温血与火的红色记忆，感悟中国共产党人的初心和使命。

　　诚信馆，则是传播新川诚信文化的主题馆。馆内收录了新川村诚信榜样人物、故事、史料，主要向村民和社会传递诚信价值观和正能量。

　　落成后的三大文化展馆，成了新川村人气最旺的地方。展馆的讲解员王晓丹说，展馆里的每一件物品，都带着先辈们的温度和村庄的文化记忆，展馆成为留住乡愁、凝聚人心、传承文明的重要窗口，所以村民们经常带着孩子们到展馆里参观，让孩子们从小耳濡目染，记住先辈们走过的路，记住乡愁。

　　2020年6月15日，浙江省委宣传部副部长盛世豪一行冒着淅淅沥沥的小雨，走进新川村调研。在参观了新川村乡村振兴案例馆、初心馆、诚信馆后，他认为新川打造的文化阵地非常有意义，高兴地说："乡村振兴，文化为魂。案例馆集中展现了新川村几十年的发展成果，体现了新川村敢为人先、艰苦奋斗、村企共建、共同富裕的文化特征。一定要把这种文化的'根'和'魂'留下来、传下去。"

代代相传的好家风

文化礼堂

家是最小国,国是千万家。家庭是社会的细胞,家风影响社会风气的形成,也是中国传统文化和道德在每个家庭的传承。

在新川村和天能集团开展的文化联欢活动中,村民和员工们常常邀请村党委书记张天任登台献唱。张天任在献唱时,特别爱唱的一首歌曲是《父亲》——

> 听听你的叮嘱,
>
> 我接过了自信,
>
> 凝望你的目光,
>
> 我看到了爱心。
>
> 有老有小你手里捧着孝顺,
>
> 再苦再累你脸上挂着温馨。
>
> 我的老父亲,
>
> 我最疼爱的人,
>
> 生活的苦涩有三分,
>
> 你却吃了十分。
>
> 这辈子做你的儿女,
>
> 我没有做够,
>
> 央求你呀下辈子,
>
> 还做我的父亲,
>
> 我的老父亲!

每当唱起这首歌,张天任的两眼总会饱含热泪。每一句歌词,是父亲形象的写照,也是他对父亲的想念。他的父亲是一个地地道道的农民,没有多少文化知识,也没有丰厚的家财,但其勤勉一生,与人为善,恪守祖训,严格教育子女自立自强,这给张天任留下了非常深刻的记忆。

想起勤劳一辈子的父亲,张天任总会说,父亲是一个普通人,但他用实际行动告诉了我做人做事的道理,使我终身受益。尽管父亲已经去世多年,但父亲传承的家风家训,一直深深地烙在我的心中,我也告诉我的儿女们,无论什么时候,都要牢记这些祖训。

正因为如此,当 2019 年新川村建造文化礼堂时,张天任心中就有了对文化礼堂清晰的定位。在他看来,农村文化礼堂是丰富农民精神文化生活、巩固农村思想政治阵地的重要载体,也是村民们传习家训、家规、家风的重要场所。

2019 年 10 月,在新川村的村中心,一座融文化传承、新时代文明实践、生活娱乐、节俭喜宴等多重功能于一体的高水平文化礼堂正式落成,成为新川村庄文化的新地标。

文化礼堂中,最引人注目的,是屋顶上的精致造型。吊顶用全村所有姓氏的方块字做成,既庄严古朴又别具特色。四周墙壁悬挂着村里主要姓氏家族的家训内容、优秀的家风故事,家训文化成为文化礼堂重点上墙内容。新川村组织专业人士结合新时代的要求,取其精华、去其糟粕,将梳理后的家训作为村民的座右铭,从而提升乡村德治水平。

张氏家训:尊师重教,好学上进;砚田为宝,志以学诚;诚实守信,一诺千金;不欺不诈,不刁不蛮;同喜庆,互道贺,有来有往;讲节俭,莫攀比,新事新办。

杨氏家训:忠:上事君,下交友,心不亏,终长久;孝:敬父如天,敬母如地,汝之长孙,亦复如是;勤:日出而作,日入而息,凿井而饮,耕田而食;俭:量其所入,度其所出,若不节用,俯仰何益。

胡氏家训:立志以明道,立心应忠信,行己须端正,临事辨是非。

司氏家训:忠孝仁义,尊师重教,勤劳俭朴,戒赌嫖,睦宗亲。

佘氏家训:勤俭耕读,忍让睦亲,戒赌忌懒,仁义忠孝。

……

166

几大姓氏的家训内容涵盖了治家、处世、耕读、学艺、经商、睦邻等生活的方方面面，体现了新川人自古耕读传家、仁义忠孝、立德好善、勤劳节俭等精神追求。从张胡两大姓氏的族谱记载来看，他们的先祖大致在明万历年间由外乡迁至新川，历经500余年生生不息。既学谋生又学做人的"家训文化"影响着一代又一代的子孙，至今仍然具有孕育良好家风、文明乡风的生命力。

"这些家训质朴中透着人生哲理，有着特殊的教化治理作用。"新川村党委副书记胡春强说起村里各家族的家训家规时，满怀敬畏。

"我父亲胡良云，以前干过十多年的张坞大队书记。我家兄弟二人有一个姐姐。小时候，我家里很穷，经常吃了上顿没下顿。那时，村里封山育林，不准砍伐竹子。但是为了吃上一顿饱饭，总会有人到生产队的山上去偷砍毛竹，做成竹制品去宜兴贩卖，赚点钱养家糊口。有一次，我的哥哥胡海强偷偷砍了几根生产队的毛竹去贩卖，父亲知道后，将哥哥狠狠揍了一顿。我的父亲在家中立法三章，不能贪小便宜，公家的财产，一分一厘都不能拿。这件事对我影响很大。"胡春强想起父亲的训诫，感慨地说，"公家的财产一分一厘都不能拿，这是父亲的告诫，也是我们的家训。现在我也是一名村干部，我始终坚持清清白白做人，干干净净做事情，从不贪公家一分钱的便宜。"

为了传承好家风，激发村民向德向善、向好向美的内生动力，培育新时代文明新风。新川村在吸收好家训、好家规、好家风的基础上，制定了朗朗上口、易记好记的11条《民约》，作为每位村民自觉遵守的准则。这11条《民约》是：

村庄之约：和平村，是宝地，村庄美，民风淳，人称奇。

新风之约：娶儿媳，嫁闺女，破旧俗，立新规，添美意。

文明之约：敬先贤，护古迹，悟善言，明历史，思孝廉。

家庭之约：敬老人，爱儿童，尊伦理，细教育，崇家风。

邻里之约：睦邻里，重情义，互帮助，多关心，如兄弟。

守法之约：立新风，树正气，勤学法，严律己，禁恶习。

建房之约：建房屋，要审批，按规划，遵规定，是风景。

发展之约：推改革，强动力，建品牌，重品质，讲诚信。

人才之约：搭平台，强保障，近者悦，远者来，聚人心。

环境之约：倒垃圾，不随意，砖瓦柴，摆整齐，讲卫生。

生态之约：少农药，圈畜禽，爱玉河，护森林，重治理。

如今这些家训和民约所包含的优秀传统文化，像甘洌的山泉一样渗透进新川村的角角落落，与新时代文明实践一道，在新川村汇聚、涵养、生发、滋润。

家风家训，懿德流芳；成风化人，浸润心灵。2020年，新川村第二届乡贤大会上，表彰了27家"和美家庭"，分别是蒋南强家庭、胥建云家庭、胡海年家庭、胡凤根家庭、张培东家庭、胡德法家庭、万建飞家庭、张国健家庭、张勤民家庭、胡建春家庭、张勇强家庭、蒋国新家庭、吴汉平家庭、司建国家庭、胡志平家庭、许长林家庭、张菊娥家庭、胡华忠家庭、应菊芬家庭、周建国家庭、胡连明家庭、陈新娥家庭、司汉法家庭、佘新法家庭、张盘芬家庭、邱建国家庭、胡凤平家庭。

家风不是一阵风，而是具有鲜明价值观的追求。和美家庭向德向善、向好向美，邻里团结、家庭和睦，用平凡生活中的点点滴滴诠释了家与爱的真谛。他们敬老孝老、育幼爱幼，以慈开始、以孝延续，尊老爱幼的中华传统美德，在他们身上展现得淋漓尽致。他们热心公益、无私奉献，只为付出、不求回报，用大爱和感动传递真情、传播社会正能量。

像蒋南强与妻子胡凤英，都已经60多岁，他们不仅两口子相敬如宾,还对 95 岁的老母亲董彩英非常孝顺,对村里的公益事业也无比热忱,在村里建溪涧公园时,主动将家门口的半亩多地捐出来做公共绿地。蒋南强夫妻的善良品德深深影响着他们的女儿蒋秋琴。蒋秋琴尽管带着两个孩子,家务活繁重,仍然主动加入村里的志愿者队伍。村里只有什么事情需要她帮忙,她都会风风火火的第一时间赶到现场服务。

像胡凤根家庭,老两口都近 70 岁了,结婚 40 多年,夫妻互敬互爱,邻里和睦。两个儿媳妇也都以婆婆陈梅花为榜样,把两位老人当成自己的父母,尊重他们,照顾他们,使最难相处的婆媳成为真正的亲人。两个儿子、儿媳和孙子都与胡凤根夫妇住在一起,没有分家,一家三代人和和睦睦。老两口还多次深入幸福之家开展志愿服务,将家的温暖和幸福带给更多人。

像张菊娥家庭,她的父母和公公婆婆都瘫痪在床,全都是她一人照顾。她的父母和婆婆去世后,她继续照顾瘫痪在床 10 多年的 90 多岁的公公,每天不厌其烦地为公公洗脸洗脚洗身子,端茶喂饭倒便桶,像对待亲生父亲一样,让老人家得到最好的照顾,充分诠释了百善孝为先。2019 年"利奇马"超强台风来袭时,张菊娥与村委会的相关成员分头到各个自然村危旧房转移居住人口,在排查到邱坞自然村徐新云家时,发现家中只有徐新云上小学的儿子一人在家。张菊娥不放心孩子,就把孩子接回自己家中,照顾孩子洗澡、吃饭,让孩子与自己一起睡,第二天吃了早饭才将孩子送回徐新云家中。面对这样温暖的举动,村民无不深受感动。

在新川村,如这些和美家庭一样感人的例子还有很多,生活在这里的人们恪守着祖辈留下的家训家风,并不断传承发扬,谱写着一曲曲动人的旋律。

家家户户崇诚信

诚信馆

　　"垃圾都分类放好了吧？我再看看。"新川村村民张增泉
晚饭后总要问问家人，即便春节期间，在亲朋好友面前，他
也常这样念叨。

诚信文化

　　在新川村，像张增泉一样践行村规民约的村民比比皆是。2020年户主大会上，张增泉和胡春强、储小红、张建华、张新雷、佘柏荣、吴盘中、刁永度、许艳敏、周其明等10户村民的"诚信指数"考核排名前十，荣获2020年度新川村"文明诚信示范户"奖项。

　　面对这份荣誉，张增泉很是自豪与珍惜，平日里也会督促家人做好垃圾分类投放，建好美丽庭院，保障邻里和谐融洽。同时，他积极参与村里的公益事业，2020年在新川村乡贤大会上捐款2万元支持精品村建设；在村里的溪涧公园建设时，他积极配合村干部拆除家中的辅房；抗击新冠肺炎疫情期间主动捐款500元。

　　文明诚信档案积分测评管理是新川人塑造心灵、优化乡风民风的又一内生动力。从 2018 年上半年开始,新川村探索用诚信指数考评每名村民。在村委会统一领导下,由村新时代文明实践站、"和治理事会"、"薪火相传"文化志愿者服务队、各村民小组长及党员负责具体实施考评打分,"一季一考评、一年一总评",对照评分标准对每户进行打分,并建立"一户一档",每季度集中公示优秀农户及有待提升农户名单,起到"公示两头促进中间"作用,提高文明诚信档案建设在群众中的知晓度、参与度和认可度。

为保证诚信指数测评管理的公开、公正、公平,新川村制定了明确的诚信指数评分内容及标准。大的涵盖法律、村庄管理,细的针对邻里家庭、个人行止。遵纪守法方面,包括文明出行、戒黄赌毒、诚实守信、恪守村规、弘扬美德、优生优育等内容;家庭团结方面,包括传承家风、夫妻恩爱、相濡以沫、尊老爱幼、勤劳致富等内容;维护和谐方面,包括邻里和睦、互帮互助、抵制迷信、移风易俗、喜事新办、环境保护、垃圾分类、污水处理、畜禽圈养、防火防盗、门前三包、庭院美化等内容;社会参与方面,包括主动参加村级集体活动、支持新农村建设、参与文明齐创建、抗台防灾抢险、农村污水治理、溪涧保洁等内容;此外,还有各种志愿服务、义务献血、见义勇为、参军入伍等加分内容。

为了抓好考评落实,新川村不断探索和建立健全诚信文化档案体系。

一是实行"网格联系制"和"党员带户制"。各自然村均按照辖区区域划分了网格,由村党员、村民代表实行网格式管理,每个党员根据自己居住的片区认领农户,负责指导和督促联系农户日常文明诚信档案建设考评,明确各自职责分工。在考评中,如有农户被扣分,则该农户的联系党员也将被扣除分数,以此来敦促党员不但自己要做好,还要承担指导责任,帮助落后的农户遵守考评细则,不断提升文明素养。

二是实行"和治理事会"日常督查制。充分发挥"和治理事会"队伍作用,按照村里的文明诚信档案管理细则,从小到庭院卫生、邻里团结,大到诚信友善、参与公益事业、配合中心工作,都被分解到日常督查中。同时,"和治理事会"还要收集村情民意,向村两委及时反馈老百姓提出的合理合法诉求,起到上情下传、下情上达的桥梁纽带作用。每季度按照评分内容,对本村农户的文明诚信档案进行评价评分,详细记录扣分点,做到有理有据,可看可查。考评结具以"诚信红黑榜"的形式在每个自然村的宣传栏及其他显眼位置张贴公示,形成互学互比、你追我赶的良

文明诚信示范户受到表彰

好氛围。

三是实行"分数挂钩"的奖励制。设置了农户"文明诚信"银行存折，把诚信指数考核指标纳入"文明银行存折"中，进行每月统计。农户可以用积累的文明银行分数，到村里指定的文明诚信超市里换取日常生活用品。目的是用奖励来促使每一名村民时刻注重日常文明诚信行为。对诚信档案考评优秀的农户，则会像张增泉一样在年终各类评优评先表彰会上颁发"文明诚信示范户"奖。获得"文明诚信示范户"的村民不仅可在文明诚信超市凭诚信积分换取各种日用品，还可享受购物优惠价。流程非常简单，只要前来购物的村民出示文明诚信绿码，就可以享受优惠了。通过这一做法，文明诚信的无形资产成为群众看得见、摸得着的实际利益，真正实现了"有德者有得"。而每季度考核积分低于70分的，则实施相应的制约措施，比如取消为农户提供银行信用贷款有关证明资料，年底评优、参军入党实行一票否决等等。

为打通宣传群众、教育群众、关心群众、服务群众的"最后一公里"，新川村还专门建设了一家诚信馆。馆内展示了村里诚信创业的好企业、忠诚奉公的好党员、敦诚不昧的好队长、守诚践诺的好村民等一批诚信典型故事，以起到倡导诚信文化和典型示范引领的作用。同时，每家农户的家门口，都有一个诚信二维码，村民们只要用手机扫描一下这个诚信码，就可查看到相关的诚信文化故事和自家的诚信积分情况。目的是督促和引导村民重视和参与诚信建设。

当诚信文明渗透到乡村治理和村民生活的各个细节，村民的行为结出了累累"硕果"：红白喜事在村文化礼堂从简办变成村民自觉；孝老爱亲、厚养薄葬成了新风尚；村里赌博等不良现象销声匿迹；村里矛盾纠纷由2017年的38起下降至2020年的

6 起，并且实现了零上访，多年来没有一个人被刑事处罚；作为考评指数的垃圾分类，正确率在 95% 以上；微型党课、参观接待、志愿服务、运动会等各类活动，村民参与热情高涨，一个活动不到半天就能召集完成……

诚信文明已成为每个新川人的标准配备，渐渐地，当好人、存好心、做好事成为越来越多新川人的自觉。2020 年，全村评出优秀乡贤 54 名，致富带头人 12 名，优秀共产党员 10 名，优秀村民代表 18 名，文明诚信示范户 10 户，乡村振兴奉献奖 29 户，和美家庭与尊老爱幼奖 27 户，美丽庭院示范户 10 户，垃圾分类示范户 26 户。其中，新川村本土企业天能集团荣获"全国文明单位"称号，村党委书记张天任荣获"全国劳动模范"称号，受到习近平总书记的亲切接见。

在 2020 年新川村一大文明诚信示范户中，有一对腿脚重度残疾的夫妻，丈夫吴盘中，妻子徐小凤，都已经年过六旬。他们是组合家庭，有一儿一女，女儿是徐小凤已故前夫的孩子。虽然是组合家庭，但是一家人和睦相处，其乐融融。难能可贵的是，夫妻二人身残志坚，从没有因自己是残疾人就产生"等靠要"的懒惰思维。他们自食其力，吴盘中开了一个小商铺，徐小凤到拉丝厂里上班，用自己的劳动把一双儿女抚养成人。特别值得称道的是，尽管腿脚不便，收入微薄，他们还力所能及地做一些为村庄增光添彩的事。平时，走在道路上看见垃圾，他们总是随手捡起来，丢进垃圾桶。2020 年，他们主动为抗击新冠肺炎疫情捐款200 元。也许，这笔 200 元的捐款对于普通人来说是一个微不足道的小数目，但对于这对残疾夫妻来说，无异于一笔很大的支出，体现的是人性的温暖、向善的力量、文明的光辉。

这就是普普通通的新川人家。

多姿多彩的文化生活

"健步新川"文化活动

在新川村,你有责任让环境清洁,让家里家外开满鲜花,让家人相亲相爱,让邻里和睦相处,你还有义务让村庄欢乐起来。

在新川村,如果你有才艺,有爱好,有业余时间,都有机会

村头排练

扇子舞表演

展示。

总之，在新川村，你不会寂寞，没时间空虚。因为，村里的文体活动非常丰富，活跃着多支文体队伍，包括篮球队、羽毛球队、舞龙队、红色农耕运动队、腰鼓队、舞蹈队、戏曲队、手工编织队、读书会等。只要你愿意，每个村民都可以在村里组织开展的文化活动中找到自己的角色定位，成为一名优秀的组织者或者参与者。

53 岁的新川村艺术团团长周亚芳就是一位最活跃的村级文化活动组织者和参与者。

说起艺术团的组建和村级文化活动，周亚芳如数家珍，津津乐道："2018 年，村妇联主任佘秋香告诉我，村委想在村子里办一个艺术团，让我当团长，把松散的村民组织起来开展一些文化活动，既丰富村民的业余文化生活，也为接下来的精品乡村建设打

腰鼓表演

表演归来

好文化基础。"

　　周亚芳以前是天能集团的职工，后来辞职当起了全职家庭主妇。老公胡洪强是天能集团的中层管理者，大女儿胡丹丽也是天能集团的后备干部，小女儿在上大学。她说："我的两个女儿在五六岁的时候，舞蹈就跳得非常好，我跟着女儿也学会了跳舞。"10多年前，广场舞风靡全国城乡，从女儿那里学会跳舞的周亚芳成了新川村广场舞最活跃的"明星"。所以，当村里要组建艺术团时，村委干部不约而同地推荐周亚芳来担任团长。大家都清楚，像组织村里这种义务性的群众队伍，如果没有一个热情似火的人来组织，根本办不起来。

　　就拿舞蹈队和腰鼓队来说，共20位女队员，台上看去活力四射，惊艳四座，实际上都是村里的大婶大妈辈，年纪最大的有68岁，最年轻的也有40多岁，平均年纪超过50岁。尽管她们都已经年过半百，但在舞台上依然展现着青春般的活力。

舞蹈队刚组建的时候，队里除了周亚芳和比她小两岁的施美芳有些舞蹈基础外，其余队员都没有基本功。然而这批毫无基本功的乡村女子，心气很高，要做就要做好。村里请来了湖州市和长兴县里的专业舞蹈老师对她们进行培训，让她们从基本功练起。一开始练的是半蹲，可怜这些有年头的腿脚，能站能蹲，就是不习惯半蹲。身患腰椎间盘突出症的周亚芳带头，练得很到位，很刻苦。那段时间，练完回家，她竟然无法上下楼梯，只能由丈夫扶着上下。周亚芳说自己腰背和腿疼得晚上经常睡不着觉，其他人也好不到哪里去。

队员们平时的排练是在文化礼堂进行的。在举行大型活动之前，一般会在村委会前面的文化广场进行露天排练，有时候也会在溪涧公园和山间的空旷地进行排练。用周亚芳的话来说："哪个地方都可以排练。"一个星期除了星期天休息，都会组织排练。

就这样刻苦训练，周亚芳带领着全队练了出来，成为远近闻名的舞蹈队。节目好，队伍强。村里只要有大型活动，周亚芳都会带着舞蹈队登台表演，她们还经常被煤山镇请去参加巡回表演。让她们倍感骄傲的是，她们表演的手绢舞、腰鼓舞和扇子舞在2020年登上了央视新闻联播和浙江卫视，参加湖州市排舞大赛，并荣获长兴县排舞赛金奖。

除了演出，舞蹈队将更主要的精力放在了平常的训练上。舞蹈训练不能停，否则就前功尽弃。因此自舞蹈队成立以来，周亚芳一直领着舞蹈队的姐妹们起伏、旋转、跳跃，保持着激情、保持着柔软、保持着美。"不管是下雨下雪，天天都要跳，又能健身，又能为村里做点事,我们很开心。"周亚芳说出了舞蹈队员们的共同心声。

在舞蹈队基础上,艺术团还组建了腰鼓队。腰鼓队的成员基本都是舞蹈队的队员,周亚芳同时兼任舞蹈队和腰鼓队的领队。村里为腰鼓队配备了音响、腰鼓、盘鼓、演出服装等。

装备可以买到,但技艺只能一点一点学习训练。村里从市里、县里请来老师教授基本技法以后,等着队员们的还是每天必要的练习。

每天下午,新川村文化礼堂内都会传出欢快的腰鼓声,这是腰鼓队的队员们在练鼓点、走队形,乐此不疲。

刚练习的时候,节奏非常混乱,鼓点不统一,队形也是一盘散沙。怕吵着村里人,实际上也怕吓着大家或者难为情,腰鼓队就常常到僻静的山里面去躲着村民练习。生涩的鼓乐声在山间的竹海里震荡,惊起了山风、山泉和飞鸟,日复一日,直到和谐美好。

一年以后,腰鼓队华丽出现在新川村第一届乡贤大会活动现场。"咚嗵,咚嗵,冬咚嗵咚嗵……"随着铿锵有力的鼓点,队员们手中的彩绸上下翻飞,队形有序变化。鲜明的服饰、整齐的动作、铿锵的节奏,浑身是劲,满面自信,气场巨大,不亚于一支专业的鼓乐队。与会嘉宾和村民们为她们精彩的表演发出阵阵喝彩。

周亚芳打开手机的屏幕说,这上面的都是村文化礼堂举行的大型文体活动,我们到村外,或平时在村里举办的文体类活动几乎天天有。平日村里只要有重要接待和重大活动,腰鼓队和舞蹈队都会华丽出场,一展风采,在增加活动氛围的同时,也让外来的游客感受到新川人的热情好客和多才多艺。

她翻出手机里的照片,有舞蹈队的精彩剧照,有腰鼓队的飒爽英姿……

村上年轻人结婚的时候,艺术团主动上门祝贺,演出的节目令新人们非常开心。高兴之余,新人们不忘给演出人员送上喜糖,有的还会塞上一个红包。

过年的时候,从大年三十到正月十五,每天都会有人邀请艺术团上门表演腰鼓或舞龙,以祈求来年生活幸福、美满。那景象别提有多热闹了。

除了舞蹈队和腰鼓队之外,艺术团还组织了戏曲队和说唱队,队员有 30 多人,主唱越剧,还唱黄梅戏、说弹词。这两支队伍的活动非常多,地点随意,村文化礼堂和文化广场、公园凉亭都是活动的好地方。一把胡琴、一副快板、一套便携式音响便可开演。演唱的也不限于队员,有村民想唱了,上去唱一曲传统的越剧,抒自己的情,愉悦别人的耳朵。当天气变暖时,出来纳凉的人特别多,人气旺,这类演出最为盛行。

戏曲队里有一对夫妻档。张坞自然村的村民胡康寿,年近八旬,拉得一手好二胡。他和老伴有一个共同的爱好——越剧。戏曲队没成立的时候,胡老爷子每天就坐在收拾得一尘不染的自家小院里拉二胡。院子里种植着各种绿植,阵阵馨香随着曲子和微风发散。老伴就陪在边上和着曲调歌唱。看着他们沉醉在恬然的乡间生活里,沉醉在自家的美丽庭院里,沉醉在愉悦自己的旋律与氛围里,谁看了都要忍不住赞叹这老两口真是神仙眷侣。

自从戏曲队成立后,胡康寿夫妻就成了队里的骨干。每天下午,胡老爷子都会和老伴一起来到文化礼堂,和一群爱好戏曲的票友们飙戏。丈夫的二胡拉得悠扬悦耳,妻子的金嗓子深情演唱,琴瑟和谐,其乐融融。胡康寿说,不要以为只有我们这些老人才喜欢唱越剧和黄梅戏,村子里的有些二三十岁的小媳妇们也参加了我们的戏曲队。对于胡康寿来说,老年人能有一个地方聚在一起,唱唱戏,说说话,又有益身心,又能解除儿女们不在身边的孤独,是百利而无一害的文娱生活。

除了这些群众自发开展的文艺活动之外,新川村还组织各种不同的文体活动,以丰富村民的业余文化生活。经国家体育总局社会体育指导中心授权,由长兴县人民政府主办的"辉煌足迹"2020 长兴·煤山健步中国百里红色古道越野赛暨首届长三角美丽乡村红色古道健步接力赛在新川村开启。

在这次比赛中,令六家都没有想到的是新川村党委书记张天任与家人一起报名参加了亲子组接力赛。非常忙碌的他,竟然放下所有的事情,特意和村民一起感受新川古道的魅力。在接受媒体采访时,他说,党的十九届五中全会通过的《中共中央关于制定国民经济和社会发展第十四个五年规划和二〇三五年远景目标的建议》强调,广泛开展全民健身运动,增强人民体质。徒步是一项特别好的有氧运动,通过自己参与,向村民传递健康意识。让身边人都能够参与到全民健身运动中来,在运动中过上健康且充实的美好生活。

在新川,每年有很多定期的文化活动,涵盖各个年龄阶层,内容丰富多彩。包括春节联欢活动、"三八"妇女节活动、五一活动、五四活动、七一党建主题活动、重阳节敬老活动等,都离不开新川这些文艺骨干和艺术团成员活跃的身影。

留意新川村文化礼堂里的展板,发现有 2020 年度新川村文化活动统计表:从 1 月份到 12 月份,分别开展有"春联赠万户祝福到千家"迎新春活动、"我们的村晚"迎新春文艺晚会、"我们的节日元宵"系列活动、"牢记习近平总书记嘱托,合力打造乡村振兴样板"主题文艺演出、"品味端午传承文明"主题活动、"关爱留守儿童让爱相伴成长"暑期趣味活动、"不忘初心、牢记使命"主

新川篮球场

题活动、迎中秋戏曲会场演出、"迎重阳敬老人"主题活动、"创业
新川"文化故事直播、"送戏曲下基层"文艺演出……几乎每个月
都有一场大型文化活动。村民们通过"文化菜单"点餐,挑选自己
喜欢的节目,极大地满足了自身的文化产品需求。

如今,新川村民的业余时光,已被这些令人喜闻乐见的文艺
活动占满。

村民的文娱生活精彩而丰富!

孝文化辉映"夕阳红"

村上戏曲队为老年人表演

百善孝为先;孝为仁之本;夫孝,天之经也,地之义也,民之行也。孝文化可谓中华民族传统道德规范的核心,影响着每一个人,每一个家庭。

新川村的很多村民都记得这样一个感人的场景:那是2012年7月,张天任将88岁的老母亲陈爱珍扶到一辆手推车上,他小心地推着车,将母亲送回到她出生的地方——与新川相连的西川村。从村头推到田间地头,从村口的溪涧滩推到后山的竹林……每到一处,他都微笑着问母亲:"妈,您还记得这个地方吗?""妈,这是不是您小时候洗过衣服的溪涧?""妈,那是不是您以前种过的稻田?"……母亲顺着儿子所指的方向,频频点头,布满皱纹的脸上溢满了幸福的笑容。

提起这段往事,张天任说,那一年,母亲的身体一天不如一天,但人老了就会特别怀旧,尤其是对她年轻时生活过的地方特别怀念。所以,在母亲去世的前一个月,我就和儿女们一起推着手推车,送母亲回她的娘家仔细转了一圈,满足老人家的心愿,母亲走的时候非常安详。

张天任对母亲的孝顺,众所周知。新川村的老干部和天能集团的老职工都记得,张天任母亲在世的时候,每逢村企共建新春晚宴或者天能集团的节日宴会,他都会请母亲坐在主桌的首席上。他和哥哥张敖根一左一右坐在母亲身旁,轮流给母亲夹菜。母亲年纪大了,腿脚不灵便,张天任不仅雇请了一个专职保姆照料母亲的饮食起居,还在家中专门安装了一部电梯,让坐在手推车上的老母亲上下楼梯方便。一点一滴考虑得细致入微,拳拳孝心演绎人间真情。

在母亲去世之后,张天任有一天回到村里走访,当走进一位70多岁的独居老人的家里时,发现老人正在吃午饭,桌上只有一碟青菜和早上剩的一碗白粥。老人说,子女都在外地打工,一个人懒得弄,凑合着吃。言者无意,听者有心。老人的一句话,却让张天任心里很不是滋味。

村上老人的子女忙工作做生意,一般都不在身边,节俭了一辈子的老人们都这样"凑合"着过日子。这些年村子是越建越漂亮,可是许多老人的养老成了问题。受到触动的张天任不由得陷入了沉思。

2014年3月1日起,《浙江省社会养老服务促进条例》正式实施,这是全国首部由省人代会通过的社会养老服务地方性法规。政府出台了扶持政策,鼓励发展农村互助养老服务,张天任眼前一亮,萌生了一个想法,决定为村里的老人们建一个"幸福之家"。

一方面,张天任利用全国人大代表的身份,在全国人大会议上发声。2014年3月,第十二届全国人大三次会议召开期间,张天任向全国人大提交了一份《关于进一步加强民营养老机构建设的建议》。他在建议中指出,随着子女进城打工、出国留学或就业,农村的空巢率急剧上升。大多数老人独自待在家里,有的看看电视、听听广播、打打牌,有的与邻居聊聊天。他们相互照顾,自娱自乐,只有到了生病时才通知子女回家看看,有些甚至生病了子女都不知道。子女离得近还好,可以时不时地去看看,就怕子女离得远,养老成了大难题。他认为,在"未富先老"的时代背景下,我国农村养老不能再遵循"只交给土地和家庭"的传统模式,可探索创新农村居家养老模式,鼓励多层次、多样化、多渠道的养老模式兼容发展,推动社会力量参与居家养老。他建议,开辟国家、集体、社会组织和个人的投资渠道,鼓励企事业单位、社会团体和个人等社会各界对社区养老服务提供资金上的援助,让每一个老人都能享受美好的晚年生活。

另一方面,新川村积极行动起来,在农村养老上先行一步。为了丰富村里老人的生活,2014年以来,村里利用村集体房产,在各个自然村建设了4个配有娱乐设备的老年活动中心。自老年活动中心建成投入使用后,新川村的老人们便有了好去处。他们年龄相近,趣味相投。聚在一起,喝茶、读报、打牌、聊天,比起之前,生活增添了许多乐趣,老人们不再感到孤单,幸福感倍增。

2019年,新川村和长兴县民政局共同投资700多万元,在村中心新建了新川幸福之家居家养老服务中心,这是浙江省首家农村区域型居家养老服务中心。

中心是由第三方经营管理,结合新川实际,整合社区各种志愿服务资源而成立的半公益性养老服务机构,集居家养老、幸福邻里、农村儿童之家为一体,打造老年人养老的精神家园+生活照护基地。中心按照AAAAA级农村养老服务中心标准,为老人

老人在"幸福之家"集体用餐

们提供服务。现中心场地使用面积 2200 平方米，能够全托 80人、日托 150 位老年人。

走进新川村幸福之家养老服务中心，电子屏幕上一行醒目的字映入眼帘：夫老养老传家久，尊老敬老世泽长。再往里走，只见营养厨房、保健康复用房、文化娱乐及辅助用房、医务室、健康理疗室、书报阅览室、心理咨询室、老年人活动室等一应俱全，一个现代化的养老服务中心呈现于眼前。生活在这里的老人们，享受着各种优质、便捷的服务，他们的脸上洋溢灿烂的笑容，温暖又幸福。

"村里提供场所和资源，我们负责运营管理，主要服务村里 60 岁以上、家庭养老难以承受的失能或半失能老人，以及低保户和特困户老人。"新川村幸福之家居家养老服务中心的总经理周波介绍，这种养老模式最大的特点是离家近，子女前来探望非常方便。"老人可以选择入住中心，也可以由我们提供上门服务。"

2020 年 7 月 2 日，幸福之家养老服务中心正式开业，累计报名办卡的老人有 120 余人。平均每天就餐的老人固定在 50 人左右。村里拨出专项经费，根据老人不同年龄段、身体健康状况和家庭经济条件，采取无偿、低偿、有偿三种服务相结合的模式，分类给予服务补贴。

每天中午的午饭时间，94 岁高龄的村民吴爱娣都会来到"幸福之家"一楼食堂"报到"。进门、打卡、出票，她熟练地完成操作，粉条、鱼块、荬麦菜、番茄炒蛋外加一份白米饭，不花一分钱。

"多亏了党和政府的好政策，多亏了村干部们的关心，让我这个午饭没着落的老婆子沾了光。"吴爱娣退休在家，子孙们上班白天无法照顾她，她就把这里当成了固定的食堂。"这儿环境好,卫生干净,有丰富的午餐和专业的护理人员,一年四季供应适合老年人口味的饭菜。工作人员还常常组织我们包粽子、做青菜团、聊聊天、干干活,吃得开心,日子顺心,午休都有床铺,真是太贴心了。遇到老年人的生日,还给老人戴寿星帽、送生日蛋糕、吃长寿面和荷包蛋,让老人快快乐乐地过生日。很多老人都和我一样,现在把这里当成家了。"

二楼医护区里,设置有康复室、医疗室,配有医疗床、处置床等医疗器械和康复设备,能够满足社区老年人健康体检、精神慰藉、康复训练、紧急援助等康、养、医、护服务需求,保证老人身体健康。

为了让幸福之家养老服务中心的每一位老人都能生活得安心、静心、舒心,都能健康长寿,新川村卫生服务站医护志愿者和村里的关心银发健康卫生志愿者每月都组织一次老年人健康知识讲座,每两月给老年人进行一次健康体检。同时,养老服务中心还与煤山镇中心医院合作,开通了老年人急诊绿色通道,建立专家定期义诊、巡诊、坐诊服务机制,并逐步同医院信息系统实现终端对接。

2020年10月的一天中午,正在吃午饭的新川村聘请干部张小强的手机骤然响起,他一看来电号码,是幸福之家养老服务中心的工作人员胡颖媛,这个时间来电话,他有一种不祥的预感,赶紧放下碗筷,接听手机。

"不好了,胡德盛老人吃午饭时,突然呼吸急促、抽搐晕倒了,请村里赶快组织人手将他送到镇医院急诊绿色通道抢救。"胡颖媛带着哭腔说。

"你别急,我马上赶过来。"张小强说完,立即叫上村委干部张喆,开着车赶到幸福之家养老服务中心,同胡颖媛一起,把嘴唇发紫、脸色苍白、昏迷不醒的胡德盛抬上车,送到煤山镇中心医院，走老年人急诊绿色通道施救。经过两个多小时的紧急抢救，胡德盛终于苏醒过来。医生对随后赶过来的胡德盛家人说，胡德盛得的是重度肺缺氧症，如果不是抢救及时，再晚一个小时，他的性命就保不住了。闻听此言，胡德盛的老伴查顺芳拉着张小强他们的手连声感射。

"我家在张坞自然村，老伴今年有 84 岁，我 80 岁。儿女和媳妇都在外上班。两个孙女一个 16 岁，上初中，一个 10 岁，在上小学。近两年，老伴的身体一直不大好，我不愿意耽误孩子们工作，就自己照看老伴和孙女。可是我年纪也大了，照顾起来力不从心，就把老伴送到村里的养老服务中心，我在家里照看两个孙女。"

查顺芳说，刚开始把老伴送到幸福之家养老服务中心时，她还有些担心老伴受亏了，但是中心的工作人员和志愿者热情周到的服务让她看在眼里、暖在心里。中心给她的老伴提供营养助餐、医疗保健、康复辅助、文化娱乐等服务。她说："工作人员服务特别有耐心，手法还专业，热心尽责的工作态度令人敬佩。养老服务价格也不贵，我们普通老百姓能承受得起。看到老伴好，我的心情也越来越好了。"

养老中心二楼的休闲娱乐区，每天热闹无比，老人们或玩棋牌，或闲聊，或按摩健身……每逢重要节日，村委和志愿者服务队还会组织娱乐活动，丰富老年人的精神文化生活。像 2020 年重阳节，村里组织"九九重阳节，浓浓敬老情"活动，组织志愿者和村幼儿园的小朋友同老年人一起制作、品尝重阳糕，为他们送上糖果和水果。小朋友们给爷爷奶奶们捶捶肩、捏捏背，表演活泼可爱的文艺节目。村委通过这样的活动弘扬传统文化，教育孩子们从小就要学会孝敬、爱戴老人。

三楼还设有图书室、乒乓球室、儿童游乐室和银龄活动室。

老年人可以在这里看书读报、打球健身、怡儿弄孙、唱戏跳舞。不少老年人表示:"如今有这样一个地方能把我们'宠'着当作'掌中宝',日子过得更开心、更充实了。"

77岁的村民张维先,听力有些残疾。他一度沮丧地觉得,进了养老服务中心就变成了"等吃、等睡、等死"的"三等"老人,但这里多姿多彩的生活让他绽开了笑颜。

2020年9月11日下午,幸福之家养老服务中心里传出阵阵欢声笑语。中心三楼的银龄活动室内,两名八旬老人端坐椅子上,用二胡演奏着越剧《十八相送》。在两人的身旁,几位阿姨穿着鲜艳的戏服轮流上台献唱,每唱到精彩处,台下一群60多岁

尊老爱幼受表彰

的阿姨都会鼓掌叫好。而在一楼食堂内,工作人员和30多位老人一起,正在给张维先等人过生日。

当工作人员给张维先戴上了生日帽,其他的老人你一言我一语地逗笑玩闹。

"你这帽子戴上是真的好看啊,还有这么大的蛋糕吃,你这个生日真是过得太幸福了!"边上的陈小玉老奶奶调侃道。虽然张大爷听得不是很清楚,但是在这么愉快的氛围里笑得非常开心!

"快点点蜡烛许个愿吧""许完了才能吃蛋糕、长寿面,活成一百岁的'老妖精'"……大家一起起哄,笑语连连。工作人员站成一排,唱起生日歌,现场的老人们也跟着一起唱了起来,大家脸上都洋溢着幸福满足的笑容。

这幸福的一幕,正好被当天前来新川村调研考察养老服务的民政部政策研究中心主任王杰秀碰见。

那天,王杰秀率领折江、河北、黑龙江、江苏等9省民政系统厅局级领导,民政部政策研究中心和《中国民政》杂志社一行,参观新川村幸福之家养老服务中心。他认真查看了养老服务设施建设情况和有关台账,并与老人们亲切交谈,关切地询问他们的身体状况和在养老服务中心的生活情况。当王杰秀询问老人们对服务是否满意时,老人们不约而同地竖起大拇指"点赞"。

"新川村养老服务中心,设施完善,管理规范,活动丰富,服务热情,环境良好。老人们在这里生活得安心、静心、舒心,都能健康长寿、安享幸福晚年。相比起传统的养老院等福利机构,这种'把养老服务中心搬到家门口'的方式,让老年人'离家不离亲',更多了份归属感、幸福感。这是老年人名副其实的'幸福之家'呀。"王杰秀由衷赞叹。

　　最美夕阳红,大爱暖余晖。新川村坚持弘扬孝道传统文化,融合新时代文明实践,开展"好婆婆好媳妇""最美家庭"等孝文化实践活动,让优秀文化浸润村民心灵、倡导正能量,为乡村振兴凝聚源源不断的精神动力和道德滋养。

点靓"艻文化"

浙江是中华文明的重要发源地之一,文化内涵底蕴深厚,文化基因优秀灿烂,共同铸就了浙江的"根"和"魂"。 2020 年 9 月,浙江省在全省实施"文化基因解码工程",旨在通过全面挖掘文化内涵,解码每一种文化形态,找到文化存在的内在"基因",以促进文旅融合发展,助推社会经济发展。

新川村委根据上级精神,专门建立了"文化基因解码工程"工作领导小组,请来上海复旦大学、浙江大学、广州大学、湖州师范学院等专业领域的教授和地方专家组建成顾问团,对新川村文化元素进行了全面梳理,最终选定将"艻文化"作为"文化基因解码工程"的破题项目。

"我们家乡自古以来就叫艻里,一定有其深厚的底蕴。作为大山里的人,从来都有一股不服输的勇气和创造力量。在今天,我们还要继续发扬低调稳重、埋头苦干、敢为人先的传统,大概这就是新川人的文化基因。我们现在说的创业文化、孝德文化、诚信文化无不具备这些元素。"新川村党委书记张天任说,通过"文化基因"解码工程,推出一批充分展现艻文化魅力和时代精神的优质文旅产品,打造更加鲜明的艻文化旅游品牌,推进新川

长三角芥文化发源地

及周边村全域文旅融合高质量发展并走向纵深。

提到"岕文化"，何为"岕"？"岕"是一个生僻字，"岕"通"嶰"，地名，意为介于两山峰之间的空旷地。长兴、宜兴及比邻的皖南都有带"岕"的地名。在长兴，"岕"读音为"ka"，是方言特定的称谓。

当地人解释说，这个字上端为山，中间为人，是人对山的敬畏，表示靠山吃饭，下边两笔的一撇是水，一竖代表人们走的路。在有山有水的家乡，人们通过奋斗，才能找到通往幸福之路。从字面上来看，还真是这么一回事，让人不能不为人们的想象力点赞。

长兴县以"岕"做通名的地名，含煤山镇、水口乡、小浦镇全部，以及夹浦、林城、泗安三镇部分地区，合计有 30 多处"岕"。其中，地域面积最广、涵养人口最多、文化影响最大的非煤山镇的"岕里"莫属。

"岕里"位于苏浙皖三省交界处，三面环山，群峰绵延，大涧中流。它以新川村经理部商贸集散地为中心，南起煤山镇经济开发区，北连宜兴龙山风景区，东邻宜兴竹海旅游胜地，西接陆羽《茶经》诞生地顾渚山，涵盖了新川村、西川村、东川村、新民村、尚儒村、蒋笪村、大安村 7 个行政村，1.5 万多人口。生活在这片土地上的人，都自豪地称自己为"岕里人"。

从唐代开始，岕里这一带就是紫笋贡茶种植基地之一。紫笋茶在宋代是贡茶，元代、明代仍为贡品。由此想来，在贡品种植地居住的人口，可能不是很多。

也许这就是吸引新川几大姓氏迁徙到岕里的原因吧。新川村几大姓氏的先祖，大约都是在明万历年间搬迁到这一带的。像张姓、胡姓先祖就是从苏南富庶之地常州搬迁过来的。相对于胡姓而言，张姓先祖最早从常州迁至宜兴，后来发现新川这一带是人口稀少,因此就定居于此,繁衍生息。长年累月,大山塑造了先人们的刚毅、不服输的性格特征,造就了他们勤劳、坚韧、执着的秉性。

这大概就是"芥文化"的文化基因密码吧?

众所周知,以新川为代表的"芥里人",把资源匮乏、交通闭塞、原材料和市场"两头在外"等各种困难踩在脚下,以执着如一的非凡坚守、敢为人先的创新精神,艰苦创业,奋发图强,因地制宜,由农转工,走出了一条"工业强村、以工哺农、产村共融、共同富裕"的乡村振兴新川之路,实现了由绝对贫困向全面小康的跨越,现在正由全面小康迈向共同富裕的新境界。

新川村在乡村振兴共同富裕的实践中,其敢为人先、创业创新,艰苦奋斗、追求卓越,可以说就是对"芥文化"最直接的解码。

近几年来,随着煤山镇文旅产业的红火发展,到芥里观光的游客络绎不绝。导游指着用无人机拍摄的芥里全景图向游客介绍,俯瞰芥里的群山河流,其实就是一个生动逼真的"芥"的象形字:"人"处于"山""水"之间,由一条"路"把彼此相连,多么生动的一种组合。山因为有了水,变得鲜活生动;水因为有了山,变得荡气回肠;山水因为有了人,显得朝气蓬勃;人因为有了山水,显得底气十足⋯⋯这就是"芥文化"的最好诠释。从这一层面上说,这个"芥"字,远远超越了一个符号的意义。绿水青山就是金山银山,独特的"芥文化"承载着这一理念,将其创业文化、生态景观、旅游休闲、非遗资源、民俗特产等文旅元素融于一体,共同构成了一幅生动的《芥里山水人居图》。

在长兴县、煤山镇的大力支持下,2021年,新川村积极谋划全域文旅融合发展课题,紧锣密鼓地推进以"七个一"工程为主要内容的长三角芥文化发源地主题公园项目建设,向建党100

199

周年献礼。项目计划投资 6000 万元,规划面积约 800 亩,对以新川村为中心的芥文化资源进行保护性开发,打造一批集文化旅游、文博非遗、研学交流、特色民宿、创客空间、康体养生、乡村养老、户外拓展、观光休闲、民俗风情等多种功能于一体的文化基因转化发展项目,包括"一条街、一绿道、一山谷、一组馆、一批站、一群云、一中心"等"七个一"工程,让芥文化切实可见、可感、可体验,打造芥文化基因创造性转化和创新性发展的文旅融合 IP。

"一条街",指的是开辟一条芥文化风情街。风情街坐落于新川经理部集镇中心区块。负责对新川经理部进行文化基因解码的新川村退休老干部胡洪法介绍,经理部的变迁史是芥里新旧社会变迁史和乡村振兴史的文化符号。

新川经理部原名西涧滩,地处芥里东西两川的交汇点,是芥里的商业集散中心。

新中国成立前,西涧滩是一块乱坟岗,杂草丛生,野狼出没。新中国成立之后,1956 年修筑了煤山至新川的公路。因公路穿过,西涧滩的面貌开始有了改观。改革开放后,芥里人民开办了"煤山公社贸易经理部",成为芥里与芥外的商贸纽带。西涧滩上,逐渐商贾云集,繁荣富庶,银行、学校、医院、超市、电信、饮食、民宿等星罗棋布,俨然成为一个小集镇。2005 年以来,在"绿水青山就是金山银山"理念和"八八战略"指引下,煤山镇和新川村对经理部区块的道路、河流、绿化、通信、环境卫生等又进行了全面整治提升,使以经理部区块为中心的新川街道的人居环境发生了翻天覆地的变化,成为浙江省引领型社区。

如今,"西涧滩"这个地名已经逐渐淡出芥里人的记忆,湮灭在芥里历史变迁的长河中。而新时代的"经理部"则将作为长三角芥文化的重要地标之一,成为芥文化风情街文旅开发项目当仁不让的落脚点。

2021年1月,芥文化风情街项目工程正式动工。煤山镇政府规划建设办公室主任徐克峰是这个项目的总指挥，他每天泡在施工现场,由于长期在工地上日晒雨淋,整个人变黑了。他说,芥文化风情街项目主要是对经理部区块沿街道两侧的商店、民宅等建筑与景观进行整体设计改造。在主体建筑的改造上,充分结合传统山地民居+乡土特色元素的设计思路,统一采用传统的山地乡村中式建筑风格。

建成后的风情街,公路两侧是白墙黛瓦、徽派马头墙式的山墙、浙派民居人字坡的屋顶组合而成的建筑群,配以卵石花坛、乡土植物、墙绘、中式景墙、竹制现代雕塑小品等当地的景观元素,沿街形成移步换景的景观效果,营造出充满芥文化特色和浓郁现代乡村气息的村庄建筑景观。

焕然一新的新川村,如今是人水相依,移步换景,步步生情。一种"花香日丽四季春,碧水人富陶公羡"的江南田园美景扑面而来。

在进行芥文化风情一条街建设的同时,其他"六个一"芥文化开发项目也在同步实施中。

"一绿道",指的是开辟芥里风情观光徒步山道。在已经开发的红色古道的基础上,连通芥里狮子山景区至水口乡圆峰岭景区的3.5公里的旅游绿道,修建从新川村张坞自然村到竹良庵高山梯田约3公里长的观光山道,把芥里各旅游景点的山道和煤山镇百里红色古道连成一片,将煤山红色资源、红色文化和绿水青山、绿色资源融合在一起,形成全域旅游景区,使其成为红色旅游的打卡地。

"一山谷",指的是以竹良庵高山农田为基底,打造总面积500余亩的竹良庵高山特色农业观光园和初心谷,还原芥里人朴实的农耕生活和抗日军民开展大生产运动的劳动场景，营造高山农田农作氛围。板块下设梯田造景、流沙河和水库美化、竹良庵农耕加工中心等特色休闲及观光型农业游览景点。

"一组馆"，指的是在乡村振兴新川案例馆、初心馆、诚信馆等文化展馆的基础上，再新增一座岕文化农耕博物馆。岕文化农耕博物馆利用竹良庵农耕农林设施用房改建而成，主要用于农耕及山林文化展示和农产品加工，利用集装箱改建，占地面积约250平方米。

"一批站"，指的是开辟一批红色古道服务驿站。由于新川村每年承办"百里红色古道越野登山赛"等赛事，团队及散客游逐渐增加，为了提供更好的旅游产品及体验服务，开辟一批沿道的休憩驿站。驿站采用集装箱板房改建，设有水吧、休息区、移动厕所，并提供游客咨询服务、志愿服务、旅游商品展示等功能。

"一群云"，指的是开拓云上酒店、云上火车、云上漂流、云上探险、云上婚庆等，为新川村的旅游业注入新的业态。

"一中心"，指的是开辟岕文化创新中心。主要内容包括两方面：一是利用新川村废旧工业厂房改造百姓健身房、书吧、咖啡屋等设施，提升岕里文化和体育产业规格。二是利用新川村废旧工业厂房生活区改造岕博士专家楼，为岕博士提供创意交流智慧碰撞的场所。

文化如水，滋润万物悄然无声；岕字有形，承载文化丰润民心。长三角岕文化发源地主题公园的建成，将会全面提升"岕里人"精神层面上的获得感、幸福感，使每一个人"身有所栖、心有所寄"。在弘扬岕文化固有优势的同时，奋进的新川人将不断赋予和丰富其新的内涵，围绕"七个一"工程，以文塑旅、以旅彰文，全面促进乡村文化振兴，让岕文化基因赓续传承，绽放光彩。

第四章

生态振兴美乡村

　　地处群山环抱之中的新川，早已不同于传统意义上的小山村，没有袅袅炊烟，也没有渔樵生活。在越来越快的生活节奏中，人们却经常会遐想"暖暖远人村，依依墟里烟"的恬淡意境。"工旅融合，美村富民"的新川村，正在依托自然山水脉络的独特风光，打造望得见山、看得见水、记得住乡愁、留得住根脉的中国美丽乡村，将绿水青山变成金山银山。

　　改革开放初期，由于片面强调和追求发展速度，新川村一度在生态环境上付出了沉重的代价。2004年以来，新川村严格按照长兴县的部署，认真落实"千万工程""八八战略"，坚定不移地践行"绿水青山就是金山银山"的发展理念，以绿色发展引领生态振兴，统筹兼顾生态治理和产业发展，以绿水青山蓝天净土工程夯实乡村振兴的生态之基，以精细密集集约高效发展谋求乡村振兴的产业之本，实现百姓富与生态美的统一。

冲破人居环境之困

新川村地处浙江省最北端，是长兴县与江苏宜兴县接壤的小山村，是一个四面环山、藏风聚气的好地方。新川村的精彩，不仅在于它的"产业致富"，更在于其拥有超前的生态意识，自觉践行"绿水青山就是金山银山"发展理念，对村庄生态环境进行了深入持久的治理，打造望得见山、看得见水、记得住乡愁、留得住根的中国美丽乡村。

众所周知，自改革开放至21世纪初，浙江的经济经历了20多年的高速发展，创下了世所公认的经济发展奇迹。浙江这个陆域资源并不充裕的省份，已经成为东南沿海地区的经济大省。但与高速增长的国内生产总值（GDP）相比，农村面貌不尽如人意，不少地方的景象触目惊心。"室内现代化，室外脏、乱、差""有新房无新村"的现象十分突出。有的村庄不少农居年久失修，墙面斑驳；有的村庄投了巨资为农民兴建了新居，却因规划落后，连公厕、垃圾回收、污水处理池等配套设施都没解决好；有的村主农居集中点与工业园区混杂在一起，村庄里经常废气弥漫、污水横流……浙江省农业和农村工作办公室曾经摸排，当时全省仅有4000个村庄环境较好、3万多个村庄环境较差。如此失衡的两个数字，足以说明当时浙江农村环境的整体现状。

与全省大部分地区一样，21世纪初的新川，尽管工业经济发展迅猛，但是农民群众日渐富足的物质生活与人居环境需求之间的矛盾日益尖锐，脏、乱、散、差的农居面貌触目惊心。那时，村里垃圾满地，随处可见露天厕所和简易猪栏；溪涧变成了臭臭的"牛奶"河；山上的毛竹劈开来，连竹膜都不再生长了；溪涧边大片的野生枫杨树逐棵枯死，整个村子的生态环境就像生过一场大病一样……可以用"惨不忍睹"来形容。

改善农村人居环境迫在眉睫！

2003年6月，浙江省全面启动"千万工程"。6月5日，在"世界环境日"这一天，"千万工程"动员大会召开。时任浙江省委书记的习近平同志发表重要讲话，对"千万工程"做出全面部署。全面整治农村环境、提升农村人居环境的恢宏大幕由此拉开。动员大会明确提出，要以农村生产、生活、生态"三生"环境改善为重点，提升农民生活质量。首先花5年时间，从全省4万个村庄中选择1万个左右的行政村进行全面整治，把其中1000个左右的中心村建成全面小康示范村。

遵循习近平同志亲自擘画的这张宏伟蓝图，时任楼下村党支部书记的张天任带领楼下村的党员干部，围绕"改善农村人居环境，提高农民生活质量"的工作目标，扎扎实实地推进各项生态环境建设，在美丽中国、绿色发展的浩瀚长卷上写下先行先试的美丽答卷。2003年，天能集团在村企合建文明小康村进程中，共出资60多万元，用于村庄绿化与环保，修建道路、狮子山公园等惠民工程，并为村里无偿提供铲车、运输车、水泵等工程设备和人工。

楼下村的村容村貌蜕变始于"环境革命"。在2006年底的评比中,楼下村排名前列,被评为"浙江省全面小康示范村"。

早在 2004 年,在一些地方还在为"要发展还是要环境"而纠结的时候,张天任就已经把"生态立村"作为立村之本,坚定不移地把"绿色青山就是金山银山"理念落到实处。特别是 2008 年合村之后,当选为新川村书记的张天任,旗帜鲜明地提出一条硬核的 "生态底线":为保护生态环境,效益再高、国内生产总值(GDP)再高的企业也要让路;不破坏生态环境的现代服务业、有利于生态保护的新能源产业、休闲农业和生态旅游支持上路。

2008 年,新川村从村民最关心的村庄环境入手,带领村两委班子从改厕开始,打出卫生改厕、垃圾分类、污水治理等一套"组合拳",一改"脏、乱、差、臭"的景象,把昔日的小山村改变成为美丽宜居新家园。同时,新川村以村规民约的方式专门推出《新川村保护生态环境和加强卫生管理实施细则》《新川村河长制管理办法》等制度,通过广播、黑板报、卫生环保公示、宣传页、先进表彰、诚信积分、护河护山志愿者活动、专家讲座等途径广泛宣传环保知识,强化环保意识,使保护生态环境成为村民的自觉行动。

新川村还制定垃圾分类、门前三包等卫生制度,村两委成员经常带领身穿红马甲的志愿者,挨家挨户发送环保宣传资料,天天在村里轮流检查,成为一道流动的生态风景线。村党委副书记胡春强回想起那个时候说:"我们每天早晚都要在村里转一圈,看看哪里需要打扫,哪里需要修补。这个习惯一直坚持到现在,百姓们看在眼里,对村干部都非常信服。"

新川及时引导农民参与环境治理,通过"门前三包"、垃圾分类积分制等,激发了农民群众的积极性、主动性和创造性。丰富多彩的宣传、表彰活动,也有效地调动和引导了社会各界包括新川乡贤关心支持农村人居环境,形成全民共同参与推动的大局面。

多年来,新川持续开展道路绿化、村庄绿化、园区绿化、景区绿化、庭院绿化"五化"工程,在用纷缤绿植扮靓新川、把绿水青山还给新川的同时,也让新川经受了一场从外到内的"文明洗礼",润物无声地浇灌着村民的生态文明理念。

新川村环境治理达标后,着手推行全程生态、全域生态和全民生态,即村里生产生活全过程生态、村里全域生态和村民人人生态。村里拆除全部柴灶,实现"无烟村",使用天然气清洁能源,倡导生活用水循环利用,家庭清洁能源普及率均达到95%以上。村民房前屋后营造了草坪、灌木、乔木等层次分明的绿化植被,全村绿化覆盖率高达90%以上。为监控村内空气质量,新川村每年邀请长兴县环保局专家到村里进行环境空气检测,常年保持空气质量优质,空气负离子含量达10000个/立方厘米,整个新川如同坐落在一个巨大的天然氧吧之内。

绿色生态理念的培育不是一朝一夕的事情。面对经济利益的诱惑,守住青山绿水的压力不小,但新川村干部顶住了压力。随着生态环境不断向好,随之带来经济效益的上升和人居环境的改善,这种生态理念也融入进了村民的生活中。

在美丽乡村精品村建设过程中,张天任率先将他的18亩工厂用地拿出来,用于建设公园绿地和文化广场;村民胡建平两兄弟主动将自己家的围墙拆除,将部分庭院改作景观公园人行步道;村民蒋南强在自家住房比较紧张的情况下,主动将自己的两间平房拆除,改建成集体生态景观工程;村民张勤华自掏腰包5万多元,将自家门口的一棵有着上百年树龄的大银杏树移至溪涧公园,如今,这棵古银杏树已成为溪涧公园里的一道生态景观,见证着新川人的绿色生态意识……这一系列事例,让人感触到新川人践行生态理念、重塑新川颜值、打造现代版的《新川乐居图》的生态自觉。

如今,别墅群建筑外墙独具江南特色的文化墙、新铺的沥青路、清晰完善的交通标志标线、绿意盎然的绿化景观和各具特色的主题公园,使整段路环境景观与之前相比大有不同,宛如加了"美颜滤镜",成为展示美新川形象的亮丽名片。

新川是如何从"灰头土脸"的污染村庄,蝶变为"颜值爆棚"的美丽新村的呢?煤山镇驻村干部徐克峰认为归功于两点。

一方面归功于新川始终坚持以"腾笼换鸟,凤凰涅槃""绿水青山就是金山银山"的绿色发展理念,引领农村人居环境综合治理。村委果断地对低小散的污染企业进行了永久性关停,大力发展绿色产业,不仅有效地改善了农村生态,还为增加农民收入、提升农民生活品质奠定了基础,为农民建设幸福家园和美丽乡村注入了动力。另一方面归功于充分调动了农民主体的力量,全民参与村庄"颜值重塑"。新川十分注重发动群众、依靠群众,从"清洁庭院"鼓励农户开展房前屋后庭院卫生清理、整洁堆放杂物,到"美丽庭院"因地制宜鼓励农户种植花草果木、提升庭院景观,都充分发挥了群众主体作用。

新川村为创造美丽的生态环境,在美丽乡村特色精品村一开始规划时就强调了环保与生态建设,并发展了其特色和功能。村两委班子严格按照村庄发展规划所确立的"生态·和谐·乡村"理念,在建筑、道路、绿化、环境等多方面重点把关,使生态建设走上规范化、制度化和组织化管理的道路。

为了实现其环保和生态的特色与功能,新川村做了"四步走"的努力。

第一步,在规划前做好"新川村生态特色"的策划定位。以"绿水青山就是金山银山"的理念为指引,以"中国最美乡村"为目标,以"浙江省美丽乡村特色精品村"为标准,制定详细的生态特色规划,指导后期的项目实施。

第二步,在规划中,引入"多规合一"的理念,如生态环境发展规划、土地利用空间规划、项目建设总体规划、产业规划、经济发展和民生规划,多规融合保证规划的落地。为了达到以上目标,新川首先落实生态发展评价先行的机制,最大限度地保护当地生态。在技术上先分析自然空间状态、农耕空间状态、乡村建设状态,规划生态敏感性区域,建立宜建区、限建区、禁建区,保护现有的生态功能。其次,确定发展思路,制定生态建设总体规划。通过规划目标定位和生态发展评价,确定总体发展思路、产业发展思路和生态发展思路,制定整体规划。

第三步,结合新川村生态的特色,制定专项规划。具体做法便是:结合新川村当地的生态特色制定绿色交通、水资源、生态绿地、环保能源等专项规划,融入村庄建设总体设计。

第四步,通过多规合一完善总体规划。在湖州市、长兴县有关部门和专家指导下,新川村聘请上海规划设计专家实地考察调研,结合村庄实际,针对村庄建设、村容环境、乡风文明等方面进行生态建设规划布局,将生态建设规划与土地利用、城镇空间等其他规划相融合,做到多规合一,保障总体规划和专项规划的落地。

新川村生态环境的巨大变化,是长兴县乃至浙江美丽乡村建设的一个缩影。张天任在2021年新川村高质量发展建设共同富裕示范区先行村党员干部座谈会上表示,新川村要坚持生态立村、生态强村、生态富村,让老百姓的日子更加美好,让村里的环境更加优美。在未来5年,新川村将在"三个提升"方面做文章:第一个是形象提升,把村庄变公园,民居变民宿,乡村变景区,农产品变成旅游产品;第二个是产业提升,大力发展生态工业、生态农业、生态旅游,让村民、居民能够实实在在地提高美丽经济收入;第三个是发展模式提升,在生态环境建设上走出一条"以生态促产业、以产业养生态"的可持续发展之路。

从配角到主角的转换

"哇,这是农村吗？"第一次走进新川,往往都会心生这样的疑问。诚然,如今的新川已经没有多少农田,村民大多在天能集团和天能配套的企业上班,从事农业生产的人极少。取而代之的是整齐有序的村庄、成排成片的乡村别墅、亭台水榭一应俱全的公园,以及盛开在村头巷尾、房前院后的杜鹃花、月季花等各种花草,红的像火,粉的像霞,白的像雪……村民们在公园漫步、健身,有的在拉二胡、唱越剧,其乐融融。

时间倒回到 2008 年,楼下、张坞、邱坞和涧下合并后成立新川村,其中张坞、邱坞相对而言,房屋拥挤杂乱、村道狭窄曲折,环境不那么整洁。特别是张坞的道路高低不平,车辆经过的时候,总是裹起满天灰尘,村民怨声载道。张坞、邱坞的村民大多也在天能集团上班,还有为数不少的村民出外经营天能电池,村民家庭收入已经不成问题。摆在新的村两委面前的工作,重点是如何环境整治。

合村之前,邱坞新农村创建工作已经在推进之中。新川村原村主任杨汉芳清楚地记得,他是当年 5 月 5 日正式上任的,第一件事情就是接手邱坞的创建工作。"这个工作不能停下来,这是合村以后办的第一件大事情，村民的眼睛都在看着我们，张天任书记要求我们必须全力以赴。"杨汉芳说。

那时候，新的村两委班子带领党员干部亲自上阵，拿着铁锹、扫把，清理道路杂草，下河沟。在党员干部影响下，不少村民义务协助村里的道路硬化工作。大家不怕脏，不怕累，展现了一幅人人动手共建美丽家园的动人景象。

邱坞硬化道路施工现场，吸引了不少张坞的村民，他们时不时跑到现场来看施工进度。杨汉芳清楚，他们名义上是关心邱坞道路，实际上心里也在盼望早点把张坞的道路修好。

可是，修路不像嘴上说话那么容易，是要用资金来支持的。根据村里规划，张坞那条路不是在原路面上硬化那么简单，而是还要加宽拉直，这将会涉及不少农户的拆迁。村里如果没有一定

表彰垃圾分类示范户

的补助，不一定能得到农户的支持。再加上环境整治，还有村民建的便屋、柴房等，都将会被拆掉，涉及的农户比较多，处理起来有些麻烦。

杨汉芳记得很清楚，邱坞创建工作刚一结束，村里就马不停蹄地启动了张坞的整治工作。为了张坞的整治，张天任书记特地找他，商讨如何依托村企共建平台，让村里的企业一起出力支持村级建设。

张天任首先提出由天能集团每年提供100万，用作村企共建的资金，支持村里建设。有了这一句话，杨汉芳一直愁结的心，终于有底了。于是，杨汉芳每天晚上带着村干部，走门串户，与村民促膝谈心，畅想未来，终于赢得了村民的大力支持。2010年初，临近过年的时候，新川村开了一个张坞环境整治动员大会。

荣获乡村振兴奉献奖的村民受到表彰

"那个时候,我们对道路的路线进行了重新设计,路加宽了,也加长了。老百姓看到村里动真格的,做梦也没有想到村里会把路修得这么好。"曾担任过新川村党支部副书记的胡洪法,合村之前是张坞村主任。他当时一直想搞好张坞的整治,可是村里没有钱,巧妇难为无米之炊。提起这次村里的环境整治,他感慨地说。据他回忆,2010 年下半年正式动工,一共拆了 11 家房屋,所有的茅厕、破旧的便屋和柴房,都统一铲除掉了。张坞村口原来是一片荒芜之地,杂草丛生,露天厕所充斥其间。经过整治后,这里修起了一个小公园,建起了凉亭,早前的荒地早已变身景观,带给村民视觉上的享受。

张坞环境整治创建工作完成之后,新川村的美丽乡村建设工作也因此全面铺开。从那个时候起,村里的干部每天都带领村民一起干活,浇水泥、铺路面,干得热火朝天。他们修葺河道,建设小花墙,挖沟、砌墙,由点到面,让整个新川变成一步一景的美丽乡村。

如果说之前新川村开展美丽乡村建设,是以村两委为主、带领村民一起参与的行动,大多数村民在其中的角色还只是"配角",那么后来新川村响应浙江省号召,打造特色精品村,则是新川全体村民人人参与的自觉行为,人民群众变成了精品村建设的"主角"。

精品村的建设,特别是建景观公园,这虽是一项民心工程,但真要实施起来,牵扯面广,敏感性强,工作量很大,难度也很大,稍有不慎就可能陷入"好心办坏事"的尴尬境地。特别是征地拆迁的管理与监督,更是被村民关注的重点。

2018 年 3 月,新川村美丽乡村精品村建设项目刚拉开大幕时,曾引起不少村民的质疑,尤其是部分拆建户的反对。"村里人多地少,住宅用地那么紧张,还把大片的地拿来建公园和绿地,那不是瞎折腾吗？"

建设美丽乡村精品村，需要拆除一部分民宅的门楼、辅房（又称"脚屋"）。按照新川风俗习惯，不管正房多么宽敞，但辅房是一定要有的，特别是村里家家户户几乎都建起漂亮的别墅楼房后，村民们堆放柴草、锄头、铁耙等农具，就更离不开辅房。不管拆到哪家，都要经受利益与心理的考验，哪个拆建户又能不纠结呢？

面对一些拆建户的抵制，怎么办呢？村干部们频频上门去做动员说服工作。但是第一个月下来，毫无进展。在众多抵制者中，就有张天任的三个亲堂侄。三家都在拆建名录上，一个需要拆门楼，一个需要拆副食店，一个需要拆辅房。

现在担任新川村党委副书记的胡春强，当时是新川村主任，他对此心里非常焦急。他回忆说："信息反馈到张天任书记那里后，他只说了一句话，打铁需要自身硬。"

2018年清明节那天，张天任利用扫墓的机会，在宜兴竹海宴请大家族成员。酒宴上，他与三个堂侄聊起村上拆建的事情，通过换位思考，话亲情、讲道理、析利弊，三个人爽快地当场答应签署拆房协议。第二天，三个堂侄该拆的建筑全部夷为平地。

张玉泉就是张天任的三个堂侄之一，在张天任做通他的思想工作的第二天，他拆除了不久前刚花了近三万元新建的一个门楼。

"说心里话，若按我个人的想法，我是不想拆的。村民眼睛盯着我们，也就是盯着书记。我们不带头拆，其他人又怎么会同意拆呢？改建好了，我们在家门口就能逛公园，做健身，跟城里人一样，是一件大好事。我也不会谈什么条件，放心好了。"张玉泉当时的一席话，通情达理，温暖人心。

有了张天任堂侄带头，本来还在观望的其他拆建户也都心悦诚服地签署了拆建同意书——

佘凤华，为人耿直，性格开朗，在精品村建设百日攻坚活动中，第一个响应号召，带头拆除自己的小楼房。在她的感召下，周边的邻居也开始拆除了各自的建筑。

张德红，他的三间小屋分布在精品村进口处，由于比较陈旧，影响整体美观。当村里一上门做工作，他立即同意将三间房屋全部拆除，为拆建工作做出了表率。

张德明，他被拆除的小屋是三年前建造的，外观还是新的。为了建设大美新川，他还是主动配合村里的工作，将自己的小屋拆除掉了。

张建法，他的小屋位于溪涧公园旁边，为了整体美观，他主动配合村里工作，把自家弄墙以及围墙内的设施全部拆除，没有向村里提出补偿条件。不仅如此，他还自行租房以堆放工作需要用到的木料，始终做到以大局为重。

张建明，他的岳父是新川村之前的老书记，受其岳父影响，张建明一直很支持村里的工作，深受乡亲赞赏。这次在得知要为家乡精品村创建，拆除自己的小屋以及楼梯时，他放下生意，从湖南大老远赶回来安排拆房事宜。

张增泉，他在三年前花钱从别人手上买下的一个小屋，位于后狮潭路边，这次也在拆建之列。尽管有些舍不得，但是为了大局考虑，他主动带头拆除了这间小屋。

张伟峰，他的两间小屋位于溪涧公园路边，因比较陈旧，会对整体景观效果产生一定影响。于是村委上门做工作，在讲清其中的利害关系之后，张伟峰表示理解，并且同意拆除两间小屋，同时同意将门前屋后百余平方米的土地由村里征用。

张新雷，始终非常支持村委工作。当村干部上门做拆迁的思想工作时,他当场就表态会带头支持拆建工作,并且会做周围农户的思想工作。在之后的整个拆迁建设过程中,他也顶着压力,多次与其他农户沟通协调,尽量不给村里增加额外工作。他的无私奉献,对拆迁工作顺利进行起到很大的推动作用。

周美萍,一名典型的农村妇女,像她这个年龄段的妇女对于拆除自家小屋其实十分敏感,但是在接到胡春强的电话后,她当即同意将位于进入精品村第一家的小房屋拆除,同时拆除屋边的围墙,起到不小的带头作用,为之后的征拆工作起了一个好头。

......

像这样顾全大局、舍小家为大家的村民还有很多。煤山镇退休干部返聘到新川村的张桂珍,全程参与了新川村精品村项目建设。她说:"这次涉及拆建的农户很多,村里干部一家家上门,都得到了村民的理解和支持,没有因为拆建发生一起纠纷,这真是少见。"在整个精品村建设过程中,没有一个村民拖后腿。仅用一个月的时间,村民们就配合村干部拆除了80多间房屋,面积达6000多平方米,为精品村景观公园的建设腾出了空间。

特别值得称赞的是,2019年11月17日,为了支持特色精品村建设、助力家乡振兴,在新川村首届乡贤大会暨美丽乡村建设汇报会上,那些回乡参会的乡贤代表和村民纷纷慷慨解囊,现场捐款。当天,新川村总共收到1105.7万元的认捐款项,媒体对此争相报道。

在捐款现场,89岁的老党员胡焕初坚持自己上台捐款。他接受媒体采访时说,自己已有65年党龄,在这个为家乡建设出力的关键时刻,必须冲锋在前,必须展现出一名党员的先锋模范作用。"村里面搞新农村建设,每一个人都有责任,共产党员更要带头。而且我不但自己带头,我还打电话给我孙子,叫他也捐款。"胡焕初说。

家乡的发展，是对在外游子的殷切呼唤。新川乡贤们致富思源报效桑梓，富而思进回馈社会，成为助推当地美丽乡村建设的一支重要力量。一直从事天能电池销售的胡海强就是其中之一。"这几年村里变化非常大，我们在外面看到新川村这么漂亮，都感到非常自豪。只要村里有什么需要，随时随地会奉献我们一点微薄的力量。"胡海强表示。在新川村村委办公室，工作人员正在紧张整理捐款，老村主任汤汉芳也赶来了。他在现场签完认捐书后，转身就去银行取钱。"我今天开完会以后，拿了捐赠的牌子，我讲的话要算话，一定要表示一点心意。"

"我出3万，希望家乡更加美好"，"我出5万，为新川建设尽份绵薄之力"……大家争先恐后为家乡建设贡献自己的力量。张

曾经的露天垃圾场变为村头公园

天任更是个人现场捐款 100 万元，天能集团捐款 500 万助力家乡建设。受到现场氛围的感染，不少村民临时上台投放认捐书甚至电话捐款，捐赠的人群从台上排到台下。现场嘉宾们拿出手机把这珍贵的画面记录下来，这一个个认捐数字都将汇聚成新川发展的新血液。

"我们原本预计村民和企业大概捐 600 多万元的样子，没想到村民捐款相当踊跃，出乎我们的意料。当初我们以为一些企业老板、经济条件比较突出的个人会捐款，没想到至少超过一半以上的村民都捐款了。"胡春强感慨地说。

人民群众是美丽乡村建设最大的受益者，也是美丽乡村建设的主力军。新川村调动了广大村民、企业、乡贤等社会力量参与美丽乡村建设，全民重塑乡村颜值，齐心打造美丽家园，奏响了一曲"家园美颜齐出力，共建共享共美丽"的生态美村协奏曲。

岕里的村落

全域美丽的岕中景

　　新川村环境综合整治与村民日常生活息息相关，营造良好的居住环境，是人民对美好生活向往的具体体现。自开展"千村示范、万村整治"活动以来，特别是党的十九大提出实施乡村振兴战略以来，新川村对照浙江省美丽乡村建设的目标定位，高起点规划，高质量建设，打造特色鲜明、产业发展、绿色生态、美丽

221

宜居的精品特色村。

2018—2019 年的两年时间内，新川村投入 4000 余万元，建设实施了景观公园等 20 多项精品景观工程，使面积仅有 10.2 平方公里，人口不足 1000 户的新川村，一共建有 9 个公园，为村民的精神文化生活开拓了广阔的天地。

在村民们的配合支持下，2019 年，新川最大的景观公园——溪涧喷泉公园建成。公园面积 30 多亩，集水利、生态、观光、休闲等多种功能于一体。公园内种上了多种景观花木，建起了凉亭，搭了石凳，溪涧里有了喷泉，涧边加了护栏和灯带，花树绿坪环绕其间，这些景观与溪涧两岸的农家别墅群、生态菜园、绿色竹海、健身跑道、笼式足球场、红色古道等景点连成一片，构成了一条长长的沿溪涧景观带，既成为村民休憩的幸福乐园，又成为新川又一个休闲旅游新景点。优美的环境让人流连忘返。

紧邻溪涧公园，还结合新川村的红色文化和历史传说新修了东山公园、思恩泉公园、滴水坎公园和狮子山公园。东山公园是以"红色党建，不忘初心"为主题，为纪念新四军 1945 年在新川东山建立地下党组织而打造的党建公园；思恩泉则以"感恩"为主题，是为弘扬社会主义核心价值观而打造的文化公园；滴水坎公园是以太平天国起义军当年在新川狮子山一带的活动故事为主题打造的历史公园；狮子山公园是一座景观公园，山上有狮子岩、古炮台、生态林、希望之手等生态人文景观。这些公园在景观公园的基础上，植入了鲜明的文化元素，让村民在潜移默化中接受文化的熏陶。

据新川村负责文化旅游工作的后备干部张小强介绍，新建起来的 5 个公园同以前独立分散在各自然村的 4 个小公园之间，开辟了一条绿色景观通道。这条通道把几个公园连成一体，由此形成"美丽跑道+美丽公园+美丽乡村"的全域美丽格局，缀成一道道美丽乡村风景带。

新川村9个景区公园内,都因地制宜,种上了各种各样的树木花草,打造公园绿地60余亩。邱坞自然村的龙池山公园里,种植了成片的银杏树,加上村里原有的一批百年银杏树,一到秋天,公园就成了金黄色的世界,美丽的自然景观让游人流连忘返;在楼下自然村的狮子山公园里,花木成林,果蔬飘香,白鹭成行,鸟蝶相映,一幅别有风味的江南农村风景。前来办事的村民在村委会办完事,总喜欢到公园里闲庭漫步,健健身、赏赏花,就像在自家后花园一样舒心自在。

沐浴着和煦阳光,呼吸着新鲜空气,带着家人在公园里休闲,也是一件惬意的事。如今,这对于新川村民来说已是平常事。从涧下公园到龙池山公园,从狮子山公园到溪涧公园,从思恩泉公园到东山公园……各具特色的公园、广场、景观分布在新川各个地方,已逐渐成为村民离不开的好去处。

每到傍晚时分,景观公园的灯带就会亮起,流光溢彩的灯光从溪涧一直蔓延到狮子山顶。劳作了一天的村民三三两两地来到这里散步,也有人带着孩子玩遛遛车,还有村里妇女组成的舞蹈队带着村民们跳起欢快的广场舞。

"整个村庄非常漂亮,出门见公园,处处享美景,跟城市没有两样!"从长兴县城嫁到新川的媳妇周丽萍说,她和老公都非常喜欢带着孩子到公园里玩。

周丽萍的家就在新川溪涧公园旁。在新川村没有开展美丽乡村精品村创建之前,周丽萍很不习惯新川的环境,虽然人嫁到了新川,但是一直和老公在长兴县城居住。2018年,村里开展美丽乡村精品村创建,溪涧边的6户人家面临拆建,周丽萍的婆婆便是其中一户。出于对老房子十分浓厚的感情,婆婆对拆建的事情再三犹豫。周丽萍从新川美丽乡村精品村建设规划中看到了

山村夜色

山上炮台

公园一角

有200多年树龄的古枫杨

村子美好的未来,就主动配合村党委副书记胡春强,反复做婆婆的思想工作。婆婆最终同意村里的安排拆去旧房重建新房。

"2019 年 5 月,我们开始对新别墅进行装修,一至三层的小别墅让我们里里外外装修得特别漂亮,我婆婆也特别高兴,2020年 8 月份就搬进去住了。我也从城里搬回村里新修的别墅居住,乐不思城了。我们的别墅不仅离溪涧公园近,一家老小上公园方便,而且离村里的幸福之家养老中心特别近。婆婆经常去吃免费的午饭,和其他老人一起打打麻将、聊聊天等。这里更像是一个专门为老年人营造的温暖祥和的生活乐园,让百姓们体会到了实实在在的福利。"周丽萍幸福满满地说。

在溪涧公园对面,隔着一条溪涧小河,河岸上原来是一块荒地,前边连接着张坞村口的小公园。这块荒地由于长年累月无人管理,已变成公共垃圾场。在建设精品村的时候,新川村对此进行了改造,将其变成了景观公园中一个漂亮的景点。

"以前这里确实太乱了,村里说要改造,我原先没当一回事,没想到现在成了一大片菜园。"住在荒地旁边的村民胡飞燕说,原来垃圾堆得比人高,那些建筑废弃的砖头石块和木料,什么乱七八糟的都有,大家都在这里堆放。

只见菜地里花儿开放,蜂蝶绕飞,绿荫遍地,鸟雀栖息。一畦畦菜地长势喜人,绿油油的青菜、红艳艳的朝天椒从绿叶间冒出来,一条条的黄瓜个头饱满。这些有机绿色产品,绿意盎然,成为游人眼中的好景致。从垃圾场变身的菜园,与对面的溪涧公园相映成趣,不少外来游客被吸引过来,情不自禁地踏进菜地。

蜿蜒曲折的溪涧恰如一条纽带,串联起沿溪村民的心。白天,村民们到溪涧中淘米洗菜,用棒槌浆洗衣服。晚上,村民会沿着河边散步、观夜景,或在公园里跳起广场舞,表演越剧……依靠着溪涧这条纽带,新川和岜里的各个村庄连缀成一个全域美丽的有机整体。

根据新川村的全域旅游设计，以溪涧公园为中心，串起了一条生动丰富的旅游线路。沿着溪涧河道系列景点游览，上游的张坞自然村有溪涧公园、红色古道和竹良庵高山稻田景点，中游的楼下自然村有文化展馆群和狮子山景色，邱坞自然村有芥里风情文化街和古银杏群落景观，下游的涧下自然村有生态别墅群美景。一系列旅游新产品相继推出，使新川村日渐成为乡村旅游的网红打卡地。

穿行在新川村，一幅幅充满诗情画意的风景不断跃入眼帘，令人目不暇接，心旷神怡。漫步村头巷尾，随处可见的五颜六色的鲜花，还有一棵棵参天古木，无不为游人展现芥中景的独特风韵。

在新川村委会的旁边，生长着一棵200多年的枫杨树，仿佛黄山的迎客松一样，成了新川村的一个图标。古树当年生长在溪涧边上，顺着河道沿着水面生长，最后形成向一边倾斜的造型。

"希望之手"景点

20世纪60年代中期，楼下村修建道路，将溪涧河道改至靠近山脚下的北边，原来的河道填作了公路。没有想到，如今古树却成了村中一景。每当微风吹起，它就会摇摆着新长出的枝条，好像在对来来往往的游客频频致意，又好像在向游客讲述新川的变迁。

全村百年以上的银杏树也为数不少，在离村委会旁边的古枫杨树不远的地方，就有一棵200多年的银杏树。秋天到来的时候，满树金灿灿的树叶和白色的银杏果在枝头上摇曳，让人如置身童话世界中。在新川村文化礼堂和"幸福之家"门口的小广场上，还屹立着一棵树龄达400多年的香柚。这棵香柚树历经了岁月的洗礼，见证了新川的变迁，与文化礼堂和"幸福之家"相互映衬，别有一番神秘的韵味。

再看那些火红的映山红、艳丽的月季花、美丽的芍药花……将家家户户的庭院打扮得分外清雅别致，常常引来很多路人驻足拍照。

"这里越变越美，真的好喜欢。"新川村党委委员佘秋香经常拿着手机，拍下村里的美景和各种怒放的花儿，发在自己的朋友圈里，与大家一起分享。每一次，她在朋友圈里发出新川的美丽"颜值"时，都会引来朋友的点赞和转发，她自己也倍感自豪。

无论什么季节，新川景致分明，春花、夏荫、秋果、冬景，各成其趣，好像是四季常青的百花园。村内绿树成荫，村外翠竹茂林，一路一品种，一季一花色。一路看过来，连翘、龟背竹、黄杨球、球水杉、茶梅、山茶花、香泡树、海棠、银杏、冬青、红花草、格桑花、宽边草……正在迎风绽放，呈现红、粉、黄、白、紫各种颜色，蔚为壮观。

"从小看到大，现在最美！"在村民佘祝琴看来，特色精品村

竹良庵山上的稻田

建成后的新川村可用"焕然一新"来形容,整个村子"都穿上了漂亮的衣裳",经营农特产品超市的她笑着说。"美颜"后的新川村给村民产生的最大影响就是生活环境更舒适、更宜居了,还附带经济效应。"环境靓了,出行安全了,路更宽阔,村里开始大力发展旅游业,游人越来越多,我们店里的生意也更好了。我的微信里好多都是游客,他们品尝了我们店中的乌米饭、黄豆笋干,都说好吃,要加我的微信。以前,哪能想到我们岕里自产的乌米饭、黄豆笋干这么受欢迎。"仅 2020 年,佘祝琴店中的乌米饭、黄豆笋干、吊瓜子、茶叶等土特产品就增加了 10 万元左右的销售收入。

全域美丽带来的"美丽"新业态,在绿水青山和金山银山之间架起了一条条转化道道,又引领着乡村振兴向着共同富裕的美好明天出发……

小院花香"半边天"

美丽庭院示范户受到表彰

　　一排排漂亮的别墅、宽敞的道路映入眼帘,房前屋后干净整洁,到处是精致的围墙和花坛……走进新川村,你一定还能发现不少花香小院,村民们喜上眉梢。

　　家家户户门前的小院,各具特色,栽种了各种乔灌花草,比如杨梅树、桂花树、李树、桃树、杏树、石榴树、山楂树、樱桃树、枣树、梨树、柿树、蔷薇、月季、芍药、山茶、紫荆、香樟、银杏、天竺、兰花、绣球花、红枫、毛竹……还有各种各样的盆栽。一年四季展示着枝叶繁茂的绿色景象，倾情绽放着美丽的花朵，将一幢幢农家别墅装点得如同花园，让人流连忘返。

"玫瑰、月季、栀花……一年四季都能闻到花香，茶余饭后散步就好像在逛公园。"村民蒋秋琴开心地说。

2016年以来，新川村响应浙江省妇联关于在全省开展美丽庭院创建活动的号召，以农村党员、妇女、巾帼志愿者等为骨干，组建庭院环境管理队等工作队伍，广泛发动村民积极扮靓家园。

新川村妇联组织带头组建美丽庭院创建巾帼志愿队，充分发挥农村女性"贤内助"的力量，利用大家的闲暇时间，多次在试点片区进行环境卫生清扫，确保路面干净整洁，垃圾合理投放，公共绿化优美。结合新时代文明实践活动，村委经常安排志愿者上门走访，大家集思广益，一起商量如何将庭院布置得更加精美，让村民们业余时间投入到种植养护花草绿植和盆栽中来。各个农户家庭之间互相帮忙，出谋划策，整理庭院杂物，规划庭院布局，增加庭院花木种植。通过调动户主自身的积极性，增强农户的参与感和幸福感。

新川村将美丽庭院工作规范化、制度化，定期开展重点整治行动和"美丽庭院"星级评优活动，从而推动长效管理机制的运行。由新川村委会定期实地考察，对试点区的美丽庭院进行评比打分，选出每季度的"最美庭院"和年度十大"美丽庭院示范户"，从而形成全民自觉参与的好氛围，始终保持"美丽庭院"工作的热度和持续性。将种养花卉、树木的氛围蔓延至新川的各个角落，使之成为一场全民参与的"颜值重塑"，成功打造了一批"庭院设计布局美、物品摆放整齐美、清洁卫生环境美、花木繁盛绿

花

化美、文明和谐家庭美"的"五美"庭院，既扮靓了美丽乡村，又提升了村民的文明素养和生态理念，达到"村美、景美、人美、心灵美"的效果。

邱坞自然村司国兴家的庭院，年年获评新川村"美丽庭院示范户"。他家 300 多平方米的庭院简直就是一个小花园，种满了各种绿植，栀子花、月季花、玫瑰花、绿萝、三角梅、杜鹃花、香蒲、凤眼果、菜豆树、苏铁属、红枫……多达几十种植物。一年四季绿意不断，鲜花盛开，观赏性十足。

司国兴是浙江亿能塑业科技有限公司的董事长，平时工作非常忙，但是他每天都会回到家中，与妻子佘美华一起打理庭院中的花花草草，这已经成为他雷打不动的生活习惯。"打理这些花草，虽然辛苦一点，每天都要扫落叶、浇水，但是辛苦得有价值。因为看到花开得美，环境好了，心情也好了，可以更好地投入第二天的工作。"司国兴说。

村民佘祝琴家的美丽庭院与司国兴家有异曲同工之美。她们一家人都酷爱养花种草，每逢闲暇之余，全家都会在自家庭院门前、屋后等空余闲地栽满花草。在她家 200 多平方米的绿色庭院里，大大小小的盆景和造型各异的景观石特别吸人眼球，杜鹃花、海棠花、玫瑰花、云霄花、紫薇……十几种花卉与小菜地纵横交错，绿油油的青菜、火红的辣椒长势良好，令人心生欢喜。

"走进我的家，扑面而来的香气，整洁的院落，屋内古典的红木家具，都把我的家衬托得无比美丽。后花园有一处露天茶台，建在一块天然的岩石上，被大家一致公认为人在景中、景在画中！"提起自己的美丽庭院，佘祝琴满脸自豪。

最让佘祝琴得意的，就是自己亲手搭的葡萄架。"再过一段时间，葡萄就成熟了。坐在院里的秋千上，吃着葡萄，听着音乐，别提有多惬意了。"

现年 41 岁的佘祝琴在村里,是出了名的会享受生活的人。2004 年,佘祝琴嫁到新川村来,并和丈夫杨英一起在村口开了家小店卖土特产。除了茶叶、白果等农产品外,她亲手制作的笋干黄豆味道独特,在当地及周边小有名气,现在小店每年都有二十几万的收入。

佘祝琴介绍,她刚嫁到新川村的时候,对生活的环境十分不满意。那时的新川村,河道脏乱,垃圾遍地,家禽散养,家里的庭院也杂乱无序,与她想象的生活相去甚远。"我喜欢干净整洁,所以我就从整理庭院开始,慢慢改变自己周边的环境。"

2016 年,佘祝琴家里新建了三层的小楼,200 多平方米的庭院,让她有了发挥的空间。今天买一株花苗,明天淘一品太湖石,在她的精心设计和布置下,庭院变得丰富多彩起来。

"在这样的环境里生活才是好生活!"环境变好了,生活品位也变高了。每个月,佘祝琴和丈夫都会邀请朋友来家里做客。大家在庭院里赏花、烧烤、喝茶、聊天,看着小伙伴们一起打乒乓球,惬意十足。

"我认为一个人的家庭环境是非常重要的,包括村居环境,都会影响人的心情和行为习惯。好的环境能够让人变得更精致,我很享受在村里的生活。"佘祝琴说。

2020 年,佘祝琴家评为湖州市"最美庭院示范户"。她在获奖感言中说:"整洁优美的环境包含着我们一家的心血,我们始终坚持从日常的一点一滴做起,主动清理房前屋后的垃圾杂物,实行垃圾袋装化,分类投放,以身作则。周围邻居看我们家漂亮了,干净了,也纷纷把自家院落打扫干净,种上花草。可以说,我们家是起到了示范引领的作用。"

正如佘祝琴的获奖感言所说的那样,她和丈夫精心打造的

"小花园"已经成为新川村美丽庭院的标杆。乡邻们都喜欢到佘祝琴家走走看看，吸取经验，讨讨种花经。一来二去，越来越多的家庭在她的带动下，加入了种植绿植、美化庭院的行列，开始打造不同风格的庭院，成为重塑新川"颜值"的主人翁。

如今，走进新川，处处都能看到居民阳台上或小院里探出墙来的美丽花枝，家家户户庭院整洁，绿植茂盛，又各有特色。一座座美丽庭院，成为村中一道不可或缺的景观小品和游客"打卡"的网红地，村民们在家门口找到了幸福感，越来越感到自己生活的这个村庄更具温情了。

"新川村将在推动村庄景观、街巷环境、基础设施提升的同时，继续以绣花的耐心，在'美颜'上下工夫，不断深化美丽庭院创建活动，村民开窗见绿，出门见花，让'品质'渗透到精品村的每一个细胞，不断提升村民的幸福感和获得感。"新川村党委委员佘秋香如是说。

农家小院

最脏地方变最靓

在新川村乡村振兴案例馆的停车场旁边，有一座漂亮的建筑，白墙黛瓦，绿植环绕，清新素雅中透着浓浓的江南风情。你能猜到这是什么建筑吗？

到新川参观的一些游客做出了这样的猜测："可能是一个书吧，或者是一个供人休憩的地方？"当他们从建筑的标识牌上看到这是一座公厕时，感到十分意外。

是的，如果不留意门前的标识牌，很少有人会想到这是一座公厕。抬脚进去，里面的环境优雅而明亮，设施崭新而整洁，洗手台锃光瓦亮，还配有自动感应冲水和洗手设备，一景一物让人身心舒畅。而且有专职的保洁员维护，从早上6点到晚上9点，一天最少做8次卫生清洁工作，真是做到了像五星级酒店的厕所一样，干净无臭无积水，一扫人们对乡村厕所"脏乱差臭"的印象。对外开放后，这个公厕被村民和游客称作"五星级公厕"。

说到公厕，新川人自然想起各自家中的旱厕。什么叫旱厕？就是在旱地上挖一个大坑，放上一口大缸，两块木板搭在缸上，就成了露天粪缸；有的在粪缸四周用毛竹简单一围就成了棚厕。

旱厕严重影响村民的生活品质和人居环境质量，更是细菌的重要滋生场所。

小厕所，大民生。"小康不小康，厕所算一桩。"从某种程度上说，厕所卫生反映着一个地方的人居环境水平，反映着文明与发展程度，也反映着村级治理能力。

曾几何时，谈及农村厕所，很多人会嫌恶地摇摇头，农村厕所不卫生、不方便、不能用、用不上，尤其是公厕的缺乏、简陋、肮脏等弊象普遍存在，已经成为严重影响农民日常生活质量的一大问题，也是一些城里人不愿去农村旅游的原因。

绿水青山就是美丽，厕所美丽就是幸福。在"厕所革命"这条路上，新川人久久为功，持续发力。从 2004 年起，在新川村在推进环境整治过程中，就十分注重厕所的改造。特别是 2019 年以来，新川村以中央和浙江省、湖州市深入开展城乡人居环境改善攻坚行动为契机，进一步把农村改厕与美丽乡村特色精品村创建统筹规划、统一建设，严格对照《浙江省农村改厕管理规范》《农村三格式卫生户厕所技术规范》的标准，全力推进"厕所革命"，让最脏的地方变最靓，将污点变成景点。

一方面，全面改造农村户厕。刚开始改厕的时候，很多村民不理解，认为是小题大做，搞形式工程，存续了数千年的农村厕所，不就是"一块木板两块砖，三尺栅栏围四边"吗？后来，村两委在村民中间掀起了"观念革命"，以"美丽乡村"建设为突破口，大力宣传"厕所革命"，改善人居环境的必要性和迫切性，村民们眼见着村容村貌不断改善，村内村外景色宜人，思想上的弯逐渐转了过来，观念也得以改变，对农村户厕的改造工作的配合度、支持度越来越高，局面由此彻底打开。村两委充分尊重农民意愿，在符合卫生厕所的标准下，合理确定改厕模式和补助标准，制定具有可操作性的农村改厕实施方案。采取先建后补或以奖代补的方式开展改厕工作，重点补助厕所地下部分，同时对厕所地上部分提出验收要求，引导农户出资、投劳，积极参与厕所改造工作，优先改成无害化卫生厕所，并引导农户就地就近利用粪肥，严防粪污随意倾倒，切实解决粪污排放和利用问题。

另一方面，全力改造乡村公厕。为了方便游客和村民在景区解决"燃眉之急"，也让厕所能与景区景观协调一致，新川村结合生态宜居乡村建设、乡村旅游发展等，推动乡村公厕建设和改造。以村委会、景区公园、主干道和各自然村聚居点等人口集中区域为重点，充分利用现有老旧公厕进行改造或维护，新建和改造公厕九所。以往难登大雅之堂的厕所，被新建或改建成了一座座既美观，又充满人文关怀的"生态公厕"。在公厕外面的设计上，根据公厕周边环境特点，配合设计与之相生相融的造型，做到景、厕相得益彰。公厕内除了男女卫生间，还尽可能延伸服务，厕纸、洗手液、搁物板、衣帽钩一应俱全，为游客和村民提供了舒适舒心的如厕环境。同时，坚持"三分建设、七分管理"，充分发挥志愿者和村民的主体作用，让村民积极参与厕所运行维护、粪肥收运、粪肥利用等工作，建立健全乡村公厕长效管护机制。每个公厕都有一名专门的保洁员，做好农村公厕的日常管理、维护和保洁工作。

为了遏制棚厕、露天粪缸回潮和反弹现象，全面清除露天粪缸和拆除棚厕。2019 年 8 月起，新川村发起了以"开展厕所革命，彻底清露移桶"为主题的城乡人居环境百日整治攻坚行动。村党委副书记胡春强带领村干部、党员和志愿者，利用休息日对各个自然村的露天粪缸、粪桶、棚厕等进行清除，在前期清除整治工作基础上继续强势有序推进"清露移桶"工作，确保零容忍、无盲区，不留死角。同时，通过专家健康讲座、发放健康知识资料等途径，广泛宣传健康知识，提升村民卫生健康意识，提高村民对改厕工作的认知度和参与度,及时制止了"破窗效应"。至 2019 年底,全村的露天厕所和棚厕已全部拆除,卫生厕所普及率和无害化卫生厕所普及率都达到 100%,农村千年如厕陋习一扫而光。

同"厕所革命"直接关系到全面小康的成色一样,以垃圾分类为核心的"垃圾革命"也是"小事不小",不仅关系到垃圾的减量化、资源化、无害化处理,更直接关系到村民生活环境的改善和乡村的生态振兴大业。

自 2015 年以来,新川村一直把垃圾分类这件"关键小事"当作"民生大事"来抓,按照浙江省《农村垃圾分类管理规范》,全面推行农村生活垃圾分类投放、分类收集、分类运输、分类处理和定时上门、定人收集、定车清运、定位处置"四分四定"的垃圾处理体系,形成了全民参与的良好局面,让垃圾分类成为百姓生活新时尚,有效破题"垃圾围村"。到 2020 年底,全村配有保洁员 12 名,配置智能化垃圾清运车 10 辆,全村生活垃圾收集覆盖率和无害化处理率达 100%。

"其实刚开始的时候,我们也不知道从哪里下手,后来张天任书记带着村里的党员干部频繁到金华、德清等地考察学习,发现很多村庄的蜕变,都是从环境整治开始的。我们就决定从最基础的开始,先抓宣传发动,再抓责任落实,然后健全长效机制。"胡春强坦言。

"要让垃圾减量并被分类,最难的,是要改变村民延续了成百上千年的生活习惯。起初,大家都是不理解的,我听到最多的一句话就是'我家里的事你们管这么多干吗?完全是没事找事干'。阻力、压力都很大,怎么办?党员干部带头干。"胡春强回忆,当时在新川,一则垃圾分类的逸事广为流传:村民的厨余垃圾分不好,村干部上门手把手教,有村民还不懂,干部就直接把手伸进湿乎乎的垃圾桶,现场分给村民看。村里多次召开党员大会和村民代表会议,宣传垃圾分类的意义,开展业务培训,让每个农户都知道垃圾为什么要分、怎么分、分了去哪里,逐步提高村民的垃圾分类意识,引导各方共同参与。村妇联推出"垃圾分类巾帼先行"活动,将垃圾分类作为评选"美丽家庭示范户"的必备条件,并发动学生"小手拉大手",动员家长争创示范家庭;共青团以志愿者群体为主力,开展形式多样的倡导绿色行动。

除了倡导村民自觉行动,新川村还细化责任分工,将"门前三包"责任制,落实到每一户、每一人,每户都统一配发垃圾分类箱;明确网格员和保洁员具体职责,网格员不定期巡查,发现问题及时处理。同时,发挥党员干部带头作用,主动对自家私搭乱建进行清理。还积极帮助村里老弱病残户清洁居住环境。

垃圾分类是一项人居环境改善的"持久战",必须严格监督检查,健全长效管理机制。

新川村将垃圾分类工作纳入《村规民约》,作为村民的道德规范和日常行为规范。2020年版《新川村规民约》第四章"美丽家园"第十三条和第十五条明文规定:

第十三条 积极配合参与"垃圾分类四分法""五水共治""三改一拆""四边三化",村干部每天劳动一小时,共建美丽家园、共创美好生活。

第十五条 共同维护村庄整洁,认真做好包卫生、包绿化、包秩序"门前三包",门前屋后不得乱堆放杂物;辖区内企业要对运输车辆加强监督管理,严禁沿途抛撒各类垃圾和建筑材料,车辆按序停放,不得长期占用村主要道路。提倡实行垃圾入箱入池,严禁向河道、沟渠丢垃圾、排污水;圈养家畜家禽,禁止未经批准规模化养殖畜禽,严禁乱扔乱丢病(死)畜禽。

新川村每月开展检查各家农户的垃圾分类情况,并将考核结果予以公布。各自然村村口的村务宣传橱窗中,都开辟了"垃圾分类好坏榜",将垃圾分类做得好与做得坏的现场照片张贴出来进行对比,鼓励先进,鞭策后进。村党员干部实行联片包户,每人包干 10—20 户;妇联等组织实行分片包干,作为党员联系户的补充。开展评优活动,对评出的优秀垃圾分拣员、垃圾分类先进户和垃圾清理积极分子给予一定的奖励,并作为好人好事在全村进行宣传,鼓励大家做好垃圾分类。同时,建立完善生活垃圾分类不文明行为曝光通报机制,并探索将垃圾分类与个人征信系统挂钩,对于多次不规范垃圾分类且仍不配合的,对其进行曝光,并纳入失信黑名单。

2019 年,在新川张榜公布的"好人好事"简要事迹中,大量的年长者都成为保护环境积极分子——

村民司建明,67 岁,邱坞自然村人。他平日里就是个热心肠的人,邻里邻居都夸赞他为人正直善良,对村里的环卫事业非常热忱。有一次,保洁员开着保洁车在清理垃圾时,有一袋垃圾滑落打翻在路上。路过的司建明看到了,马上回家拿来扫把和簸箕将散落在路边的垃圾清理干净。

村民邵小英,70 岁,楼下自然村人。2019 年,新川全力推进精品村建设,各项工程项目施工持续深入,沿线主干道在进行线路整改、道路修整,导致沿线道路砂石泥土堆积,路面卫生堪忧。住在主干道边的村民邵小英主动帮忙清扫路面,即使太阳高照、天气炎热,但邵小英依旧每天坚持。她说:"村里为我们建设这么好的房子,还要修路,环境也搞得越来越好。我扫地这点小事和村里给我们办的大事比起来算得了什么?"

村民杨月娥,81 岁,涧下自然村人。某日新川村村委在各自然村巡查走访的时候,恰巧碰到一位老奶奶在村级公路边收拾竹梢叶子,便上前询问她在干吗。她说:"我看路上堆积了好多竹梢叶子,还有好多落叶,又杂乱,又影响环境和车辆通行,便赶紧过来清扫和收拾整理一下。"这位老奶奶就是新川村涧下自然村的村民杨月娥。她一向热心善良,助人为乐。年轻的时候经常无偿为村民缝制鞋子,现在老了依旧默默奉献,经常在家附近整理清洁道路两旁的垃圾,无私地做着一些力所能及的好事。

......

司建明、邵小英、杨月娥等村民所做的事情,虽然看似一件很小很普通的事,却真实反映了垃圾分类的卫生环保意识,已经像无声的春雨一样,渗进了新川村民的心灵深处,润养着新川这片美丽的土地。村民们越来越看重自己在维护环境卫生过程中的作用,每月的卫生考评结果在墙上公示,哪怕只有零点几分的差距、一两位的排名落差,都让村民们很关注,甚至为此争得面红耳赤。

"像司建明、邵小英、杨月娥这样的好人好事在村里还有很多很多,"专门负责卫生、保洁的新川村委委员吴利刚说,"新川村这几年最喜人的变化,不仅是环境变好了,还有村民卫生环保意识变强了、变自觉了。"

如今,不论是谁,只要走进新川村,就会为这里超乎异常的整洁干净而震惊:见不到生活垃圾,哪怕是一张小小的废纸;每条道路都宽敞平整,两旁没有任何堆积物;更见不到乱窜的鸡、飞舞的苍蝇……在村里走着,你可能还会产生幻觉,怎会有这么整洁的乡间村落? 该不是画作,该不是梦境?!

没错,这的确是如画之梦境,只不过生活在此的村民,把梦境化为了现实。

山水相依解乡愁

村民楼舍

新川，因山而生，蕴藏大美之气。

这里，群山连绵，山上植被丰富，竹林茂密，地下水十分丰富。每当雨季来临，新川四周的山岭就像海绵一样喝饱了水，雨水沁入地下，又从岩石缝中溢出，形成四季不断、川流不息的山泉，四周山岭的潺潺山泉汇聚到一起，形成了一条穿村而过的溪流，当地人亲切地称作"溪涧"。

人们因水而栖，染就生命底色。新川村涧下自然村就是因位于这条溪涧的下游而得名。

溪涧的河水穿过新川村，全长超过5公里。自古以来，那清波绿水环村而流，犹如母亲柔和的双手，亲昵地拍打着布满青苔的溪涧两岸，默默地哺育着这个江南小山村。曾经是南太湖水源地之一的新川，如今成为长兴县最大的生态饮水工程——合溪水库的重要供水源地。

一方水土滋养一方人。无论是在家的新川人，还是出门在外的游子们，都不会忘记溪涧中的清清泉水，以及孩提时代在溪涧里戏水的场景。

张天任是土生土长的新川楼下自然村人，溪涧承载着他儿时全部的快乐。"那时，溪涧从我的家门口流过，溪涧边长满了枫杨、杨梅、李树等树木。每天清晨，家家户户到溪涧里挑水，把家里的水缸挑满。"他回忆着说，一到夏天，他和小伙伴们总会跳进溪涧中玩水、抓鱼、摸螺蛳，玩累了就爬到溪边树上摘果子吃。

新川山泉水清冽、甘甜，含有多种微量元素，用它煮茶格外香醇。用其做出的豆腐也极具特色，不仅爽滑，还比自来水做的格外出豆腐。暑天人们热了渴了，喝一口清凉的泉水比任何一种茶水、饮品都解渴消暑。如今，住在县城的年轻人，周末回家带回几个塑料桶，灌满几桶泉水，开车运回县城，供全家饮用。

新川村的老人们都很长寿，个个身体康健，80 岁以上的老人还经常下地干活、种菜园。村里十几位年过 90 的老人，看起来一点也不显老，依然红光满面，走起路来一阵风。如果问起他们的长寿秘诀，他们都会骄傲地说，我们是喝新川溪涧的水延年益寿的。所以，村子里很多人都把新川溪涧叫作"长寿溪"。

数百年来，新川村民沿溪而居。这条溪涧是新川人的宝贵资源，但之前因农户生活垃圾、生活污水乱排乱倒，河水受到了污染，不再像从前那么清澈、干净。尤其是改革开放后，由于石矿开采和那些小企业废水的无序排放等原因，溪涧河道经常淤塞，水质变得浑浊、发臭。从此，村民再也不到溪涧挑水吃，而是学城里人改用自来水。大家各自到山上找一口泉眼，修好一个小水池接上水管或者是竹子，一直通往家中，这就是新川村独具特色的"自来水"。2004 年以前，曾有一个段子说："新川溪涧的水，20 世纪 60 年代可淘米洗菜，70 年代水质变坏，80 年代让鱼虾绝代，90 年代洗不净马桶盖，2000 年溪水变牛奶。"

水不仅是生态，是经济，也是民生。如何治水，成为摆在新川人面前的一个重要命题。

早在 2003 年 12 月，长兴县委召开了一次党代会，决定用铁的手段、铁的决心、铁的纪律、铁的措施治理污染。这次会议后来被人们称为"不发展会议"。新川人响应长兴县的号召，积极落实环境整改，以治水为突破口，倒逼产业转型升级，决不把污泥浊水带入全面小康。

特别是 2013 年底，浙江省委、省政府作出"五水共治"的决策部署以来，长兴县全面吹响了实施"治污水、防洪水、排涝水、保供水、抓节水"的号角，打响了消灭"黑臭河""劣 V 类水"的攻坚战。

新川村率先响应"五水共治"决策部署，到 2015 年底，在一

绿色风光

年时间里，完成了对垃圾河、黑河、臭河的清理，实现了由"脏"到"净"的转变；同时实施了截污纳管、河道清淤、污水治理等工程，新建了溪涧河道拦水坝，开展"厕所革命"和下水道工程建设，采取微动力＋人工湿地治理模式，开挖管网8500米，彻底杜绝生活污水流向溪涧，实现了由"净"到"清"的转变。

与此同时，新川村全面落实长兴县推行的河长制，对每条小河、小溪都确定了一名河长，由村委干部和村民代表担任河长，共同组建护河护溪小分队，全天候开展巡查，明确奖惩机制，确保河道保洁常态化。

为了保证巡河不走形式，村里要求河长严格遵照日巡查、周评价、月考核的标准，每次巡查时都要填写详细的巡查记录表，要有绘图、拍照、摄像，做到巡有记载，查有依据。河长们每天早上都要沿着溪涧河道走一圈，看到水上有漂浮垃圾就及时打捞，看到有人乱扔垃圾及时劝导、教育，河中垃圾多的时候联系河道保洁员及时清理，一点点杜绝了沿河村民生活垃圾入溪的恶习。

退休老干部杨汉芳是新川村涧下自然村人，对村里的溪涧有着深厚的感情。他在担任新川村主任期间，总是身先士卒参加治河巡河。2017年3月，他退休后，仍然不改治河巡河的热情。每天早晚，他都习惯性地在溪涧边走一走，看一看，看到溪边有垃圾就立即清理，看到有人往溪里倒生活污水，赶紧上去劝阻。"这条溪涧千百年陪伴着新川，我们要为子孙后代着想，不能在我们手里变脏了。"杨汉芳挺直腰板说。

治水只有进行时，没有完成时。2018年，新川村根据《浙江省"五水共治"（河长制）碧水行动实施方案》的要求，结合浙江省美丽乡村特色精品村创建活动，深入开展水环境质量整治提升行动和溪涧生态修复行动。

新川村党委副书记胡春强介绍,在这次"碧水行动"实施过程中,新川村成立专门的工作小组,累计投资1000多万元,将治水与美丽乡村、水利工程、生态保护、休闲旅游等有机结合起来,按照"清障、治乱、增绿、治水"方案,分别开展农村生活污水升级治理、张坞涧难综合治理、张坞桥段水利护岸及拦水坝景观工程建设,完成了全村水沟抢修及砌帮工程。为加固邱坞岇水利护岸,排除安全隐患,新川村还新建了3条拦水坝,2座堰坝,将原沿溪公路拓宽了2米多,更加便利了村民的通行,使原本只能单向行驶的道路变得可以双向通行,也减少了不必要的道路交通事故。

在这次"碧水行动"中,令村民称道的是村里对自来水"乱象"的整治。花了整整两个月时间,村干部带着工程队的人员,对四个自然村的自来水问题进行了全面规范整治。他们上山,将私自挖开的泉眼全部堵住,将所有私自安装的水管一一拆除。在各自然村分别建成一座座现代化"水井",为各家各户供应安全的自来水。

借"碧水行动"契机,新川村对整个河道进行清淤,结合精品村的建设,对河道进行景观绿化、种植亲水植物、修建滨水健身步道和亲水景观平台、架设太阳能景观灯。2019年,依托溪涧的河道,一个集水利、生态、景观等多功能于一体的溪涧公园建成,实现溪涧由"清"到"美"的转变。村里对溪涧河道实行"四禁",即禁渔、禁采、禁养、禁倒。村里还专门在河道上安装了多个摄像头,监控与村办公室电脑和村干部的手机对接,村干部随时可以监控河道情况。想看哪条河、哪口塘,鼠标或手机一点,碧绿的水面就出现在了眼前,每条河道都清晰可见。

如今,这里的水更秀了。近几年,新川河道断面水质达标率始终保持在100%。

　　这里的景更美了。溪涧小河碧波荡漾，中央喷泉汩汩喷涌，营造了一种"花香日丽四季春，碧水涟涟胜桃源"的别样美景。

　　这里的业更兴了。得益于近年来生态环境的显著改善，生态旅游、亲水体验、休闲运动、精品民宿等美丽经济风生水起，俨然已经成为新川村产业振兴的一张新名片。

生态宜居

第五章

组织振兴强乡村

乡村振兴、共同富裕,组织振兴是根本和保障。组织强,则乡村强;组织弱,则乡村弱。实施乡村振兴和共同富裕,必须牢牢抓住农村基层党组织这个根本,选好配强党组织带头人,充分发挥党建引领作用,夯实农村基层力量,不断提升组织力、战斗力、凝聚力、发展力。

新川村的发展之道就在于做到了党建与发展的统筹,以强党建推动大发展。新川村是村干部带领村民追求共同富裕的典型,没有党委书记带领村民们努力探索新路、追求共同富裕的初心和公心,就很难有今天新川村的共同富裕和乡村旅游、建设美丽乡村的成功实践。多年来,新川村始终有一支敢想敢拼、敢打硬仗的党员队伍,因此才能保证党的路线方针政策得到贯彻落实,才能抢占发展新高地,赢得发展加速度,实现新川村发展的完美升级。

赓续红色基因

东山支部旧址

长兴煤山镇,是抗日战争后期新四军苏浙军区的指挥中心,也是当时我党我军创建的一个重要革命根据地,被誉为"江南小延安"。粟裕、叶飞、王必成、江渭清、刘别生等著名抗日将领和很多新四军战士、游击队员曾在此艰苦战斗。丰富的红色资源,浸润着这片土地;绵延70多年的红色故事,经久不息。

1943年秋,日寇大肆进犯苏浙皖边区,新四军六师十六旅在旅长王必成、政委江渭清带领下,挺进郎溪、广德、长兴一带。年底,旅部进驻长兴县煤山镇槐坎乡,建立了以槐坎为中心的浙北敌后抗日根据地,在煤山一带的槐坎、仰峰、新川、白岘等方圆几十平方公里的崇山峻岭中点燃抗日的烽火。1944年12月,为扩大江南解放区,苏中新四军一师主力在粟裕率领下渡江南下,发展苏浙皖边区,在长兴煤山与十六旅会合。1945年1月,新四军军部根据中央军委电令成立苏浙军区,任命粟裕为司令员,谭震林为政委,统一指挥苏南及全浙的抗日斗争。

在党的领导下,新四军苏浙军区就在武装斗争的间隙,在枪林弹雨的夹缝里,全面推进县区乡保各级农会等基层组织建设,建立起稳固的政权体系;大力推行减租减息,恢复和发展农村经济;建设兵工厂、被服厂、粮站等,健全后方保障系统;建设党组织、发动农民、教育农民,培养了大批优秀的农村干部,为煤山这片红色的土地注入了红色文化的基因……在烽火连天的岁月里,苏浙军区军民发扬铁军精神,不畏艰险,浴血抗争,为民族的解放、人民的自不懈斗争,为根据地人民留下了极其宝贵的精神财富。

新川,是煤山区域新四军红色抗日根据地的重要分支之一,是新四军苏浙军区革命根据地的一个缩影,有着不可磨灭的红色印记。这里,东、西、北三面环山,南扼煤山通往长兴的交通要道,一夫当关,万夫莫开,进可攻,退可守,战略位置十分重要,自古以来就是兵家必争之地。

1943年,新川历史翻开了崭新的一页。是年秋,新四军六师十六旅威震敌胆的"老虎团"——四十八团刘别生团长为新四军兵工厂选址,来到新川实地考察,认为这里地形复杂,道路崎岖,隐秘安全,民风淳朴,是建设兵工厂最理想的地点,派武装干部、技术人员在新川邱坞里胡家大院创办了手榴弹厂。手榴弹厂建起来后,新川村民掀起支援新四军造武器的热潮,把家中能收集到铁器全部送到兵工厂,把能挂果卖钱的银杏树砍了给兵工厂做手榴弹柄。兵工厂很快造出了大批手榴弹,送往前线打击日寇,为"杭村战役""长兴战役""周城战役""泗安战役""青岘岭战役"等战役的胜利做出了不可磨灭的贡献。

在抗日战争的枪林弹雨里,新川最早的党组织——中共张坞党支部悄然成立。1944年8月,新四军敌工部部长许国同志带领武装工作队进驻张坞,广泛开展抗日救亡、发动群众的宣传工作,着手开展党组织建设。经过慎重考察,分别对胡仕英、胡仕年、胡培年、胡岳方、胡浩泉等抗日积极分子进行重点培养教育。1945年4月中旬,春光明媚,在新川东山山脚下的毛竹园中的一间小茅草房里,中共张坞支部召开了成立大会,茅草房的竹墙壁上挂着鲜红的党旗。许国同志带领胡仕英、胡仕年、胡培年、胡岳芳、胡浩泉进行了庄重的入党宣誓,胡仕英被选举为中共张坞党支部书记。在党的领导下,新川人民投入到如火如荼的减租减息、建设兵工厂、支援前线等抗日救亡的革命运动中。

许国同志在张坞发展地下党组织的同时,还积极发展儿童团,培养无产阶级革命接班人。当年的儿童团团长胡焕初,如今已经九十多岁。胡焕初回忆,1944年,许国同志在他家住了近两年,同他一家人感情深厚。那时他只有十来岁,许国同志很喜欢他,把他认作干儿子,培养发展他为儿童团团长。儿童团成员还有胡德松、胡善卿。许国同志时常给儿童团宣讲共产党员的精神和新四军的抗日故事,后来胡焕初加入了中国共产党,新中国成立后担任了新川村的干部。

1945年9月,新四军北撤,许国返回部队,胡仕英和胡浩泉转战他乡,坚持斗争。后来胡浩泉在对敌战斗中受重伤,于1948年逝于广德县独山村。胡仕英在新中国成立后胜利返乡,长期担任煤山林场和乡镇领导。胡仕年、胡培年和胡岳芳三名同志转入地下隐蔽,至1982年县委落实政策,恢复3位同志党籍,党龄从1945年算起。

1949年5月,新川迎来解放。新川人民继承红色基因,在党的领导下,成立了新川一村、二村农会,积极开展土地改革,保卫红色革命政权。当时,以陈贞奎为首的国民党残余势力不甘心失败,组成反共救国军,盘踞在新川白茅山丫削口的山洞中,伺机破坏新生的人民政权。1949年9月中旬的一个晚上,新川二村村民们正在张坞新屋里召开全体村民会议,贯彻上级土地改革相关政策。国民党兵匪得知后,十几个人下山准备血洗会场,幸亏我方早已安排武装防范,匪徒未敢动手。几天后,新川村农会干部胡正林在巡山途中,惨遭兵匪杀害,年仅37岁。面对敌人的猖狂进攻,煤山区党委组织民兵出动区中队全面搜山,击毙几个兵匪,活捉匪首陈贞奎,陈贞奎被人民政府公审枪决。

新中国刚刚诞生,新川村和全国人民一样渴望有一个和平的建设环境。然而,1950年朝鲜战争爆发,战火烧到鸭绿江边。1950年10月,"雄赳赳、气昂昂"的中国人民志愿军跨过鸭绿江,拉开了"抗美援朝、保家卫国"的序幕。在抗美援朝战争中,新川村先后有胡焕初、胡培其、胡士青、张彬元、杨荣章等适龄青年参加了中国人民志愿军。1951年6月1日,中国人民援朝总会发出了捐献武器的号召,号召全国各界爱国同胞,不分男女老少,用

村务公开长廊

新增加的收入购买飞机大炮等武器,捐献给志愿军。新川人民积极响应这一号召,有钱的出钱,有力的出力。新川村农会干部带头捐款,方积善变卖家产捐献50万元(旧币,相当于50元人民币)。在农会干部带动下,5天时间新川村一共捐款1300万元(旧币,相当于1300元)。在新川这方红色热土上,新川子弟踊跃参军、变卖家产捐款的动人事迹,一时传为佳话。

改革开放以来,特别是党的十八大以来,新川村历届党组织带领村民们探索出的村级党建及党建引领下的经济发展、生态保护、文化培育、社会治理的理念与模式,继承和保持着当年新四军鲜明的铁军精神,并在坚持不懈的实践中丰富内涵,创新发展,让新川的红色血脉在岁月的洗礼中越来越鲜明。

为弘扬铁军精神，传承红色文化，2019年，新川村建起了初心馆，采用图文影像、文物展示等形式，集中展现与煤山党组织建设及新四军苏浙军区相关革命事迹，生动形象地反映了中国共产党领导人民抗击"日伪顽"的斗争历史和烽火岁月。同时，在东山脚下原中共张坞支部旧址上，新建了东山党建主题公园，并在新四军当年战斗过的崇山峻岭上新建了红色古道，将初心馆、东山党建主题公园与槐坎、仰峰、白岘等地独特的红色资源和丰富的山水景观连成了一条百里"红色古道"带，打造成为环境优美、内涵丰富、特色鲜明的爱国主义红色教育基地。依托这条百里"红色古道"和美丽乡村精品村建设，越来越多的学生前来接受红色教育；越来越多的单位组织预备党员前来东山主题党建公园庄严宣誓入党；越来越多的老党员也到这里重温入党誓词；越来越多的游客沿着百里"红色古道"健步行走，将铁军精神传播得更远。新川很多村民的美丽庭院中，都种植了一盆盆的映山红盆景，既为美化庭院，更想用这红得像火一样的映山红来缅怀70多年前的红色岁月，让新川村的红色文化内涵更加丰富。

2021年4月27日，浙江省委常委、省委副书记黄建发来到新川村考察，参观了新川村乡村振兴案例馆、初心馆、诚信馆、幸福之家、文化礼堂、溪涧公园和东山党建主题公园，考察了村容村貌、数字赋能基层治理和红色党建等情况。当他走进幸福之家时，一群老人们围了过来，兴奋地讲述着新川的变化，感谢党、感谢领导的关怀。黄建发高兴地对老人们说："这都是因为你们有一个好书记呀，要感谢就感谢你们的张书记！"

临别时，黄建发对张天任说，新川村坚持党建引领，充分发挥党组织的战斗堡垒作用和党员的先锋模范作用，共建共享，造福百姓，使经济得到健康发展，环境得到良好保护，群众过上幸福的生活，我感到很欣慰。今年是建党一百周年，你们新川就是一个很好的红色教育基地,可以让更多的党员同志来这里接受党性教育,听党话,跟党走,时刻不忘自己是一名共产党员,牢记共产党员永远不变的初心,把新川村打造成永不褪色的红色阵地。

是啊,虽然战争硝烟早已散去,但我们什么时候也不能忘了,我们是从哪里来,要到哪里去。不能忘了革命先烈,不能丢了红色基因。新时代的新川,正传承着这份红色基因再出发!

聚力红色引擎

农村富不富,关键看支部,村子强不强,要看领头羊。全面实现乡村振兴,走向共同富裕,更需要党建先行。

追溯新川几十年的发展历程,每一步都离不开党建工作"红色引擎"的强力拉动。特别是党的十八大以来,随着国家乡村振兴战略的全面实施,农村党建工作的内容和形式发生了深刻的变化。为了提高各党支部建设水平,打造一支过硬的战斗堡垒,新川村党委抢抓机遇,坚持创新,始终不断加强党组织管理制度建设,出台了新川村党员管理五大制度。

第一是党员教育管理制度。严格执行"三会一课"制度,定期召开支部党员大会、支部委员会、党小组会,按时上好党课。每月组织开展一次党员组织生活日活动,通过统一时间、统一形式、统一主题,推动"三会一课"等组织生活制度正常化、规范化。各党支部在做好活动文字记录的同时,依托"红色e家"党建云平台和微信群,及时将各支部的活动图片、视频上传备查,实现对党员教育管理的网络化、信息化。

第二是党员作用发挥制度。落实党员"联五包六"制度,联系五户群众,包干六项工作:意见收集反馈、矛盾纠纷解决、重大事

党员大会

项传达、违规事项劝阻、结对共建帮扶、惠民政策宣传。党支部班子成员做到"四必访"：群众有不满情绪必访、困难家庭必访、危重病人家庭必访、空巢老人家庭和留守儿童及留守儿童家庭必访。做到"联系不漏户、党群心连心"。不管大事小情，哪怕只涉及一户群众，党员干部都会到群众家里的小板凳上坐一坐，面对面听听他们的意见。

第三是党员义务劳动一小时制度。实施村干部和党员每天劳动一小时的硬性制度，强化党员干部分片包干。每天村干部带头打扫村内道路，捡拾垃圾，拉近与群众的距离，营造良好的生活环境，也对群众产生一种感染力、感召力，引导村民自发加入义务劳动的行列。

第四是党员身份证制度。针对新形势下党员队伍建设普遍

重温入党誓词

宣讲两会精神

表彰优秀党员

存在的"党员流动难查找""关系转接难落实""双重管理难到位"
"权利行使难规范"等问题，推行党员身份证制度，依据现行党内
年报统计分配的地方和基层党组织编码，为每名党员确定18位
数的"党员身份号码"，采用智能ID卡技术，制作签发一张党员
身份证。党员凭证刷卡就近就便向党组织报到登记、参加组织活
动、实现考评管理，推动党员队伍从传统的基于组织关系隶属的
单位人管理模式，向适应市场经济条件下的党员流动多样化、身
份多重性的社会人管理模式转变，真正让流动党员感受到"流动
不流失，离家不离党"。

第五是党员先锋指数考评制度。用星级评定和党员积分考
核党员干部，切实增强党员的责任意识、服务意识和担当意识。

村民议事会每个季度都会将每个党员和村级班子的先锋指数评价表发给村民代表，由村民打分。对平均分不及格的，党支部进行组织谈话，给予警告，三次考评不及格说明过不了群众这一关，就需采取进一步处置办法。村民把这叫作"驾照式"扣分管理模式。

新川村的"五大制度"在执行上雷厉风行，由此带来的党组织创造力、凝聚力和战斗力的大提升，党员作风的好变化，以及村庄治理和服务群众的高效率普遍而明显。

2008年初，为了发挥富裕村的带头作用，长兴县煤山镇调整行政村区划，将楼下村同其周边的涧下、张坞、邱坞等四个村合并，沿用解放初期新川乡、管理区的名称，组建了新川村。

当时的楼下村，因为天能集团带动了村民致富，早在2006年就成为浙江省全面小康示范村。在合村后第一次全体村民代表会上，当选新川村书记的张天任动情地说："新川是我们共同的家园，我们要秉承铁军精神，发挥共产党员的先锋作用，带动大家实现共同致富，把我们的家园建设得更加美好。"

随着并村后的发展，2012年，新川村党建工作登上了一个新的台阶，新川党支部升格为党总支。2020年6月，新川党总支再次升级为党委，迎来了崭新的工作局面。新川村党委以"支部建在产业链前沿""一切工作到支部"为导向，推进党建提升工程，以产业链为基本网络，建立工业党支部、农业党支部、老年党支部和青年党支部四个党支部。

新川村党委紧抓党建工作不放松，激励全体党员干部艰苦奋斗，在经济建设中建功立业，生动诠释了"支部建在连上"这一党建思想的内在机制和实践伟力。新川产业发展到哪里，党组织就建到哪里，真正把"前沿支部"延伸到产业振兴的最前哨，切实把服务产业发展、推动共同富裕落实到党组织的神经末梢。

2021 年，全村共有共产党员 105 人，其中工业党支部 22 人，农业党支部 24 人，老年党支部 27 人，青年党支部 32 人。党委班子成员全是精兵强将，在一、二、三产业领域里都是行业先锋。每个党员都有发挥作用的舞台，是各条战线的"排头兵"。党委班子成员和党员不但自己是经济能人和创业先锋，而且有着很强的带富能力。

村党委书记张天任创办了天能集团。自 1998 年起，天能与新川开展村企共建，通过引导村民就业，发展壮大村级经济，建起了一条条富民惠民的就业链和产业链，推动企业与周边村庄、职工与村民共同发展、共同富裕。新川村劳动年龄段近 70% 的人直接或间接在天能实现就业创业，与天能配套的企业多达十几家，真正实现了龙头企业"一龙带百小"的引领效果。村子里亿万富翁有十多个，千万富翁有上百个，人均年收入在 2020 年达 15 万元，远远超过国内很多一线城市水平。村里还有 200 多户农户在全国各地从事新能源电池销售等绿色服务产业，既实现了个人创业梦想和全面小康梦想，还促进了当地经济社会发展，带动了全国上百万城乡居民实现高质量就业。

新川村的村民们都说："给钱给物，不如给个好支部；有个好书记，齐心又协力。"新川村能有今天富裕祥和的局面，主要在于全体村民的团结奋斗，更与党组织的威信分不开。而党组织的威信又源于村党委强村富民的决心和全心全意为民谋福利的行动，源于村领导班子的坚强领导，源于党员干部的先锋模范作用。

新川村工业党支部的 22 名党员，都是新川村各企业的负责人或者管理精英、业务骨干。比如党员张敖根，是上海银玥新能源材料有限公司的法定代表人，公司营业收入达 300 亿，创造利税 2165 万元；二业党支部书记许海帆，是长兴长顺科技有限公司的法定代表人,公司带动了新川村及周边村200多村民就业,2020年实现销售收入1.5亿元,上缴利税1050万元;党员蔡剑芳,是浙江宝能电源有限有公司的法定代表人,公司带动了新川村及周边村530多位村民就业,实现年销售收入6.8亿元,税收1200万元;党员胡汉平,是长兴恒能耐火隔板有限公司的董事长,公司带动了80多位村民就业,年产值7000万元,创造利税300多万元;党员胡仕金,是长兴堃鑫电子科技有限公司法定代表人,公司带动了45位村民就业,年销售额5000万元,创造税收250万元;党员吴汉文,是长兴鹏飞纺织有限公司的董事长,公司带动了58位村民就业,实现年产值3000万元,利税210万元……党员们带头创业,带头闯市场,为新川产业振兴和带动村民共同富裕发挥了战斗堡垒作用。

致富路上,一个都不能少。新川村早在2006年就消除了家庭人均年收入低于4600元的绝对贫困状况,但每年仍有极小部分低收入农户(包括低保户、低保边缘户、支出性贫困户)因各方面原因还处于相对贫困状态。为加快建成高水平全面建成小康社会和共同富裕的村域典范,2017年以来,新川村围绕低收入农户增收致富这一重点,充分发挥党员干部的先锋模范作用,以"党员+产业+低收入农户"为抓手,实行"1对1""N对1"的帮扶措施,结对帮扶村里的低收入农户迈上致富路,实现户人均年收入持续增收两万元以上。

新川村张坞自然村村民胡良维原本是村里的低收入户,也是张天任的结对帮扶户。2018年8月,张天任在胡良维家走访时,了解到胡良维因儿子早年经商失败,欠下几十万债务。胡良维还反映,他和妻子一直在自己家门口的山岭上放养蜜蜂,自家酿制的蜂蜜和蜂王浆是纯天然纯手工品质,市场上很难买到,但是由于自己没有销售渠道,所以产品很难卖到外面去,只能卖给邻居和村民来维持生计。听到胡良维反映的困难后，张天任一边安排胡良维的儿子去天能集团工作，一边主动帮他联系了长兴和湖州的蜂蜜加工厂，打开了他的蜂蜜销售通道。

2020年6月19日，煤山镇首届农旅风情节举办，为农特、民俗产品搭建展示、销售的平台，更面向低收入农户开展"爱心企业认购""志愿服务帮销"的活动。活动当天，张天任发动新川村新时代文明实践站的志愿者们自驾车帮助胡良维运载蜂蜜、蜂王浆等，带他到煤山风情街设点摆摊，帮助推销蜂产品，当晚销售蜂蜜260瓶，蜂王浆120瓶。2020年7月，新川村诚信馆对外开放，其中一个区域是助农增收，展示销售胡良维家酿制的蜂蜜、蜂王浆和花粉，一些村民和游客纷纷购买，短短10天时间内就获得了5000多元的销售收入。如今，在村党委和张天任的帮扶下，胡良维家自酿的蜂蜜、蜂王浆已经成了市场上的"香饽饽"，当年增加收入3.5万元。

新川村邱坞自然村村民徐新云也是张天任的结对帮扶对象。徐新云原本在茶山上种植茶叶，2017年村里响应县政府号召退茶还林，徐新云投入在茶山上的钱全部损失，家庭也失去了收入来源。得知徐新云家的实际困难后，张天任帮助他申报了县级自主发展产业补助，然后联系相关的养殖技术、销售渠道，使得徐新云能够在三年内得以脱贫，年收入增加两万元。目前，徐新云成了村上的养鸡大户，幸福感和收获感满满。

新川村涧下自然村村民杨新权和张坞自然村村民胡菊凤原本都是村里的低收入农户，也都是村党委副书记胡春强的结对帮扶对象。胡春强主动上门与他们面对面、心贴心地交流，了解走访他们的低收入基本情况及发展意愿，交流探讨致富方向，坚定他们的致富信心。杨新权没有固定工作，靠打零工难以负担整个家庭的开支。胡春强帮助杨新权联系相关的养殖技术，让他在下齐岭畜养牛、猪、羊等,每年增加收入 3.1 万元,顺利脱贫。胡菊凤本身残疾丧偶,独自抚养儿子,生活困难。胡春强除了安排她到自家的企业里上班,做一些适合女性做的简单的手工活外,也安排她的儿子到自己企业上班,帮助母子俩年人均增收 5.9 万元。

在新川,党支部就是主心骨。"不怕有个乱摊子,就怕没有好班子。"合村 13 年来,面对四村合一的特殊村情,新川村党支部主动作为,团结一心,从协调利益关系到发展主导产业,从环境整治到五水共治,从垃圾分类到美丽庭院,从美丽乡村到精品新村,从培育文化认同到党员结对帮扶……一任接着一任干,体现了直面矛盾、敢于担当、勇于负责的精神,展现了善谋事、会干事、能成事的真本领,也为全村党员干部树立了新样板,带出了好作风。支部心里有群众,群众心里有支部,支部对群众"有求必应",群众对党支部"一呼百应"。这样的党支部,自然是群众信得过的主心骨,更是坚强有力的战斗堡垒。

贴心的好书记

张天任带领志愿者巡河

雁飞千里靠头雁,船载千斤靠掌舵。

2021年4月,浙江省委常委、省委副书记黄建发在新川村调研考察时指出:"新川村产业兴旺、生态宜居、乡风文明、治理有效、生活富裕,关键在于有个好的党支部,有张天任这个好的书记带头人。新川村的发展实践证明,只有选准选对选好一个好支书,才能保证党的路线方针政策得到贯彻落实,才能维护和发展好全体村民的利益,才能把老百姓们拧成一股绳,心往一处想,劲往一处使,促进农村各项事业的稳定发展,从而实现乡村振兴、共同富裕的目标。"

的确是这样,在新川村村民的心里,张天任是一个懂经营、会管理的企业家,是一个致富不忘乡亲的领路人,更是一个时刻将村民冷暖放心上、对村民给予无私关爱的好书记。

从楼下村的村支书到合并后的新川村党委书记,张天任担任村书记已有23年的历史。23年来,他不计较个人得失,积极发挥共产党员先锋模范作用,紧紧围绕新农村建设这个中心,勇于创新,扎实工作,带领村民走上共同富裕的道路,先后荣获"浙江省优秀共产党员""浙江省担当作为好书记""全国非公有制经济人士优秀中国特色社会主义事业建设者""全国劳动模范"等多项荣誉称号。2021年6月28日,全国"两优一先"表彰大会在北京人民大会堂举行,张天任又被授予"全国优秀党务工作者"荣誉称号。张天任接受媒体采访时,感慨地说:"这次受到党中央的表彰,对我来说,是一次难忘的经历,也是无上的光荣。作为共产党员,我将时刻牢记初心使命,艰苦奋斗,创业创新,为人民群众的共同富裕,为中华民族的伟大复兴,为'两个一百年'的奋斗目标,贡献自己的力量。"

张天任和成千上万个浙商一样,凭着敏锐的商业嗅觉、聪慧的经营头脑、坚忍不拔的创业精神,把握时代的每一个鼓点,一步步将自己的事业做大做强。他从 1988 年以 5000 元起家,驾驶着"天能电池"的航船搏风击浪,用 30 多年时间,将一家负债累累的村办小厂,打造成年销售收入突破 1600 亿元的国际新能源巨头。他除了要兼顾村里和企业两头事务之外,还是第十二届、第十三届全国人大代表,积极履职参与共商国是,并担任电池、电动车等行业协会会长、副会长,中国轻工业联合会副会长,全国工商联执委,浙江省工商联副主席等社会职务。

尽管已是赫赫有名的企业家,但他从未想过放下村里的工作。无论是创业初期,还是取得成功之后,张天任总是一腔热情、无私奉献,用真情温暖故土,推进村里各项工作。新川产业绿色转型、生态修复提升、精品村建设……其中有多少事情,一桩桩、一件件,无不事关村民的切身利益,无不牵动着他的心。

"既然乡亲们信任我,上级支持我,我就不能辜负大家的期望,就要充分发挥一个共产党员的先锋模范作用。"张天任说。为了村上的工作,他给自己定下了一条规矩,不管企业事务有多忙,每个月至少要回村里 3 次。一回到新川,他就翻山越岭、走家串户,用脚步丈量民情,为党员上党课、宣贯全国两会精神,以实际行动践行一名村书记的使命和担当。

2018 年 1 月 24 日,大雪下了整整一夜。住在城里的张天任当晚没有睡好,一直在担心着村里的安全。第二天一大早,张天任专程赶回新川,只见道路上满是厚厚的积雪,这将给村民的生活和出行带来极大的不便。不容分说,他来到村委会办公室,找了一把铁锹,同其他党员干部一起开始清除路面上的积雪。在张天任身边铲雪的村干部,见书记飞快地铲着积雪,悄悄地问他:"今天是不是有什么重要领导要来?"张天任继续挥舞着手中的铁铲,笑了笑,说:"为了你这个'重要领导'开车方便。"对方一听乐了。

　　大家有的铲，有的推，有的扫，相互配合、齐心协力清除积雪。受到这种场景的鼓舞，新川村的村民也自动加入到清雪队伍中来。清除完道路积雪后，牵挂着村民的张天任又来到了村里老干部、孤寡老人的家里，仔细询问他们的低温保暖、生活物资储备等情况，并一再叮嘱他们，有问题、有困难要及时联系镇里、村里的党员干部。

　　2020 年是一个不平凡之年，张天任带领全体党员干部经受住了新冠肺炎疫情的考验，确保了村内企业提前复工复产。同时，他为了拓展新川旅游产业，带领村两委一班人马，决定对竹良庵高山稻田进行复耕，开发农业观光园。高山稻田位于海拔300 多米的竹良庵山顶，可追溯到明代弘治年间，距今已有 600多年的历史，是《长兴县志》记载海拔最高的水稻田。改革开放以

张天任带头清理道路积雪

张天任在施工现场

后,由于新川村大力发展工业经济等原因,高山稻田便撂荒了。

复耕后的农田,吸引了城里人的眼睛,现已成为网红打卡的景点。

"要让乡亲们都过上比城里人更富裕、更幸福、更体面、更有尊严的日子,要让所有的村民都说共产党好!"这是 1998 年,张天任上任新川楼下村党支部书记时立下的铮铮誓言,也是他 20 多年来一直不忘的初心和奋斗目标。

在张天任看来,自己肩负的重任,就是要带领全村人建设好美丽家园,实现共同富裕。

在天能集团上千平方米的企业展示厅里,最引人注目的是这样一件特殊的展品:几间破旧的房子,几台简陋的机器……这就是当年新川人艰苦创业的场景。

1991年,承包蓄电池厂后的张天任,郑重地向党组织递交了入党申请书。他在申请书中庄严地承诺:永远跟着党走,办好工厂,带领村民迈向共同富裕。"我接手时的天能是村办企业,我的初衷就是办好工厂,不但个人要富起来,还要让村里的人有地方上班,在家门口实现就业,能够共同走向富裕。"自从担任村书记以来,张天任的这个初心一直没有变,这份初心体现的是一份血浓于水、入骨入髓的担当与情怀。

从天能集团退休的新川村民钱杏仙,说起1988年张天任帮助自己的老公解决就业的故事,心里总有一种激动。那时她小孩开始上小学,自己选择进了天能,成为天能最早的一批员工。那个时候一天有3块多钱的收入,她心里非常满足。后来,她下班一回家,丈夫总要和她吵架。张天任一了解,得知是她丈夫在家做农活收入少闹情绪,特地安排她丈夫进了工厂,根据她丈夫开拖拉机的特长,安排其负责机修工作。从此,钱杏仙与丈夫一起安心地在天能踏踏实实地上班,一直工作到退休。她从一个普通的农村妇女成长为一名生产管理者,公司还为她个人配有期权。10多年前,她家里就建了小别墅,有了不菲的存款,儿子也在经营天能电池销售,有了自己的事业。"没有董事长,没有天能,就没有我的今天。"钱杏仙对自己一家过上幸福富裕的生活,时常这样感慨地说。

胡仕金曾经是和张天任一起打拼的小伙伴,后来离开天能独立创业,开了一家公司却并不顺利,而张天任的天能如日中天。取得巨大成功的张天任说:"我虽然富了,但是如果胡仕金没有富,村民们没有富,那我的事业就是失败的。"因此,在胡仕金创办企业生产电动车充电器时,张天任给予了大力支持。当天能在河南孟州投资建设新的生产基地,张天任再次让胡仕金在孟州办了一个塑壳公司,与天能配套生产塑壳配件,助力胡仕金在创业路上重整旗鼓。

……

有了天能，有了张天任的帮助，新川人的日子越来越红火，村民一个个富起来了。如今的新川，已经形成"天能制造，新川配套"的产业发展生态圈，有 10 多家配套企业和现代服务业协同发展，建起了一条条富民惠民的就业链和产业链，实现了企业与周边村庄、职工与村民之间共进发展。新川成了远近闻名的富裕村，百万元户不在话下，千万元户至少有 100 多个，亿万元户也为数不少。这个不足千户的村庄，拥有小轿车 1200 余辆，八成以上的家庭在城里购置了房产，村上建有别墅 800 余幢。2020 年，新川村人均年收入已经超过 15 万元，居全国领先水平。

从单纯字面理解，"富"字是一房一口还有田，这大概是千百年来中国人对"富"字的最原始理解，也是这样在一房一口一田中不停地求索。但是，新川人的"富"却突破了对"富"字的传统理解，张天任赋予"富"字更为广泛的含义：兴企业、富个人，做事业、富大家。

是的，这就是张天任的富裕观。责任是创造价值的基础，这在一定程度上暗合了张天任商业逻辑的起点，也契合了一名共产党员的理想和情怀。他要打造的是一家有着强烈责任感的"价值创造型"企业。兴一家企业、促一方经济、富一方百姓，就是他深耕几十年绿色能源事业的责任所在。

在商场叱咤风云的张天任，骨子里有着饮水思源的浓厚情结。

在创业的过程中，无论遇到多大困难，乡亲们始终不离不弃与天能共渡难关。这在张天任心中烙下了极为深刻的印记，对他的价值观产生了巨大影响。张天任经常说，我是农民企业家出身，对农民有感情。他立下两个誓言："一是感恩，日后我要是有钱了,一定不能忘了我的乡亲!二是济困,人都有困难的时候,特别是我的农民兄弟们,人家有难处,你出手扶一把,也许就能改变他们的命运。"

新川的乡亲都不会忘记,每年春节快到的时候,张天任都要把村里的老党员、老干部和60岁以上的老人请到长兴县城里的大酒店里,和他们一起共迎新春。在迎春年会上,他给大家一一敬酒,送上暖心的红包;同时,他还深入村里的低保户家中,一一走访慰问,嘘寒问暖,送上慰问金。

2019年重阳节,秋雨绵绵。张天任回到新川,去看望一位已经85岁双目失明的老人。老人叫俞银妹,与患有胰腺癌的儿子胡玉其相依为命,因为疾病造成家中非常困难,是村里的低保户。推开俞银妹家的门,屋里一股很难闻的酸臭味。老人半躺半坐着,张天任没有半点犹豫,赶上前紧握住老人的手,挨着老人边上坐下来,问长问短。老人见状,忙不迭地说:"张书记,你这么忙,还把我放在心上,亲自来看我。我现在是个活死人,多亏你和村里照顾。"

张天任接着话茬儿说:"老妈妈,关心照顾您,是我们的本分,玉其兄弟的病,您老也不用太担心了,按照医生的话,按时吃药,也一定会好起来。"

那天,陪同看望老人的还有村里的退休老干部胡洪法。他感慨地说:"这个屋里的环境,一般人是坐不下去的,没想到书记坐下来不说,一坐就坐了一个多小时。那一幕画面,清晰地定格在我的脑海里。"

胡洪法还说到一件令人难忘的事情。2018年,对于胡仕国一家来说,这一年注定是一个不祥之年。上半年,胡仕国妻子生病住院20多天。没承想到了冬天,胡仕国也感到浑身不适,加上咳嗽不止,到长兴医院一检查是肺癌中期。在亲戚朋友帮助下,胡仕国前往上海医院顺利做了手术。由于医疗费用昂贵,他选择回家休养。

除夕那天下午,胡仕国躺在床上唉声叹气,没有想到张天任书记带领村干部一行人,来到了家中。张天任抓住他的手,说:"胡大哥,我来晚了。"胡仕国有些激动,说:"谢谢张书记,谢谢大家!"

"现在医学发达,不要有思想包袱,病一定会治好。至于经济上更不要多虑,有村里,有我们天能,我们就是你的坚强后盾。"张天任安慰对方,拿出事先准备好的一万元现金,塞进胡仕国手中。跟随一起来的原村主任,现任村党委副书记的胡春强,还有其他干部,受到书记行动的鼓舞,也捐献了一万八千元慰问金。

提起这些往事,张天任总是这样说,这都是我应该做的,我是新川这个大家庭的当家人,当家人就应为家里的人操心费力。再说,如果没有乡亲们的支持,没有上级党委政府的支持,我又能干成什么事?

正因为如此,张天任在不忘回报乡亲的同时,一直感恩党,感恩各级政府领导的关心和支持。在新川村乡村振兴案例馆落成的时候,他特地要求将各级领导前来新川指导工作的照片挂在案例馆最显眼的位置。他说,不管他们是升迁了,还是退休了,我们都要感谢他们,要让子孙后代永远铭刻于心。

不忘初心,不负使命。张天任一直在天能和新川两头奔跑,一头是他一手创办的企业,一头是他血脉相连的村庄。产业绿色转型、生态修复提升、精品村庄建设……其中要解决的事情,一桩桩、一件件,无不事关村民的切身利益,无不牵动着他的心,都需要他永无休止、毫无怨言地在企业和新川村之间两头奔跑。

这种"奔跑",是一个党员干部的责任和使命,也是一个农村书记的家国情怀。

到了2020年6月,长兴县贯彻落实2020年"中央一号文件"精神,推行村书记、主任一肩挑。在选举大会上,党员干部和村民全票选举张天任,大家信任他,深知他的心始终是和村民的心紧紧贴在一起的。自合村一开始,大家就认定他,认定他就是新川人心目中真正的"领路人"!

"我们要把芥文化、红色文化和乡村旅游充分结合起来,加快景区村建设,打造生态旅游项目,让乡亲们在企业上好班,在家门口也能做好'生意'。"2020年村两委换届刚一结束,新川村党委书记、村委会主任张天任就组织村干部走访农户,征求村民对今后发展的意见、建议,确定新川村下一步的发展思路。

2021年,根据《中共中央国务院关于支持浙江高质量发展建设共同富裕示范区的意见》和《浙江高质量发展建设共同富裕示范区实施方案(2021—2025年)》,张天任带着村两委一班人研究制订了《新川村高质量发展建设共同富裕示范村五年行动计划》。

行动计划明确:以打造全国共同富裕示范村为目标,以发展绿色产业、红色旅游、一二三产融合为主线,按照"产业兴旺、生态宜居、乡风文明、治理有效、生活富裕"总要求,坚持党建强村、生态立村、旅游旺村、文明亮村、民主治村、产业富民,进一步传承和发扬红色基因,大力推进美丽经济提速行动、宜居环境提质行动、乡风文明提升行动、乡村治理提效行动、民生幸福提增行动、党建领村提强行动等"六大行动",加快共同富裕、文明宜居升级版的乡村建设。

当计划付诸行动,等待和需要的将是张天任更为艰苦的"奔跑"。不过,张天任喜欢这样的"奔跑",喜欢一年四季、一天二十四小时始终处于紧张火热的生活与工作之中。他说,干部就是干事的,没有歇一歇的机会与理由,为了人民的幸福生活,共产党人永远在路上。

这就是一个村书记的初心,一个村书记的责任,一个村书记的执念!

永葆先锋本色

胡春强带头开展环境整治

一个支部就是一个堡垒，一名党员就是一面旗帜。

几十年来，在经济社会发展中，新川涌现出了大批优秀共产党员。他们在自己的岗位上不忘初心、兢兢业业、默默奉献，践行着共产党员的责任与担当。担任新川村干部已经有 10 年的胡春强，就是这些优秀党员中的一分子。

胡春强做事干脆利落，说话语气铿锵，落地有声，颇有军人风范。因长兴县推行村书记、主任一肩挑，2020 年 7 月，胡春强辞去新川村主任职务，后担任新川村党委副书记。

在没有担任村干部之前，胡春强创办了一家竹木加工厂和一家电器厂,产品出口,效益很不错,自己也是新川村创新创业致富带头人。2011年6月,他担任村上民兵连长,增选为新川村委委员。2017年4月,新川村委会换届选举,年富力强的他当选新川村主任。胡春强知道,当了村主任,就很难照顾到工厂,但身为新川村的一分子,又是共产党员,为建设新川出力是他的责任和义务,因此十分欣喜地接过了老主任肩上的重担。

说干就干!胡春强将两个工厂都"甩"给妻子杨丽英去打理。在村民的印象里,胡春强是一个真抓实干、不放空炮的人。这大概与他的家庭传统有着很大的关系吧。他的父亲胡良云,曾经是张坞大队长、村主任,也做过村支书,前前后后为张坞村服务了10多年。听说儿子当村主任,胡良云叮嘱儿子,村主任不是"官",也是"官",做了,就一定要做好,实实在在为村上办事。父亲的教诲,胡春强铭刻于心。

2017年,煤山镇按照长兴县委、县政府的部署,狠抓美丽乡村建设,打造精品村。如何落实美丽乡村建设、进一步优质提升人居环境,成了村干部工作的重中之重,也是各级领导重点抓、重点要求、重点评价的工作。上任伊始,胡春强把主要精力放在美丽乡村建设上,为了抢时间、按标准完成上级的工作部署,必须加班加点,有时一干就是通宵。家里、工厂里,根本无暇顾及。

上面千条线,下面一根针。村上的干部人数有限,要完成上边各条线布置的工作任务,村民的大事小事也要亲自到场、亲自落实。在推进美丽乡村建设过程中,垃圾分类是重要环节,也是让村干部最为伤脑筋的事情。

垃圾分类,对于农村来说,是一个新鲜事儿,村民都不适应,也不理解。村里将垃圾分类箱全部在固定位置,印发宣传单,但很多村民依然故我,各种垃圾还是扔到一起。村干部束手无策,大家感到这是一件非常难办的事情。因此,胡春强决定亲自来抓这件"难办的事"。

刚开始,胡春强带着村干部们包片联户,坚持每天去检查,发现一而再、再而三不听话的村民,他就一而再、再而三地反复做工作。年长的村民不耐烦了:"人家城里人还没有搞垃圾分类,一个小山村搞什么垃圾分类?是不是村上没有事做,就会管这些鸡毛蒜皮的事情?"

怎样才能让大家提高垃圾分类的认识,真正养成好习惯、形成一种好风气呢?胡春强面对村民的不解和抱怨,一方面不但不放松检查,而且还加大督查力度;另一方面发动党员干部带头做好自家的垃圾分类工作,并带领村干部坚持每天义务劳动一小时。在村里捡拾垃圾,分类丢入垃圾箱,用行动来劝导村民。慢慢地,不少村民开始自觉地加入垃圾分类行动中来。为了巩固工作成效,胡春强又别出心裁,实行家庭垃圾分类积分制。村民可以用积分兑换物品,像毛巾、牙膏、脸盆等几十种日用品。

新川村通过检查、督促+党员干部以身作则+积分奖励三管齐下,使垃圾分类渐渐变成了村民的日常行为习惯。为此,新川村当年被评为湖州市垃圾分类示范村。

到了2018年,新川村创建特色精品村。在胡春强看来,创建特色精品村,这是改变新川村的机遇,不能错过。在张天任书记支持下,胡春强从镇上到县里,找了不少部门,虚心向人请教。回到村上,征求党员干部和村民意见,最后找设计单位制定了一个总体规划。在一次党员干部大会上,胡春强将规划拿出来,请大家一起来讨论。

"除了民宿、景点建设之外,其他那些馆建了没有什么作用吧?"有位干部提出不同看法。

这位干部所说的那些馆是指新川乡村振兴案例馆、初心馆、诚信馆、文化大礼堂、幸福之家。总体建设规划包括这些馆在内，还有水利项目、景观工程、文化广场和弱电线路工程等一共20多个项目，争取在两到三年内完成。

"建这些馆，既是留住新川的记忆，也是提升新川品位。"张天任书记一锤定音，他说，大家要转变观念，要认识到建设特色精品村项目的意义所在。有了书记的支持，大家有了主心骨，胡春强信心更足了。但是，整个项目包括那么多工程项目，需要做的事情非常多。特别是很多工程占用土地，又要拆迁房屋，该如何补偿？这一系列问题马上就显现出来。

规划建设公园、拓宽道路、搞公共绿地，需要拆掉一部分既占地方又影响村容村貌的违建门楼、辅房、脚屋。违建物拆除后，还要按照拆除面积给予村民一定补贴，用于建新房。经过多次村民大会，胡春强与村民讨论拆违补偿的标准。本来是既利集体又利村民的一举两得的好事，但好事并不好办，还有一些村民不支持、不理解。为了做通大家的思想工作，胡春强只有一趟一趟往村民家里跑，挨家挨户地做工作。

一开始，胡春强常常被村民礼貌地请出来。去的次数多了，情面难却，村民任由胡春强站在屋里。胡春强不管不顾，照旧解释拆违政策，拆违后有什么好处。村上建成了景区，游客一多，大家开农家乐、办民宿，就是土特产也好卖。胡春强又多次上门做工作，最后大家终于被说服了，答应了村里的拆违补偿方案。

村民思想通了，精品村各项建设如火如荼，所有工程全面铺开。施工队进来了，工程车和工人们配合作业，基建打桩、河道清理、路面加宽、铺设广场、种植绿化、雨污分流管网和强弱电改造……整个新川到处是一派热火朝天的景象。

有一天，胡春强正忙着讨论乡村振兴案例馆施工的事情，只见一个村干部前来告状，村民张勤华还是不答应拆违。之前，胡春强白天黑夜一有空就到张勤华屋里去，磨破了嘴皮，张勤华每次都能找到不拆的理由，最后仍拗不过胡春强的执着才勉强答应。没想到，村干部找张勤华签订协议书时，他却使出撒手锏："我家就不拆。谁拆，我就跟他拼命！"

"房子必须拆！"胡春强的态度十分坚决。

"总不能拆出事来吧？"有人小心地说。

"当然不能拆出事来！"胡春强自有打算。原来，他请长兴县的规划设计师，早就帮助张勤华设计了新宅的美丽庭院规划图。来到张勤华家里，胡春强拿出规划图。张勤华本来不想理睬胡春强，没有想到设计图吸引了他。

看到设计图，张勤华问："这是为我家设计的？"跟着胡春强一起来的设计师说："是的，这就是胡主任让我们给你家设计的。"设计师对别墅建设提出了很好的建议，张勤华听着心里活泛起来，感到专业就是专业，不像自己造房子那么随意。待设计师介绍完新别墅如何建设，张勤华不好意思地看着胡春强，痛快地说出了一个字——拆！

待精品村案例馆等项目完工，张勤华的新别墅早已落成。看着焕然一新的别墅和周边村上新建的漂亮环境，张勤华越看越喜欢，主动参与到精品村建设中来。张勤华做的第一件事，就是将自家门口原来一株有些年头的银杏树捐给村里，他花5万多元，请专业的人将银杏树移栽到村上的溪涧公园。

"我们村上做的事情就是要让村民开心，让村民满意，这样我们才干得有价值、有意义。"胡春强很实在地说。或许，正是这种开心，这种满意，让张勤华懂得了回报。在2019年乡贤大会上，张勤华夫妻二人为精品村建设捐款2.12万元，还在狮子山景区的红色古道两旁，免费种植了一批花木。

"通过我们的努力，村民都自觉自愿加入精品村建设之中。下一步，我们将带领大家把新川打造成景区村。"胡春强说这话时，眼睛突然亮了起来。

是的，胡春强虽然不再担任村主任，但他仍然为怀揣着实现大美新川的梦想而四处奔波。"虽然职务变了，但我的初心不会变！"当选新川村党委副书记时，胡春强明确表态，一定配合好张天任书记、主任，继续冲锋在前、担当在前、实干在前，努力让新川村变得更好、更让人喜欢！他朴实而有力的话里饱含了无限的力量。

在新川村实施乡村振兴、共同富裕的战略实践中，像胡春强一样永葆共产党员先锋本色的先进典型，还有佘秋香、许海帆……他们积极投身时代浪潮，不负青春韶华，在乡村振兴的舞台上担当作为。

"80后"佘秋香，一直担任新川村监委会主任。只要提起佘秋香，不管是煤山镇里的领导，还是村里的老百姓都会跷起大拇指。看起来外表温柔美丽的佘秋香，干起事来却泼辣严谨，坚持原则，是村里的"好管家"、书记的"左膀右臂"。2020年11月换届选举，表现突出的佘秋香当选为新川村党委委员。

10年前，佘秋香跟随丈夫一起在外地经营天能电池业务，生意红红火火。当时，村委会建议引进年轻干部，她在家人支持下，选择回到村里上班，成为一名后备干部。在老干部的言传身教下，她通过不断努力学习，很快成为村里工作上的多面手。

佘秋香自己都没有想到，在村里一干就是10年。佘秋香先后分管过团支部、妇联、党建、农业统计、档案管理、社会保障、综治信息平台、十百千万助农增收等多项工作。佘秋香的工作在县、镇名列前茅，受到表彰，曾获得长兴县优秀党员、全国第三次

张天任和年轻村干部一起商讨工作

经济普查县级"先进工作者"等荣誉称号。

更让佘秋香没有想到的是,本来以为回到村里工作,可以照顾家、照顾小孩,但随着新川村新农村建设的发展,自己是一天比一天忙碌。对此,佘秋香没有抱怨。她说:"担任村干部后,我一般早上6点左右离家,除去中间回家吃饭,晚上八九点左右回家,从星期一到星期天差不多都是这种状态。"说到这里,佘秋香停顿了一下,声音夹着有些不易察觉到的异样,大概是因为心中突然生出一种对家人的愧疚吧。

的确,一个村干部整天到底有多少工作要处理,有多少压力要承担,需要多少时间来应对,局外人不一定很清楚。一个村干部要干好工作,除了党组织的关怀和村民的支持之外,离不开他们的家庭在背后默默地付出和奉献。

后来,佘秋香被安排担任村监委主任。监委主任,是一个容易"得罪人"的活。有人开玩笑说佘秋香现在"升官"了,但她内心有时难免会感到"委屈"。但不管怎样,佘秋香坚持自己为人处事的原则,对村里的每一笔财务开支,都要弄清来龙去脉。尤其是各项工程,程序是否合规、手续是否齐全、资金是否使用合理都要一清二楚。

在创建精品村建设过程中,村干部发现电力、电信、电视的线路改造工程存在安全质量问题。未经村里验收,承建方自行掩埋了管道,并迅速将路面用水泥进行了硬化。在结算的时候,佘秋香了解到这一情况,要求承建方按照设计图纸施工。无论承建方找人通融,还是上门送礼说情,佘秋香都不为所动,坚持原则维护村集体利益,为村里挽回13万元损失。

"现在新川越来越美,越来越充满希望,我感到自己每一分努力,都有一分价值,内心由衷地感到一分幸福。"凭着一股对工作的执着、一腔对家乡的热爱,佘秋香在建设大美新川的路上谱写了一曲别样的青春之歌。

相对于佘秋香的巾帼风采，新川村党委委员许海帆给人的印象就是英武俊勇。2011年，许海帆光荣参军入伍，服役于中国人民解放军空军三师司令部。空三师是一支有着光荣历史的英雄部队，在抗美援朝战争中，全师共击落击伤敌机114架，涌现出一批名扬全军的英雄集体和个人，被人称作"英雄扎堆"的王牌部队。许海帆在这支英雄部队中也得以快速成长，并于2012年光荣加入中国共产党。

三年的军旅生涯锤炼出许海帆坚毅、抗压、纯朴的性格。2013年复员后，他接手父亲创办的企业，成为长兴长顺塑业有限公司的法人代表。他迅速实现从军人到商人的角色转换，开启了他的创业之路。

也许是身上那份独有的军人特质和情怀，许海帆果断推进企业转型，坚持绿色发展，配套龙头企业，一路前行，走出了一条清晰的产业链条——新能源产业链。在企业不断成长壮大的同时，许海帆积极参加新川村开展的各种村企共建活动，为建设美丽新川捐资出力。作为新川村的创业能手，许海帆还积极为村上的军属、民兵及灵兵家属提供就业岗位，带领大家共同致富。

2017年，迎来新川村两委换届，许海帆成为村里一名后备干部。后来，经过新川村党组织的考察，表现突出的他被选举为村党委委员，分管人武工作。在出色完成征兵、国防教育宣传、民兵作训等工作外，许海帆还出色完成抗洪抢险、森林救火、处理突发事件等突击任务，受到上级党组织多次嘉奖。2020年10月，在换届选举中，许海帆再次当选新川村党委委员。

新川村注重充分发挥佘秋香、许海帆这些"生力军"的作用，对综合素质好、品行作风正、勇于担当作为的干部加大培养力度,加强村级党组织自身"造血"功能,对表现优秀、条件成熟的及时补充进入村两委。2020年,返乡的"90后"大学生张喆、吴利刚、王晓丹,都被选为村委委员。他们本可以在海阔天空的外面世界里闯荡出精彩的人生,却毅然将自己的奋斗与村庄的奋斗合而为一,将自己的人生作为新川未来的一部分。

"新川村的干部队伍素质高,能干事,会干事,特别具有难能可贵的奉献精神。"在长兴县煤山镇委书记郎涛看来,农村干部身处基层治理一线,既是"指挥员",也是"战斗员",就要有敢于担当的锐气、勇于奉献的精神风貌、乐于干事创业的热情和能力。这对于一个村子实现振兴、共同富裕至关重要。

数字化赋能乡村振兴

张天任开直播

一路风雨兼程,一路春华秋实;一路砥砺奋进,一路澎湃前行。当走进新川村党群服务中心、乡村振兴新川案例馆、文化礼堂、调解中心,那里所呈现的大量图展、视频以及还原的场景、历史文物等,无一不让人领略到几十年来新川敢为人先的创业精神以及新川村数字化赋能乡村振兴的魅力。

当步入数字经济新时代,"互联网+产业"为企业带来强劲的发展动能。新川村在龙头企业天能集团带领下,通过利用数字化软硬件技术,精准立足绿色发展,大力打造数字化工厂建设,实现了新川村企业的智能制造的转型,不仅为企业节省了大量人力成本,还将村民和员工从重复劳动中解放出来,让他们有更多的时间用于自我提升,进而助力新川乡村智慧乡村建设。

为推行村级事务精细化管理,加强村民和村干部的紧密联系,新川村在长兴县、煤山镇支持下,2019年开始推行运用"村务 e 点通",通过网络公开村里的党务、村务、财务等事务,让村民可以更好地了解和监督村里的建设情况。村民通过扫二维码,就可直接进入该系统,实现"一码在手、村务尽知"。

借助"村务 e 点通"平台,通过数字化技术,村民各类诉求可以实现"一键直达"。村民以往办个事,要拿哪些材料、具体找哪个部门,老百姓东跑西跑、一头雾水。现在,只需用手机扫下这些事项的二维码,办事指南、基本流程、所需资料一目了然,有效避免了空跑的情况,最大程度让农民少跑腿,让村民办事情 "最多跑一次"或者"零次跑"。

新川村监委会主任佘秋香对"村务 e 点通"给工作带来的方便深有体会。在 2019 年创建特色精品村的过程中,大量的工程建设导致不少预算费用超标,有村民在网上看到后提出质疑。佘秋香对此专门进行了解释,得到了村民的认可。通过网上互动,让村里建设开支更加透明,更加赢得了村民的信赖和支持。

"村务 e 点通"服务平台的建立,不仅实现了便民服务的高效率和智能治村的高质量,也加快了党建数字化转型步伐。一是探索了在线民主决策,利用"村务 e 点通"等现有 APP,搭建村级事务"五议两公开"云端决策平台,开发数字直播、项目公示、在线议事等功能,打通党务政务服务最后一公里。二是量化了党员责任清单,搭建了党建管理数字化平台,将村党员干部年度任务分解为具体责任清单,引导主动参与网上组织生活和志愿服务,为党员管理、评价、考核提供了依据。三是推动了成果运用转化,以先锋指数为依据,将党员日常表现通过大数据分析比对,与金融机构合作推出"振兴贷""先锋贷"等信贷产品,为创业致富带头人提供低息贷款。

新川村诚信馆刚刚建成的时候,煤山镇开发了文明诚信管理云平台。新川村迅速依托这个平台,录入全村人及家庭信息,推行"诚信积分制"和"诚信指数"全覆盖,通过评定村民参与党员活动、环境卫生、志愿服务、无偿献血、移风易俗、好人好事等多项活动内容,统一评分标准,形成村民"诚信积分"。定期发布村民诚信红黑榜,诚信文明户可以享受免费常规健康体检等多项福利。

为了完善乡村诚信体系建设,推进乡风文明建设,新川村为每家每户建立文明诚信档案,大力推广"诚信码"的应用。"诚信码"集党建、宣传、治理于一体,实施线上管理,正式推出文明诚信数字考评机制,真正将"讲文明、树新风"转化为"看得见、摸得着"的荣誉和实惠。

如今村里有日常事务、公益活动,都以任务单形式在小程序中推送。村民接单抢单,就能获得相应的公益积分与任务积分,谁的贡献值高,谁的积分就越多。积分不仅可用于福利享受,还能作为各类先进评选依据和银行信用贷款的重要授信依据。现在,村里发起平安巡防、卫生整治、志愿服务等活动,一般 10 分钟就能完成人员招募。

在新川村诚信馆内的大数据监控平台上,一张大屏幕显示村庄三维地图,不仅village容村貌尽收眼底,点点鼠标和屏幕上显示

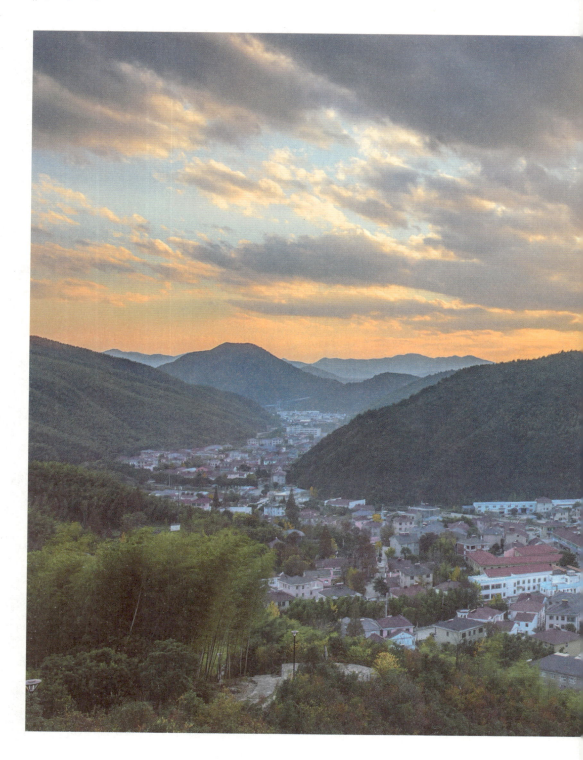

大美新川

的标签，村里有多少党员、群众求助信息……各种数据都能及时查看。这张三维电子地图，也是触达新川村各个角落的物联感知网，涵盖乡村规划、乡村经营、乡村环境、乡村治理和乡村服务等五大块内容。

对于95岁的村民董彩英来说，数字化是什么，她答不上来，但她其实天天在和数字化打交道。

"自从村里统一安装智慧养老监控，哪怕人在外面，奶奶的身体情况我们也随时随地都能掌握。作为晚辈的我们也放心了，可以安心上班。"每天早上打开手机查看奶奶董彩英的身体数据和活动情况，已经成了孙女蒋秋琴的习惯。有一天，董彩英一个人到溪涧边洗菜，蒋秋琴看到监控后，赶紧打电话让在家中的父亲到溪涧边将奶奶接回。"您怎么让奶奶一个人到溪涧边洗菜呀？她年纪大，腿脚不灵便，万一掉进水里怎么办？"蒋秋琴将父亲狠狠地"埋怨"了一通。

这样的数字化智能服务下沉到户，有效地拉近了村民和党员干部的距离。不管是"村务e点通""诚信码"还是"智慧养老"，无疑解除了众人参与乡村治理老大难的问题，通过数字化将推动农村加快转型，开启乡村智治新模式。

在推行安装智慧养老系统的同时，新川村引入智慧型环境管控平台，对垃圾分类、小微水体等进行智能巡查，通过全天候监测、多维度记录，实现智慧生态保护。

村里负责水利工作的村委委员张喆介绍，新川村所有的河道都装有智能监控设备，水体质量有没有变化、垃圾有没有乱堆乱放、河道有没有被侵占、有没有人偷着捕鱼等，都被一一记录，经过后台处理形成的数据与图像，连同具体点位呈现在村大数据监控平台上。党员干部可以及时掌握情况并采取相应措施，问题处理进展也能在平台上同步查看。

2021 年两会期间,中央电视台《新闻联播》头条播出《浙江:用数字化改革全面推进乡村振兴》新闻,专门提到了新川村"乡村大脑"。参加完全国两会的全国人大代表、新川村党委书记张天任从北京回村后做的第一件事,就是抓紧部署推进数字乡村建设工作,安装 5G 等新基建,建设数字化乡村综合大平台。

在新川村,"智慧新川"项目建设正在有序推进,围绕经济发展、村域管理、村民生活、文化建设、社会治理、生态文明,整合"村务 e 点通""诚信码""智慧养老""环境管控平台",建设综合指挥中心、一站式公共服务中心、环境监控中心、智慧养老服务中心、新农人直播平台、乡村旅游中心等数字化模块,打造新川智慧乡村管理体系。

"在庆祝中国共产党成立 100 周年大会上,习近平总书记庄严宣告,我们党在中华大地上全面建成了小康社会,正在意气风发向着全面建成社会主义现代化强国的第二个百年奋斗目标迈进,我们倍感振奋和自豪。"张天任说。未来的新川,将继续沿着乡村振兴、共同富裕的发展思路,通过数字化赋能推进产业高质量发展和百姓高质量就业,让景美、人和、民富、村强成为新川村的标签。

当前,数字化改革在浙江省全面推开,已经成为"十四五"时期浙江发展的新动力。特别是"十四五"规划和 2035 年远景目标纲要提出,支持浙江高质量发展建设共同富裕示范区。

共同富裕的战略号角已经吹响,一向走在前列的新川村,将迎来新一轮的飞跃。新时代,新目标,新作为。不忘初心,砥砺前行。以张天任为领头人的新川村两委一班人凝心聚力,将带领全体新川村民迈向新的征程,昂首奋进,伴随着时代的鼓点,谱写幸福家园的美丽新华章。

后记

    2019 年 4 月,我和同事李家贵被张天任董事长点将,一起负责新川村乡村振兴案例馆创建工作。无论是内容的挖掘和整理,还是设计与布局,我们都全程参与其中。在新川整整待了 6 个多月,虽然人晒黑了、变瘦了,但我们乐在其中。因为这次与新川"亲密的接触",本来就对新川熟稔的我们,对新川村有了更深的认识。

    在新川村合村的 2008 年,我从深圳来到了浙江长兴,来到天能集团所在地——煤山镇新川村,成为天能集团的一分子。第二年,李家贵也加入了天能,我们成为同事,一直战斗在天能的文化宣传岗位。因为张天任董事长是村里的书记,集团与村里结对开展村企共建活动,我们经常要与村里打交道,也算是对新川村有所了解。

    经历了这次案例馆的创建工作,我们对新川乡村振兴有了一个比较全面的认识。从广义而言,乡村振兴的关键点是要激活各方面要素,包括经营主体、资金、制度、人才,而新川经营主体就是工业,工业的代表就是天能集团,因为天能的发展而释放出来的活力,带来了新川高质量发展效应。